MONSIEUR ROMAIN GARY

KERWIN SPIRE

MONSIEUR ROMAIN GARY

CONSUL GÉNÉRAL DE FRANCE

1919 Outpost Drive

Los Angeles 28, California

nrf

GALLIMARD

À Romain Gary

« [...] Je pense qu'il faut aimer la vie avant toute chose.

— Aimer la vie plutôt que le sens de la vie ?

— Absolument. Aimer avant de réfléchir, sans logique, comme tu dis, et, quant au sens, ne s'en occuper qu'ensuite. »

FIODOR DOSTOÏEVSKI,
Les Frères Karamazov

Monsieur Romain Gary est un récit. Celui d'un homme et celui d'une époque. Le récit de la transformation d'un homme qui, par-delà ses multiples vies, cherche toujours à se réinventer, et le récit d'une époque – l'Amérique des années 1950 – sur laquelle souffle un vent de liberté.

Si tous les faits que ce récit décrit, tous les personnages qu'il convoque, tous les dialogues qu'il met en scène sont inspirés de « faits réels », ce récit n'en demeure pas moins une fiction. C'est-à-dire une vision imaginaire d'un quotidien distant de plus de soixante ans.

PREMIÈRE PARTIE

Biographie officielle

Il avait appelé de New York pour prévenir son adjoint. « Si on vous questionne sur ma religion, vous répondrez que je suis catholique. Si on vous demande où je suis né, vous direz à Nice. »

Son arrivée à Los Angeles était imminente et il s'inquiétait du jugement qui allait être porté sur ce consul général nouvellement nommé. Dans l'Amérique conservatrice des années 1950, les reliques du maccarthysme étaient toujours présentes, lui avait rappelé le directeur général du personnel, alors qu'au Quai d'Orsay certains diplomates s'interrogeaient ouvertement pour savoir si, dans un pays farouchement anticommuniste, il convenait de faire accréditer un agent né en Europe de l'Est. La réputation de la République française était en jeu, arguaient-ils, au sein du club. L'ambassadeur de France à Washington avait fini par donner son visa mais, avait-il dit, « avec toutes les précautions nécessaires ».

C'est ainsi que Romain Gary avait pu quitter Paris pour Le Havre, d'où il avait embarqué, dans les derniers jours de janvier, à bord du paquebot *Liberté*, en direction de l'Amérique. Pendant la traversée, les conseils prodigués par le Département avaient tourné en boucle dans son esprit : les premières semaines d'un poste sont toujours celles où l'on est jugé, alors mieux vaut s'en tenir aux éléments de la biographie officielle.

Et en ce matin du vendredi 3 février 1956, le consul général attendait le « Mercury », la liaison transcontinentale New York-Los Angeles sans arrêt, qui faisait la fierté de l'American Airlines.

*

Dès les premières roches calcaires surgies du désert, Romain Gary se met à scruter le paysage à travers le hublot. Le Douglas DC-7, parti sept heures plus tôt de New York, survole à présent le Grand Canyon. Fasciné par la vue du désert, le diplomate aperçoit, à peine dessinées, les premières traces de civilisation : de longs lacets traversant les étendues désertiques annoncent bientôt les premières agglomérations. L'avion ne va pas tarder à amorcer sa descente, se dit-il, avant de sentir une pression dans ses tympans.

Gary guette la vie humaine avec une attention accrue, le front contre le hublot : il distingue, avec plus de netteté, de petits mouvements parfaitement articulés le long des autoroutes, qui laissent imaginer des voitures et en leur sein l'existence de conducteurs ; le serpentin d'une longue chenille trahit, quant à lui, les voyageurs passifs d'un train. Sa respiration forme des halos de buée sur la vitre qui viennent brouiller sa vue tandis qu'à mesure que l'avion engage sa descente, la pression augmente. Deux mouvements d'aile – à gauche puis à droite, pour rééquilibrer l'appareil – lui font perdre de vue ce paysage mais aussitôt un autre se dévoile.

Surgie de nulle part, Los Angeles est là, immense, sous ses pieds. Le *Hollywood Sign* détache ses lettres blanches de la crête d'une colline alors que l'océan Pacifique scintille à l'horizon. Il observe maintenant les premiers blocs, aux rues parfaitement géométriques, sur lesquels flottent quelques cumulus en lévitation et sur lesquels il a soudain envie de souffler, comme pour disperser les pelures d'une gomme sur du papier millimétré.

À peine le commandant de bord a-t-il annoncé l'imminence de l'atterrissage que le déploiement des roues ébranle tout l'habitacle de l'appareil. Tandis que la terre se rapproche, Gary scrute de petites maisons rectilignes, aux murs parfaitement blancs et aux toits rouges. La ville est à portée de main. L'avion touche le sol. Il est 4:10 p.m. heure locale – neuf heures de moins qu'à Paris, calcule-t-il en regardant sa montre – et la température extérieure est de soixante et onze degrés Fahrenheit – vingt degrés de plus, se dit-il. « *Welcome in Southern California.* »

*

En marchant dans les longs couloirs du Los Angeles International Airport, il pense à l'enfant qu'il a été et aux paroles assénées par sa mère : « Tu seras ambassadeur de France, tous ces voyous ne savent pas qui tu es ! » Dans quelques instants, dans le hall de l'aérogare – les journalistes et les photographes l'attendent –, il sera consul général de France, son premier poste protocolaire. Mais c'est à son enfance à l'Est qu'il pense, à cette enfance dans la Lituanie et la Russie soviétiques, avant l'exil vers la France rêvée. Plus tard, peut-être, il pourra rendre justice à cette mère et à son fils. Pour l'heure, il doit les oublier. Le service de presse de l'ambassade de France à Washington a pris la situation en main en publiant la notice qui maquille son état civil et omet sciemment sa naturalisation à l'âge de vingt et un ans :

« Romain Gary, qui vient d'être nommé consul général à Los Angeles, est né à Nice, le 8 mai 1914, licencié en droit et lettres des Universités d'Aix-en-Provence et de Paris, conseiller d'ambassade, ayant successivement occupé les postes de premier secrétaire en Bulgarie, en Suisse, à Londres et à la Délégation française auprès des Nations unies comme porte-parole de la Délégation devant la presse, la radio et la télévision. Il est l'un des cinq survivants de l'escadrille de la France libre Lorraine avec laquelle il combattit sur les fronts de Libye, d'Abyssinie, de Syrie, et sur le front occidental. Il est compagnon de la Libération, officier de la Légion d'honneur, croix de guerre, trois fois blessé. Il est auteur de cinq romans dont le premier, *Éducation européenne*, lui valut le prix des Critiques en 1945. »

Pour ne laisser aucune place au doute, cette notice officielle a été adressée aux principales personnalités de Los Angeles et des télégrammes ont été envoyés aux journaux et aux chaînes de radio et de télévision de la côte Ouest pour présenter Romain Gary dans son costume de diplomate.

« S'en tenir aux éléments de langage du Quai d'Orsay, au moins jusqu'à la prise de fonction officielle, jusqu'à ce que le décret d'exequatur soit signé par Eisenhower », se répète-t-il, dans les toilettes de l'aérogare, en se mettant de l'eau sur le visage avant de renouer sa cravate et de sortir, décidé à jouer son rôle.

L'homme qui s'avance à présent vers la petite foule de journalistes venus l'accueillir a endossé l'habit conventionnel du diplomate pour faire son entrée en scène : rasé de près, les cheveux noirs coiffés en arrière avec de la brillantine, en costume clair et cravate sombre finement nouée sous un chesterfield en drap de laine gris, un bagage en toile dans la main droite, il sourit aux photographes qui immortalisent la scène. Il a quarante et un ans mais semble en avoir trente-cinq.

« Une déclaration, Monsieur le consul général ?

— Je voulais venir à Los Angeles depuis des années ; je considère que c'est le poste rêvé. »

*

Au 1919 Outpost Drive, le consulat occupe une grande maison de style espagnol, à la façade blanche et aux huisseries rouges. Située sur les collines, à un bloc de Hollywood Boulevard, le temps semble s'y être arrêté au siècle des dernières conquêtes coloniales. À l'abri du tumulte de la ville, la quiétude règne dans une nature luxuriante. En cette fin d'après-midi, Romain Gary contemple longuement les grands arbres – palmiers, ficus et autres eucalyptus – qui l'entourent, avant de pénétrer dans le consulat pour y poser ses bagages. Au rez-de-chaussée, une majestueuse rotonde accueille les visiteurs et distribue les pièces de la résidence, entre les appartements privés et les salons de réception. Au premier étage, où le conduit la rambarde en fer forgé d'un grand escalier, se trouvent les bureaux administratifs : celui du consul général, ceux de son adjoint, de la chancellerie et des secrétaires. En cette veille de week-end, dans ces lieux totalement vides et inconnus, le diplomate se retrouve seul. Seul face à lui-même.

Les derniers mois avaient été une longue descente aux enfers. Sa nomination au Royaume-Uni avait été empêchée par l'ambassadeur de France à Londres, Jean Chauvel, et la direction générale du personnel avait eu le plus grand mal à lui trouver un nouveau poste. Pendant ces tractations, commencées dès le mois de décembre 1954, Romain Gary avait rejoint les bureaux de l'Union de l'Europe occidentale, dans le quartier résidentiel de Westminster. Désemparé face à une carrière qui ressemblait de plus en plus « à un roman de Kafka revu par Feydeau », il avait sombré dans une dépression et avait dû être hospitalisé.

Après avoir refusé Belgrade et Addis-Abeba, il avait pensé démissionner pour se consacrer à la littérature, avant finalement de se raviser en demandant Téhéran, Venise, Mexico ou l'O.T.A.N. à Paris. Face au silence de l'administration, il avait déclaré envisager de nouveau de quitter la Carrière avant de se dire prêt à accepter un poste de vice-consul à la Barbade... Ses derniers souhaits étaient de rejoindre Rome, Madagascar, New York ou encore Saigon. Pour le faire patienter, le Quai d'Orsay avait soutenu, à l'été 1955, sa promotion au grade d'officier de la Légion d'honneur avant finalement de lui proposer le poste de Los Angeles.

Avec plus de quatre millions d'habitants, L.A. est alors la troisième métropole des États-Unis, derrière New York et Washington. Les enjeux économiques et industriels sont importants, en particulier dans l'aéronautique et le pétrole. Par ailleurs, la circonscription du consul général comprend non seulement la Californie du Sud mais également l'Arizona et le Nouveau-Mexique, soit une superficie équivalente à celle de la France.

*

À son arrivée à Outpost Drive, lorsque Romain Gary s'installe, en allumant une cigarette, dans le fauteuil du consul général, sa première pensée va à Henri Hoppenot. Celui qui a été son ambassadeur à Berne et à New York et qu'il appelle depuis son « cher patron » est pour lui un modèle et un soutien inconditionnel. Camel aux lèvres, Gary essaie de se souvenir de ses moindres postures pour se glisser dans la peau du personnage. Car s'il est dans la diplomatie depuis dix ans, il ne sera plus ces deux initiales « R. G. » en référence des dépêches, mais il signera lui-même ses télégrammes diplomatiques. Il ne représentera plus sa hiérarchie mais sera le consul général de la République française. Bref, dorénavant, il sera la France.

Sur le bureau du diplomate trônent l'*Annuaire diplomatique* et le *Who's Who* laissés par son prédécesseur. Son regard se porte sur le visage du cadre accroché au mur. C'est le portrait de René Coty, le sénateur de la Seine-Inférieure élu président de la République. Son visage semble immuable tandis que valsent les gouvernements, se dit Gary, avant de songer au fait que Coty avait en 1940 voté les pleins pouvoirs au maréchal Pétain. Cette pensée est rapidement effacée par le spectacle des oiseaux-mouches qui battent des ailes derrière la fenêtre, dans les fleurs du bougainvillier. À travers les persiennes, il aperçoit les collines sauvages de Hollywood. Dès cet instant, Romain Gary comprend qu'il va être heureux en Californie.

Durant ce premier week-end de février 1956, le diplomate découvre ce qui va constituer son environnement quotidien. En remontant Outpost Drive – l'avant-poste, littéralement –, il arrive au sommet des collines d'où il contemple la ville qui s'étend face à lui, écrasée de soleil, jusqu'à l'océan. Il distingue les boulevards qui quadrillent l'espace – Hollywood, Sunset, Santa Monica – et qui vont bientôt marquer ses trajets quotidiens. Derrière lui, il y a la nature sauvage de Runyon Canyon, rien que la nature. En contrebas, Hollywood, à seulement un bloc. L'idée de cet entre-deux-mondes n'est pas sans déplaire à l'écrivain, qui va bientôt faire de ce lieu un poste d'observation de la comédie américaine.

Une chambre d'hôtel pour la vie

Lorsqu'en ce lundi 6 février 1956, Romain Gary ouvre les yeux, il est groggy par le décalage horaire. Le contact de ses pieds avec le sol lui fait prendre conscience qu'il se réveille dans une chambre inconnue. La matière lisse de la terre cuite, les formes hexagonales des tomettes, leur couleur rouge, cette lumière déjà vive qui pénètre par les persiennes : le voilà bel et bien à Los Angeles, dans son premier jour de fonction. La diplomatie, c'est une chambre d'hôtel pour la vie, se dit-il, en observant tous ces objets qui ont été disposés par ses prédécesseurs et qui resteront là après lui.

Notant le silence des lieux, à cette heure matinale, avant l'arrivée des employés et des premiers visiteurs, il décide de sortir de sa chambre, sans prendre garde à la frontière symbolique qui sépare la résidence du consulat. Après avoir traversé le vestibule, il tourne la poignée en porcelaine de la cuisine et, guidé par la faim, ouvre le réfrigérateur. Dépité, il ne trouve qu'une carotte abandonnée dans laquelle il croque machinalement, en se faisant du café. Comme chaque matin, Odette de Benedictis arrive au consulat avant les autres employés. Il est 8:45 a.m.

lorsqu'elle entre dans la cuisine et qu'elle voit cet homme en caleçon une tasse à la main.

« Qui êtes-vous ? lui lance Gary.

— Je suis la secrétaire du consul général, lui répond Odette, surprise et gênée.

— Et moi je suis le consul général, réplique-t-il, en posant sa tasse sur la faïence du comptoir.

— Je suis désolée d'interrompre votre petit déjeuner, Monsieur, c'est le frigo commun, le personnel y dépose son repas du midi tous les matins. »

*

Dans son bureau du premier étage, basculant son fauteuil en arrière, Romain Gary se met à feuilleter les coupures de presse. Collés sur des feuilles blanches, les articles du *Los Angeles Times*, du *Los Angeles Examiner*, du *Mirror News* et du *Los Angeles Herald-Express* annoncent l'arrivée – par avion – du nouveau consul général, les journalistes le qualifiant déjà de « jeune et célèbre diplomate-écrivain-combattant ».

Après un instant de concentration, destiné à préparer son entrée en scène, Gary décroche l'intercom et pousse le bouton étiqueté « Odette ». L'instant d'après, sa secrétaire se tient debout dans le bureau, devant ce nouveau patron qui l'intimide et avec lequel elle va apprendre à travailler. « Savez-vous ce que c'est qu'une secrétaire ? » lui demande-t-il. Odette, frappée par son regard perçant, ne répond pas. « Une secrétaire, c'est quelqu'un qui est capable de garder un secret, lui explique-t-il, en êtes-vous capable ? » Prenant son haussement d'épaules pour un signe d'approbation, Gary poursuit : « Très bien, nous allons pouvoir faire équipe alors. Quels sont les sujets du jour? »

Outre les parapheurs où sont glissés de nombreux courriers à signer, le consul général doit préparer des visites de courtoisie, en commençant par le maire de Los Angeles et le doyen du corps diplomatique. Puis, dans l'ordre protocolaire, viendront les autorités civiles et militaires de la ville et du comté. Mais avant de faire le tour de toutes ces personnalités, Romain Gary interroge sa secrétaire sur l'« affaire » qui a précipité le départ de son prédécesseur et sur laquelle ses interlocuteurs ne manqueront pas de lui poser des questions, après six mois de vacance du poste.

« Los Angeles est le premier port américain de la façade Pacifique, lui dit-elle. Lorsqu'un navire de guerre battant pavillon français y accoste, c'est le consulat qui reçoit les fonds que l'on remet au capitaine du bateau. Quand vous avez un équipage de deux cents marins, qui n'a pas mis pied à terre depuis plusieurs mois, ça fait de grosses sommes d'argent. En *cash* bien évidemment. Or, l'an dernier, lorsque le vice-consul – Georges Badino, un Corse! – s'est rendu à la Bank of America pour retirer les liasses de dollars, le directeur s'est aperçu que quelque chose clochait, parce que Badino était inhabituellement nerveux. Vous allez me dire, pour retirer des milliers de dollars, qui ne le serait pas? Mais là, il l'était plus que d'habitude. Du coup, le directeur de la banque lui a dit qu'il n'avait pas suffisamment de personnel pour descendre au coffre et lui a demandé de repasser plus tard dans l'après-midi. Ni une, ni deux, Badino a pris la poudre d'escampette, après être passé au consulat pour s'emparer du fonds de caisse conservé à la chancellerie. Le F.B.I. a été saisi de l'enquête et a fait une descente à Outpost Drive. Ça a fait tout un barouf.

— Et qu'est devenu mon prédécesseur?

— Il a été rappelé à Paris et nommé chargé de mission à l'administration centrale, ce qui veut tout dire. Mais je suis sûre qu'il va rebondir. C'est un polytechnicien, vous savez? Bon, pour cela, en tant que chef de poste, il devra d'abord rembourser la somme au gouvernement français.

— Et le vice-consul?

— Il a été vu à Monte-Carlo, où il officierait comme croupier.

— Pourquoi diable avait-il besoin d'argent?

— Il offrait des cadeaux à une secrétaire du consulat, répond Odette sur un ton hésitant.

— Eh bien, je n'aimerais pas tomber pour une erreur de caisse », dit Gary, en regardant sa secrétaire.

★

Lors de cette matinée, Romain Gary fait connaissance avec son adjoint, Jean Pujot, en poste à Los Angeles depuis neuf mois. Cet enseignant a rejoint la diplomatie à la sortie de la guerre, comme commis de chancellerie, après un bref passage dans la France libre.

Le consulat général assure la protection de la communauté française, lui expose-t-il, ici une population assez vieillissante, arrivée aux États-Unis depuis deux ou trois générations. Pas moins de dix mille personnes, pour lesquelles l'administration française délivre cartes d'immatriculation, passeports et pièces d'identité, tient également l'état civil, verse des pensions, assure la mise en règle avec le service national, établit certains actes notariés, dresse des procurations de vote et organise les élections. « Bref, conclut le consul adjoint, nous sommes une vraie mairie, sans les moyens d'une mairie... Tenez, voici quelques chiffres : l'an dernier, nous avons enregistré quatre mille courriers à l'arrivée et autant au départ; nous avons procédé à près de deux cents immatriculations, traduit une centaine d'actes d'état civil, payé plus de huit cents pensions et réalisé mille cinq cents opérations de caisse. Tout cela avec une poignée d'agents. »

À l'énoncé de ces nombres sans âme, Romain Gary est interloqué.

« Il semblerait plutôt que, contrairement à ce que vous avez dit, la colonie française, qui compte moins d'un retraité sur dix ressortissants, rajeunit sans cesse puisque le consulat enregistre chaque année deux cents nouveaux arrivants et une centaine de naissances, non?

— Oui, je n'avais jamais analysé les choses ainsi, mais si vous le dites », lui répond Pujot.

Au Quai d'Orsay, on avait assuré à Romain Gary qu'il pourrait compter sur ses collaborateurs pour gérer les affaires courantes et que l'on attendrait surtout du consul général qu'il soit un porte-parole des positions françaises sur la côte Ouest des États-Unis. « Je m'efforcerai de faire de notre consulat un centre d'attraction et d'attaque », avait-il dit, avant de développer l'« élan » qu'il comptait insuffler à sa fonction, en termes de conférences, interventions dans les médias et contacts de toutes natures, en concluant par un : « On verra bien. »

« L'équipe du consulat, poursuit Pujot, se limite à quelques secrétaires, un standardiste et un vice-consul, en charge de la chancellerie. Le personnel arrive à 9 a.m. et finit sa journée à 5 p.m., avec une pause déjeuner réglementaire d'une heure, que les agents prennent par roulement. Les bureaux sont ouverts cinq jours par semaine, du lundi au vendredi, tous les jours de l'année, sauf pour les fêtes françaises et américaines, cela s'entend. Vous le voyez, le consulat est une petite administration française en terres américaines. »

Durant l'après-midi, Romain Gary rencontre un à un ses collaborateurs : au rez-de-chaussée, il débute par le standardiste qui assure aussi l'accueil, Théo Duval, un jeune Haïtien qui ressemble à Harry Belafonte ; à la chancellerie, située au premier étage, il fait la connaissance de Jean Dimanchin, qui vit en Californie depuis cinq ans et assure les fonctions de vice-consul en charge de l'état civil et des formalités administratives, et du *pool* de secrétaires qui l'assistent ; et au fond du consulat, après les appartements privés, de l'archiviste Eva Owens, une Alsacienne, qui s'occupe également du courrier. « Pourquoi le *Journal officiel* est-il dans la baignoire ? » demande Gary en découvrant l'agencement des bureaux. « Nous n'avions pas d'autre place où le ranger », répond-elle, embarrassée.

Après avoir fait le tour des employés, le consul général regagne son bureau où il dicte à sa secrétaire ses premières lettres, qu'Odette prend en sténo sur un petit calepin. « Je suis enchanté de mon nouveau poste, annonce-t-il au chef du service de presse de l'ambassade, Roger Vaurs, même s'il me faudra sans doute quelque chose de plus que le soleil de Californie pour lever les zones d'ombre qui m'entourent. »

Tout en dactylographiant les expressions un peu étranges de ce nouveau patron, Odette est préoccupée. Aussi, lorsqu'elle présente le parapheur de courriers à sa signature, se permet-elle de le prévenir illico. Avec soixante-dix *miles* de long sur trente de large, Los Angeles est la ville la plus étendue des États-Unis. Il va impérativement avoir besoin d'une voiture pour aller à ses rendez-vous et parcourir le réseau de *highways* et de *freeways*. « Ici, lui dit-elle, tout le monde circule en Ford ou en Chevrolet. » Elle-même en a acheté une, qu'elle va mettre trois ans à payer à crédit.

La France vue d'Amérique

Chaque 1er janvier, Romain Gary avait pour habitude de remplir un chèque d'un montant de plusieurs milliers de dollars. « J'achète une Rolls-Royce », déclarait-il, avant de le déchirer aussitôt, devant ses collègues hilares. Le fantasme ne durait pas plus d'une minute mais à Los Angeles – ville de tous les possibles – le voilà qui prend forme. Il faut voir grand, se dit le nouveau consul général en songeant que se conformer au rêve américain fait partie des instructions du Département.

Chez un concessionnaire General Motors de L.A., il se dirige vers une Oldsmobile cabriolet, modèle « Super 88 ». La carrosserie est peinte en bordeaux, l'habitacle est habillé de cuir blanc, tous les accessoires sont parfaitement chromés. Installé au volant, son choix est fait. La Oldsmobile est immense mais les routes sont larges et il signe le chèque. Le jour même, il devra écrire au manager de la National City Bank of New York, sur Madison Avenue, où il a ouvert un compte quelques années auparavant, afin de le prier de laisser filer son découvert – qui atteint déjà deux cents dollars – jusqu'à début mars, le temps qu'il soit payé. La comédie américaine en vaut le prix, se dit-il en mettant le contact.

*

Le matin du vendredi 10 février 1956, premier jour de sa tournée protocolaire, le consul général arrive dans son cabriolet à l'hôtel de ville de Los Angeles, situé *downtown*. Au trente-deuxième et dernier étage de ce building Art déco, le maire, Norris Poulson, l'attend. En ville, il se murmure que le patron du *Los Angeles Times*, Norman Chandler, a convaincu Poulson de se porter candidat à la mairie, l'assurant qu'il pourrait parader à l'arrière d'une Cadillac, payée par l'argent public, à la condition de préserver les intérêts du groupe de presse. De fait, en cette période prospère de l'après-guerre, Los Angeles avait élu un maire républicain dans un État, la Californie, qui avait également élu un gouverneur républicain, tandis qu'à la Maison-Blanche, siégeait aussi un président républicain en la personne de Dwight D. Eisenhower.

L'édile de Los Angeles a vu passer dans son bureau le Tout-Hollywood, sourit Romain Gary en s'installant face à lui, les jambes nonchalamment croisées. Au fil de la conversation, Poulson est frappé par le parcours du diplomate, par son histoire qu'il qualifie de « passionnante » et se dit « convaincu que notre amitié avec le peuple français sera renforcée par votre présence parmi nous ». Avant de quitter son interlocuteur, l'élu ajoute, sur le ton de la confidence, être frappé par l'attitude « gracieuse » du diplomate français à qui il prédit un « grand succès » dans ses fonctions à L.A.

En redémarrant, Romain Gary pense qu'il a trouvé le bon personnage, reste à le garder. Les jours suivants, dans le bureau de Outpost Drive, les visiteurs défilent, impressionnés par ce consul général distingué qui incarne la France. Mais, dès ses premiers contacts avec la colonie française, le diplomate se rend compte que ses concitoyens éprouvent une grande inquiétude dont les résultats des élections législatives du 2 janvier 1956 sont la cause. Ce jour-là, les Français ont massivement voté en faveur du Parti communiste, qui a recueilli un quart des suffrages. À l'Assemblée nationale, le P.C.F. est devenu le premier parti de France, même si, par un jeu de coalition dont la IVe République a le secret, c'est Guy Mollet, le dirigeant de la S.F.I.O., qui est chargé de réunir une majorité et de former un nouveau gouvernement.

Outre-Atlantique, ce score des communistes marque les esprits. Car pour l'Amérique, en cette période pleine de certitudes et de confiance, il n'y a qu'une ombre au tableau : l'U.R.S.S. qui conspire pour détruire le modèle américain. En Californie, la situation française suscite donc la peur, écrit dès son arrivée le consul général dans une dépêche adressée à l'ambassadeur de France à Washington. Ainsi, le président de la section locale de l'Union des Français de l'étranger a informé Pujot, le consul adjoint, qu'il souhaitait se mettre en retrait de cette association avant que la France ne devienne communiste. Et, signe plus inquiétant encore, les présidents des diverses associations françaises qui avaient d'abord voulu célébrer l'arrivée du nouveau consul général par une fête au Beverly Hilton – l'un des plus beaux hôtels de L.A. – souhaitent donner moins de lustre à la manifestation en cherchant à présent un lieu plus discret.

Aussi, quand il se rend, pour sa première visite officielle, à la base navale de Terminal Island, le jeudi 23 février 1956,

Romain Gary va-t-il s'attacher à rassurer les autorités américaines. Lorsque résonnent onze coups de canon, c'est autant au consul général de la République française qu'au héros de la Seconde Guerre mondiale que les honneurs militaires sont rendus, dans la grande tradition américaine. Le commandant de la base égrène les faits d'armes de Romain Gary au sein de l'escadrille Lorraine. En Amérique, la légende de l'aviateur-combattant fait merveille.

Lors du déjeuner qui s'ensuit, les questions des journalistes fusent. Un détail a surtout retenu leur attention : pendant la guerre, Gary a volé avec Mendès France. Celui qui, deux ans auparavant, était à la tête du gouvernement français, est connu outre-Atlantique pour avoir mis fin à la guerre d'Indochine. La presse américaine garde aussi à l'esprit que Mendès a fait distribuer du lait dans les écoles pour lutter contre l'alcoolisme infantile. Le consul général prend-il son parti ? « Il sait que je prends position pour le vin, répond Gary avec ironie, mais, ajoute-t-il, nous sommes néanmoins bons amis. » Que pense-t-il, d'ailleurs, des vins californiens ? Gary répond diplomatiquement : « Ils sont très agréables. » Se rappelant les instructions du Quai, il ajoute aussitôt : « J'ai grandi avec les vins français. C'est tout ce que je peux dire. »

*

Une semaine plus tard, c'est au Nikabob que la colonie française de Los Angeles a été conviée pour célébrer l'arrivée du nouveau consul général. Situé dans un bâtiment de style néoclassique – une sorte de boîte à chaussures – à l'angle de Western Avenue et de James M. Wood Boulevard, dans

Wilshire District, le restaurant a pour slogan « Dix millions de repas servis depuis 1928 ». « Nikabob » est une combinaison entre un certain Nick et l'entrepreneur Bob Cobb dont la notoriété n'est plus à faire : il possède la chaîne de restaurants Brown Derby et a donné son nom à la *Cobb salad*, sorte de mélange composé de tomate, avocat, œuf dur, bacon et salade verte. Vu que, jusqu'à la dernière minute, les organisateurs de la réception sont bien en peine de connaître le nombre de convives qui se présenteront, le choix s'est porté sur ce restaurant où l'on peut organiser des soirées pour quinze à trois cent cinquante personnes. Pour la même raison, ils ont privilégié la formule banquet, modulable et accessible pour trois dollars à toutes les bourses. Les explications données par le président du Comité du 14 Juillet, André du Motier de La Fayette, n'avaient pas convaincu Romain Gary mais il s'était rendu à l'évidence. À défaut de lieu plus prestigieux, il fallait parer au plus pressé.

Contre toute attente, le parking du Nikabob affiche complet ce jeudi 1er mars 1956, à 7:30 p.m., et les automobiles stationnent en double file sur Western Avenue. Trois cents Français de la Californie du Sud, et quelques Américains francophiles, ont fait le déplacement pour honorer le nouveau consul général. Le shérif de la ville, Eugene Biscailuz – aux origines basques – est présent, et le maire de Los Angeles a fait porter un message d'excuses. Grâce à la mobilisation générale, c'est un véritable succès.

Lorsque Romain Gary fait son entrée, tous les regards sont rivés sur ce consul général qui ressemble davantage à une vedette de Hollywood qu'à un diplomate conventionnel. Car en lieu et place du traditionnel costume croisé cravate, il porte un complet parfaitement coupé, avec un foulard en soie noué dans l'échancrure de sa chemise blanche, et il a laissé pousser une fine ligne de moustache, qui pourrait trahir ses traits orientaux. Le diplomate s'avance sous les applaudissements, détendu, adressant des hochements de tête à l'assemblée en guise de salutation et de reconnaissance. Avant de lui céder la parole, le marquis de La Fayette – comme il se fait appeler par ses compatriotes – présente les carrières militaire, diplomatique et littéraire du consul général et évoque le nom de son épouse, Lesley Blanch, encore en Europe mais dont la colonie fera bientôt la connaissance.

Romain Gary, comme à son habitude, s'apprête à parler sans notes. Il va lui falloir être bref, aller à l'essentiel, et marquer les esprits par quelques messages forts. Lorsqu'il était en poste à New York, comme porte-parole de la Délégation française auprès des Nations unies, il a longuement pratiqué le public américain. Il connaît ses tabous et sait user de quelques ficelles. Les mêmes mécanismes psychologiques, espère-t-il, vont opérer chez ces Américains d'adoption.

Le diplomate consacre son discours à lever quelques préjugés, parmi lesquels l'« infiltration » communiste en France. Il se veut rassurant : si les communistes ont recueilli vingt-cinq pour cent des voix deux mois plus tôt, il n'en demeure pas moins, chiffres à l'appui, que le parti est en perte de vitesse. Il suffit de regarder le nombre de ses adhérents ou le tirage de *L'Humanité* pour s'en convaincre. En pleine guerre froide, la France n'est pas prête à devenir un satellite de Moscou. Il en est d'ailleurs convaincu, leur dit-il, le tempérament français ne pouvait se plier aux doctrines soviétiques qui, pour faire régner l'égalité, restreignent la liberté. Pour conclure, Gary demande à ses concitoyens de ne pas accepter de conceptions fausses, de reconnaître les réponses justes, de ne jamais baisser la tête, en somme, argue-t-il, « de faire confiance à la France ».

L'élan insufflé par le discours du consul général se poursuit avec les hymnes nationaux français et américain qu'entonnent les trois cents invités tandis qu'une jeune Californienne, en costume de Niçoise – toujours les instructions officielles –, lui remet le livre d'or de la soirée. Devant la ferveur du public, le diplomate reprend la parole : « Je me rends compte à quel point la colonie française est heureuse de recevoir son représentant », leur dit-il avant d'ajouter, en souriant : « Pourvu que ça dure ! »

Avant de quitter le Nikabob, Romain Gary insiste auprès des journalistes présents sur les similitudes entre la Californie du Sud et la Côte d'Azur. À bien des égards, Los Angeles lui rappelle Nice, le « berceau » de son enfance : « C'est une ville qui plonge vers la mer, et le climat et les gens y sont tout aussi merveilleux. »

Lorsque les convives commencent à se disperser, la journaliste de *L'Union nouvelle*, Adrienne D'Ambricourt, trouve le titre de son article : « Le consul général de France fêté par la colonie française et ses amis ». Celle qui avait eu une heureuse carrière d'actrice à Hollywood – en prêtant notamment sa voix à des productions de Walt Disney dans les années 1930 – écrit au revers du menu : « M. Romain Gary est vraiment celui qu'il nous fallait depuis longtemps. Il a fait appel, avec une grande simplicité, au bon sens de ses compatriotes. Son discours est allé directement au cœur de tous. » Puis elle note les qualités qui lui semblent le mieux caractériser le diplomate : « bravoure, courtoisie et intellectualité ». À une table voisine, sa rivale, la correspondante du *Courrier français des États-Unis*, Renée Flood, se laisse aller à plus d'emphase devant ce qu'elle qualifie de véritable « élan d'enthousiasme » : « Los Angeles a reçu royalement notre nouveau consul général, M. Romain Gary. » Pour elle, « si la colonie et les amis de la France attendaient un important message, authentique et rassurant, du représentant de notre pays, ils ne furent pas déçus ». D'ordinaire, ces deux grands titres francophones de la côte Ouest sont concurrents : *Le Courrier français* incarne l'esprit progressiste de San Francisco et *L'Union nouvelle* celui plus conservateur de Los Angeles. Mais face aux arguments rassurants déroulés par le diplomate, leurs journalistes sont séduites et adoptent – une fois n'est pas coutume – la même ligne éditoriale.

En dénouant son foulard d'une main, tout en tenant le volant de la Oldsmobile de l'autre, son adjoint assis à ses côtés, Romain Gary se dit frappé par l'étonnante versatilité de l'opinion en Amérique. En un discours, il vient de retourner la communauté française de L.A., qui a une peur bleue du communisme et est hostile aux institutions de la IVe République. Il a rassuré ses compatriotes, leur a redonné confiance. Le diplomate l'a éprouvé dans ses fonctions aux Nations unies, chez le public américain, le conformisme est la règle. Surtout chez les Américains issus de l'immigration, c'est un réflexe instinctif de la part de personnes qui savent, au fond d'elles, qu'elles ne sont pas américaines. C'est pour cette raison, explique-t-il à Pujot, qu'il y a très peu de rebelles dans les salles américaines. Et c'est pourquoi, en tant qu'orateur, il peut se permettre quelques libertés, ajoute-t-il, en allumant une cigarette.

Mais une question taraude néanmoins le consul général. Ce descendant du marquis de La Fayette, qui s'est auto-investi du titre ronflant de président du Comité du 14 Juillet, n'est-il pas un curieux personnage ? Pujot lui confirme que c'est bien lui qui a plaidé pour une cérémonie plus discrète, quelques jours auparavant. « Vous comprenez, lui avait-il dit pour justifier les craintes de leurs compatriotes, nous sommes dans une année d'élections en Amérique, et comme ils ne savent pas comment les choses vont tourner en France, ils se méfient. » Pour La Fayette, poursuit Pujot, la situation française paraissait à ce point troublante qu'il se demandait sérieusement s'il n'allait pas, à une échéance plus ou moins rapprochée, être gêné par le rôle qu'il assumait au sein de la colonie française. « Enquêtez sur le personnage », rétorque Gary, en écrasant son mégot dans le cendrier.

La réunion des consuls

En arrivant à Outpost Drive, Odette ne connaît jamais d'avance le contenu de la journée qui l'attend. C'est elle, la première arrivée, qui prend le pouls de l'opinion publique américaine en ouvrant la grande enveloppe kraft déposée par le préposé d'Allen's Press Clipping. Il lui faut toujours trier la revue de presse en mettant de côté les articles mentionnant les *french fries* qui, par inadvertance ou par ignorance, sont découpés et associés à l'actualité française. En les classant par ordre d'importance, elle note que, depuis l'arrivée de son nouveau patron, la presse américaine n'a jamais autant parlé de la France.

Alors qu'elle se rend dans le bureau du consul général, le réceptionniste lui annonce que deux visiteurs viennent de se présenter. « Nous sommes venus voir M. Gary », lui disent-ils. Odette ne prête pas attention à ces deux hommes en costume noir qui la suivent dans l'escalier menant au premier étage. Mais Romain Gary, lui, devine d'un coup d'œil la situation.

« Catholique et baptisé », répète-t-il devant les représentants de la Jewish Defense League qui, les yeux écarquillés, restent bouche bée en entendant sa réponse. « Je viens d'une famille tout ce qu'il y a de plus catholique puisque j'ai fait ma première communion, maman allait à la messe tous les dimanches, j'ai même été enfant de chœur à Nice », insiste-t-il.

Alors que les deux hommes viennent de s'excuser de leur méprise et après les avoir raccompagnés sur le palier, Romain Gary appelle Odette dans son bureau : « Vous vous rendez compte, ils m'ont cru ! Je leur ai dit que j'étais catholique et baptisé, et ils m'ont cru ! »

Tout en rigolant de la scène qu'il vient de jouer comme un enfant rigole d'un mauvais tour, le diplomate observe les deux silhouettes qui redescendent Outpost Drive en se chamaillant.

« Allan, par la foi d'Abraham, qui est-ce qui t'a mis cette idée dans la tête ?

— C'est ce nom "Gary" qui sonne hébreu...

— Mais enfin, puisqu'il nous a dit qu'il était goy ! Tout ce qu'il y a de plus goy !

— Il a le visage tourmenté des Ashkénazes...

— Ça suffit avec tes lubies ! Tu vas ridiculiser la communauté ! »

*

Un mois à peine après son arrivée à L.A. et tandis que Romain Gary s'intègre peu à peu à la communauté française et commence à prendre des libertés avec son rôle, il doit se rendre à Washington en voyage officiel : du 12 au 14 mars 1956, l'ambassadeur de France à Washington doit y présider la grand-messe annuelle qui réunit l'ensemble des consuls généraux en poste en Amérique.

Quatre semaines auparavant, l'ambassade avait adressé un questionnaire de sept pages à tous les chefs de poste. Chacun d'eux disposerait d'une demi-heure pour faire un exposé sur l'actualité du moment – du néo-isolationnisme américain à l'entrée de la Chine communiste aux Nations unies en passant par la politique de détente de l'U.R.S.S. –, en donnant des indications aussi précises que possible, demandait l'ambassadeur. À la lecture de la dépêche officielle, Romain Gary avait souligné la mention « environ une demiheure » et avait reporté cette contrainte en première page du courrier. Que pourrait-il bien dire en si peu de temps sur de si vastes « affaires » ? s'était-il interrogé avant d'oublier la commande au fond de son esprit, en remisant la sollicitation dans son enveloppe. À présent, dans l'avion en direction de Washington, il était en train de ramasser ses idées en les griffonnant au revers de sa carte d'embarquement. Dans le même temps, aux quatre coins des États-Unis, ses collègues sabraient à grands traits de plume leurs allocutions savamment préparées ; quelques jours avant la conférence, l'ambassadeur avait ramené leur temps de parole à quinze minutes.

Au 2221 Kalorama Road, l'ambassade de France à Washington occupe une vaste maison de style Tudor construite au début du XXe siècle. L'imposante bâtisse à l'allure de château anglais est entourée d'un parc dans lequel Romain Gary pénètre sans peine. Hormis le liseré jaune sur le trottoir et le drapeau tricolore qui flotte entre les arbres, rien n'annonce qu'il s'agit là d'une mission diplomatique, constate-t-il. Henri Hoppenot, qui y a exercé les fonctions de délégué du Comité français de Libération nationale, lui a si bien décrit les lieux que le consul général éprouve d'emblée un sentiment de familiarité.

« Bienvenue dans le cirque américain », lui lance Maurice Couve de Murville en l'accueillant. Après avoir échangé quelques mots avec l'ambassadeur de France, Romain Gary se dirige vers ses collègues qui devisent dans une ambiance feutrée, porcelaine de Sèvres à la main. Parmi les diplomates présents, Romain Gary connaît Robert Luc, consul général à San Francisco, Roger Vaurs, chef du service de presse de l'ambassade, et Jean-André Binoche, sous-directeur d'Amérique au Quai d'Orsay, qui a fait la liaison transatlantique pour l'occasion. Pendant trois jours, les diplomates ne vont pas seulement débattre de la politique intérieure américaine, des orientations du Département d'État, des relations commerciales franco-américaines ou des arguments à développer pour défendre Paris ; non, dans le huis clos de l'ambassade, ils vont aussi se toiser du regard, comparer leurs frais de représentation, chercher à capter la parole, nouer des intrigues, se faire des crocs-en-jambe. « Comment se fait-il que La Nouvelle-Orléans, qui n'a qu'un demi-million d'habitants, parle avant Chicago, qui en a six fois plus ? » s'étonnera un collègue auprès de Romain Gary, qui répondra par un haussement d'épaules. De fait, aux considérations administratives – reconduction de crédits, affectation de personnels, augmentation des secrétaires et autres recrutements –, succédera rapidement un autre étalon de mesure : le nombre de conférences que chacun d'eux aura prononcées au cours de l'année écoulée. À l'échelle des États-Unis, le total des prises de parole s'élève à deux cent cinquante. Quel chef de poste tire son épingle du jeu ? s'interrogent-ils du regard.

Face aux intrigues qu'il observe autour de lui, Romain Gary se demande si c'est réellement cela le jeu diplomatique. À la sortie de la guerre, lui n'a pas rejoint le Quai d'Orsay pour incarner cet esprit-là. Comme il l'a fait depuis dix ans, il s'apprête donc à faire montre d'indépendance d'esprit et de liberté de parole. Après tout, se dit-il en parcourant l'assemblée du regard, il incarne la France de la Résistance, haute en couleurs et qui a le sens de l'épopée.

« En Amérique, soutient Couve de Murville en conclusion de la réunion, notre pays continue d'être sujet d'attention, plus peut-être que tout autre État européen. On a pour la France les sévérités que l'on réserve aux amis dont on attend beaucoup ; on la critique sans ménagement, comme si on lui en voulait de ne pas réussir ; d'aucuns, comme pour décharger leur conscience des doutes provoqués par certaines attitudes américaines, vont jusqu'à accuser la France de tous les péchés. On lui reproche son instabilité gouvernementale ; on la prétend incapable de s'adapter au rythme du monde moderne ; on lui fait supporter la malédiction réservée aux "puissances coloniales", et ceci en des termes souvent sommaires, donc injustes. »

Après avoir demandé la parole, Romain Gary propose, face à ces sombres constats, de recourir à la télévision – « le petit écran blafard ? » s'exclame l'un de ses collègues en fronçant les sourcils – pour proposer aux Américains une image du peuple français de nature à être accueillie avec sympathie et amitié par le public. Il suggère de faire réaliser une série de courts-métrages pour présenter les innovations françaises dans les domaines industriel, scientifique ou encore culturel. Il faut montrer les progrès dont a été capable notre pays, soutient-il. Mais cela ne serait qu'une toile de fond, il faut surtout insister sur « l'intérêt humain » du peuple français. Et pour ce faire, il convient de montrer dans leur vie quotidienne les ouvriers, artisans, paysans, commerçants et industriels français d'une façon qui permettrait au public américain de se reconnaître en eux, de franchir ce fossé d'ignorance, d'hostilité ou de propagande parfois hostile et presque toujours maladroite que l'ambassadeur vient de décrire.

En écoutant cette suggestion, un diplomate demande à son voisin si Romain Gary est consul général de France à Los Angeles ou bien à Hollywood... « Un diplomate n'est pas un producteur mais un médiateur au sens traditionnel du terme », lui répond son collègue en étouffant un ricanement. Contre toute attente, Couve de Murville retient l'idée et demande à l'ensemble des chefs de poste de faire une enquête sur les conditions dans lesquelles ils pourraient recourir à la télévision. « En conclusion, Messieurs les consuls, reprend l'ambassadeur, il convient plus que jamais d'occuper le terrain, de prononcer des conférences, de participer à des débats et d'intervenir dans des émissions. Car avant d'être le père de la colonie, un consul général est avant tout un propagandiste de la cause française. »

Avant de prendre la route de l'aéroport, Romain Gary invite l'ambassadeur à faire une visite officielle à Los Angeles. « Vous pourrez ainsi vous rendre compte, lui dit-il, du rôle que jouent les médias sur le public de ma circonscription. »

Les bougainvilliers de Californie

À son retour à Outpost Drive, Romain Gary prend connaissance des coupures de presse qui lui ont été consacrées pendant son absence. Sous la rubrique « Courrier des lecteurs » du *Los Angeles Herald-Express*, un certain « E.B. » écrit à la rédaction : « Ainsi, Romain Gary, le consul général de France, pense que Los Angeles lui rappelle Nice. Qu'en est-il ? » Un sentiment d'effroi saisit le diplomate qui s'attend à un accroc dans sa biographie officielle. « Quiconque a déjà vu Nice sait que la comparaison avec une ville aussi belle que Los Angeles est juste ridicule », poursuit le lecteur. Son honneur est sauf mais le boulet est passé près, songe le diplomate en allongeant le dossier de son fauteuil. L'instant d'après, prenant connaissance du courrier réservé, il découvre l'acte présidentiel portant exequatur de sa commission consulaire signé de la main d'Eisenhower. Le voilà officiellement investi des fonctions de consul général de la République française. En posant ses pieds contre l'angle du bureau, Romain Gary pousse un long soupir de soulagement. Il a franchi un premier cap en passant l'épreuve du feu.

Après avoir appuyé sur l'intercom, il dit à sa secrétaire :

« Odette, que faites-vous samedi ?

— Je suis chez moi, pourquoi, Monsieur ?

— Je passe vous chercher à 10 a.m. à votre domicile. Donnez-moi l'adresse. »

*

Le samedi suivant, Romain Gary arrête la Oldsmobile devant le pavillon de la famille de Benedictis, dans le quartier de University of Southern California situé à vingt minutes de Outpost Drive, et donne un coup de klaxon. Lorsque Odette sort sur le pas de la porte, elle affiche une expression de surprise :

« Je pensais que vous plaisantiez...

— Pas du tout. Venez. »

S'excusant un instant, elle expose la situation à son mari, embrasse ses enfants, s'entend dire par sa mère que le consul général n'a aucun respect pour sa famille et part en claquant la porte.

En roulant dans Los Angeles, Romain Gary lui explique que les premières impressions sont toujours les plus déterminantes. Or, cela fait maintenant un mois qu'il est en poste et il n'a pas encore eu le temps de retranscrire ce qu'il a vu depuis son arrivée. Elle va donc écrire ce qu'il va lui dicter.

« La Californie est une terre envoûtante, déclare l'écrivain en prenant la direction de South Los Angeles... Le pays est immense, on se déplace constamment, c'est un pays de nomades... À l'angle de Wilshire Boulevard, une maison est transportée sur une plate-forme d'un quartier à un autre... On y croise l'architecture la plus belle du monde mais aussi la plus laide... Il est vrai qu'à Los Angeles, l'individu, ce n'est pas l'homme, c'est l'automobile, la ville a été bâtie pour ça et comme ça... L.A., c'est la civilisation de la voiture, avec ses innombrables *drive-in* : bâtiments, commerces, restaurants, cinémas, églises sont conçus autour de la voiture... Des distances inhumaines isolent les quartiers les uns des autres et chaque habitant est condamné à utiliser sa voiture pour le moindre déplacement. C'est pourquoi la ville est en changement constant. Elle pousse comme les racines d'un arbre, sans être planifiée, dans une alternance de quartiers résidentiels et de bureaux, de petites maisons et de grands buildings... »

Romain Gary décrit le paysage qui défile de part et d'autre du *freeway*. Les palmiers semblent chercher l'eau dans le bleu du ciel, songe-t-il, avant d'apercevoir les mouvements articulés des puits de pétrole qui donnent à la banlieue de Los Angeles un air de Far West. « Mais si l'on parle de L.A. comme d'un immense garage, poursuit-il, on y voit aussi en pleine ville des eucalyptus et des fleurs absolument magnifiques, comme ceux de Outpost Drive. Il suffit de s'éloigner du consulat en faisant quelques mètres et on est dans une jungle incroyable. Il y a quelque chose dans ce pays qui vous permet, si vous avez une petite maison dans un coin bien choisi, d'être le plus heureux du monde en étant en communion avec la nature et la lumière, la mer et la végétation, la liberté et l'espace », développe-t-il.

Assise à ses côtés, Odette prend note sous sa dictée des rêveries de son patron. Si la route lui donne mal au cœur, elle se prête de bonne grâce à l'exercice. Si Gary n'est que le deuxième chef de poste pour qui elle travaille, elle a d'emblée compris qu'il n'était pas un diplomate comme un autre. « Si vous aimez les paysages envoûtants, lui suggère-t-elle, alors quittez le *freeway* et prenez vers le sud en direction de San Diego, on va longer la côte. »

Une demi-heure plus tard, ils marchent face à l'océan sur la plage de Laguna Beach. « On dirait les paysages du sud de la France », s'extasie Gary avant d'interroger Odette sur sa famille, sa vie à Los Angeles, la façon dont elle est arrivée aux États-Unis.

Elle est née à Tientsin le 17 mars 1929, lui dit-elle, d'une mère chinoise et d'un père breton. Là-bas, sa famille menait une vie de coloniaux dans une Chine qui entrait à peine dans la modernité. À cinq ans et demi, elle est envoyée chez les bonnes sœurs. Elle a dix ans lorsque la Chine connaît l'occupation japonaise. À peine majeure, elle rencontre un Italo-Américain qui lui promet de l'épouser si elle accepte de le suivre aux États-Unis. C'est comme ça qu'elle est arrivée en Californie où elle a ensuite fait venir ses parents qui vivent désormais avec elle. À vingt-sept ans, elle a déjà deux enfants et un mari qui s'intéresse peu à ce qu'elle fait au consulat, où elle a été recrutée en septembre 1952 par le précédent consul général, Raoul Bertrand. « Voilà, vous savez tout de ma vie », conclut-elle avant d'ajouter : « Ah non, j'allais oublier, je suis payée deux cent soixante-quinze dollars, dix dollars de plus que les autres secrétaires, parce que j'ai pris des cours de sténo... et je suis très indépendante », ajoute-t-elle en éclatant de rire.

Tandis que leurs deux silhouettes marchent côte à côte sur la plage, Romain Gary est surpris de croiser les regards qui se portent sur ce couple dépareillé : elle, fluette, en tenue légère, lui, ce grand monsieur bien habillé.

« Pourquoi tout le monde nous regarde ? demande-t-il en se tournant vers elle.

— Ils ne nous regardent pas, ils *vous* regardent », répond Odette.

Ils sont à présent attablés au Victor Hugo Inn, le restaurant chic de la côte qui domine l'océan. Assise en face de Gary, Odette perçoit le pli d'un muscle sur son menton qui l'empêche de sourire complètement mais note surtout ses yeux bleus perçants soulignés par de longs cils qui contrastent avec le teint bistré de son visage. Gary, quant à lui, est frappé par la beauté rayonnante d'Odette, par cette coiffure à la Veronica Lake : des cheveux brun foncé qu'elle porte jusqu'aux épaules, avec une raie sur le côté qui ne laisse percevoir que la moitié des jolis traits de son visage.

Roulant sans fin dans la banlieue immense de la plus grande ville des États-Unis, zigzaguant entre les voies lorsqu'il faut choisir l'une d'elles pour ne pas rater l'échangeur, Odette prend conscience que celui qui est assis à ses côtés, au volant de la Oldsmobile, n'est plus seulement le consul général ; il est devenu Romain Gary, cet homme sensible qui souligne la couleur des bougainvilliers croisés le long de la route et qui conduit sa voiture comme il conduirait un avion. Lorsque, le soir venu, il la dépose devant son domicile, c'est elle qui lui lance : « Remettons cela samedi prochain. »

*

Quelques jours plus tard, alors qu'Odette lui trouve un air sombre, elle l'invite à une fête qu'elle organise chez elle. La jeunesse américaine va le divertir, se dit-elle en ouvrant la porte du pavillon familial. Mais ce soir-là, le diplomate qui entre dans son salon est accablé par le spleen. Dès cet instant, les conversations s'arrêtent alors que la seconde d'avant elles couvraient la musique. Romain Gary se tient droit dans l'entrée, dans un silence où ne retentit pas même un tintement de verre. Lorsqu'il s'assied sur le canapé et qu'il enlève sa chaussure pour ôter un caillou qui s'y est logé, des regards embarrassés sont échangés au sein de l'assemblée. Au bout d'une demi-heure, Odette raccompagne cet hôte dont le visage tourmenté et la prestance intimident les autres convives qui ont quinze ans de moins que lui.

Le lendemain, à Outpost Drive, elle cherche à comprendre le mal-être qu'éprouve son patron, en discutant avec lui dans sa chambre au rez-de-chaussée du consulat. Romain Gary lui confesse son insatisfaction à l'égard de la relation qui le lie à son épouse. Au bout de onze ans de mariage, une forme de cohabitation s'est instaurée entre eux, faite de vies parallèles et de longs voyages, chacun de leur côté.

« Pourquoi ne divorcez-vous pas ? lui demande Odette.

— On ne divorce pas de sa famille », répond-il, le visage mélancolique.

En réalité, avant qu'il n'arrive à Los Angeles, Romain et Lesley se sont séparés dans un climat de drame. À l'automne 1955, il lui avait fait part de sa volonté de la quitter. Leur mariage avait été rompu avant finalement d'être rescellé. Le temps que les tensions s'apaisent, Lesley avait préféré le laisser partir seul en Californie et en avait profité pour résider dans leur maison de Roquebrune et poursuivre les recherches pour son prochain ouvrage.

Pour Romain, envers et contre toutes les disputes, Lesley est son unique ancrage. Son père, Léon Kacew, l'a abandonné lorsqu'il était enfant, apprend-il à Odette. Sa mère, Mina Owczyńska, est morte durant la guerre. Du côté maternel, il n'a qu'une tante vivant à Varsovie, derrière le Rideau de fer, à qui il envoie tous les mois trente dollars. Sa seule aide pour vivre, lui explique-t-il. À Nice, il y a bien Dinah Owczyńska, sa cousine germaine, dont le fils, Paul Pavlowitch, est encore adolescent, mais Romain ne les voit que rarement, lors de ses séjours à Roquebrune. Alors, oui, lorsqu'il a rencontré Lesley, qui a dix ans de plus que lui, elle est devenue sa famille, toute sa famille, son unique famille.

« Vous devriez songer à vous amuser, on n'a qu'une vie », lui suggère Odette, avant de lui demander si parmi ses amies croisées chez elle, l'autre soir, aucune ne lui plaisait.

« Celle qui a les nichons tricolores, répond-il assis au coin de son lit.

— Ça, je ne sais pas qui sait, lui dit-elle, parce que je n'ai pas vu mes amies sans soutien-gorge. »

Gary embrasse alors Odette, qui se laisse faire par cet homme pour qui elle éprouve déjà estime et affection.

*

« Où est le consul général ? » Depuis son arrivée à Outpost Drive, il ne se passe pas un jour sans que le consul adjoint ne demande à Odette : « Qu'est-ce qu'il fait ? Où est-il ? » De guerre lasse, ce jour-là, elle lui répond : « Écoutez, Monsieur Pujot, vous êtes son collaborateur le plus proche, demandez-le-lui ! » Tandis que Romain Gary est à peine revenu d'une visite de courtoisie au gouverneur de la Californie dans sa résidence officielle de Sacramento, Odette entend Pujot dire au téléphone : « Je suis désolé, le consul général n'est pas à son bureau, il écrit ses romans... »

Dans un moment de réflexion, Romain Gary songe aux semaines qui viennent de s'écouler. Depuis son arrivée, le diplomate a redoublé d'efforts pour honorer les nombreuses invitations qui lui ont été adressées, en allant jusqu'à rendre visite au cardinal McIntyre, l'archevêque de Los Angeles qui aspire à devenir pape et qui lui a demandé lors de leur entrevue s'il est vrai que de Gaulle est un agent de Moscou. En un temps record, le consul général a déjà fait le tour de tous les salons des grands hôtels de L.A. en y multipliant les conférences sur la situation politique française. Chaque fois, il a usé des mêmes ficelles devant un public impassible. Si Gary sait d'avance ce que pense l'assemblée à laquelle il s'adresse et les objections qui lui seront opposées, c'est qu'il connaît les sources invariables auxquelles ses contradicteurs vont se référer. Tous les matins, le diplomate passe de longues heures à lire la presse de la côte Ouest. En ce printemps 1956, le personnage du diplomate est encore un rôle consenti qui amuse Romain Gary. Non parce qu'il lui procure cette vie sociale à laquelle il ne croit plus depuis longtemps mais parce qu'il le structure dans cette quête perpétuelle de lui-même.

Une mine d'or

« Alors c'est ici, Outpost Drive ! » Lorsque le 3 avril 1956, Lesley Blanch arrive à Los Angeles, elle est surprise par la localisation du consulat, sur les collines de Hollywood. Après avoir posé ses bagages dans la vaste entrée en forme de rotonde, elle parcourt les pièces à la recherche du génie des lieux.

⋆

Lorsqu'en 1944 – voilà douze ans –, ils se sont rencontrés à Londres, Lesley Blanch était déjà une journaliste en vue collaborant à la rédaction de *Vogue* tandis que Romain Gary n'était alors qu'un inconnu. Engagé volontaire dans les forces de la France libre, naturalisé français depuis moins de dix ans, il se délivrait de sa rage de vivre en écrivant tout son saoul. Il ne se faisait d'ailleurs pas appeler Romain Gary mais Romain Gari de Kacew, de son nom de guerre, alors qu'il n'était déjà plus Roman Kacew, son nom de naissance.

Dans la capitale anglaise en proie aux bombardements, le jeune aviateur venait de publier un premier roman, *Forest of Anger*, chez l'éditeur anglais Cresset Press. Après l'avoir lu, Lesley avait entrepris de présenter son auteur à ses amis écrivains et journalistes. Elle avait pris en main ce jeune homme perdu et exilé. Et, quelques mois après leur rencontre, ils s'étaient mariés. Puis, au début de l'année 1945, ils étaient partis en Bulgarie débuter une vie d'ambassade, Lesley ayant décidé de laisser derrière elle le journalisme et ses activités d'alors.

À mesure que Romain Gary enchaînait les missions diplomatiques – à Sofia, Paris, Berne puis New York –, Lesley Blanch écrivait. En 1954, paraissait *The Wilder Shores of Love*, dont la traduction française allait avoir pour titre *Les Rives sauvages de l'amour* et serait bientôt la grande œuvre de Lesley : une série de quatre biographies de femmes européennes du XIXe siècle partant au Moyen-Orient à la poursuite de l'amour. Dès sa parution, le livre avait rencontré le succès tant auprès du public que de la critique. Aussitôt, les droits avaient été achetés par la Metro-Goldwyn-Mayer pour en faire un film. Lesley, cette femme de cinquante ans, libre et indépendante, qui avait déjà eu plusieurs vies – illustratrice de livres, décoratrice de théâtre, caricaturiste, critique dramatique et journaliste avant d'être écrivaine – était devenue une icône : au midi du XXe siècle, elle incarnait la figure de l'écrivain-voyageur au féminin, dans la tradition d'une Isabelle Eberhardt.

« Quel effet cela fait-il d'être marié à un auteur célèbre ? avait alors demandé un journaliste à Romain Gary, à qui le livre était dédié.

— Monsieur, avait-il répondu, piqué au vif et particulièrement déprimé, vous devriez poser cette question à ma femme. Voilà dix ans qu'elle en fait l'expérience quotidienne. »

Deux ans plus tard, lorsque Lesley le rejoint à Los Angeles, l'œuvre littéraire de Romain Gary est encore dans l'ombre de la sienne. Car après le succès d'*Éducation européenne*, qui avec le prix des Critiques avait été tiré à plus de cent mille exemplaires, ses autres livres – *Tulipe*, *Le Grand Vestiaire* et *Les Couleurs du jour* – n'avaient rencontré que peu d'écho et peu de lecteurs. Et Romain Gary en souffrait. Il se sentait incompris alors qu'il travaillait d'arrache-pied pour se délivrer de ses démons et s'élever lui aussi au rang des écrivains reconnus.

★

Après avoir fait le tour de Outpost Drive et ouvert le moindre placard, Lesley laisse tomber son verdict. Elle regrette que cette maison, qui n'est pourtant pas dénuée de style, soit avant tout un lieu administratif, froid et vide. Elle va donc faire comme à Sofia, Berne et New York, annonce-t-elle à son mari : à chaque poste, dans ces maisons anonymes qu'habitent les diplomates de passage, elle s'est employée à mettre de la chaleur en puisant dans ses grandes malles de voyage.

Dans le salon de réception, elle installe des tapis persans, parsème la pièce de miroirs dorés et d'icônes russes, et dispose sur le canapé une fourrure blanche et des coussins en velours sur lesquels sont brodés des motifs orientaux. Dans la salle à manger où trône une grande table en verre qui contraste avec des chaises rustiques, elle ajoute de luxuriantes plantes grasses et des fougères, et change les abat-jour et les rideaux. Ces vastes pièces aux murs blancs se parent soudain de multiples couleurs – vert, bleu, lie-de-vin – qui révèlent l'atmosphère méditerranéenne des lieux. Réquisitionnée pour déplacer les meubles et transporter les plantes, Odette se plaint auprès du consul général. « Vous savez, votre épouse, elle me fatigue, moi je ne peux pas soulever ces pots ! » Pour la fluette secrétaire du consulat, Mme Gary est une *matronly woman* comme disent les Américains, une femme imposante. « Elle est solide, hein ! » répond Gary.

Alors que Romain s'est installé dans une petite chambre avec une salle de bains donnant sur la rotonde à l'entrée de la maison, Lesley préfère investir l'aile des domestiques, où l'on accède par un couloir étroit. Elle y dispose de deux pièces séparées, à côté du bureau de l'archiviste. « Elle écrit la nuit et moi le jour », avait dit le consul général pour justifier cette cohabitation dans deux espaces distincts, sans tout à fait convaincre le personnel du consulat.

Mais dès son arrivée, Lesley investit surtout le jardin de Outpost Drive. À Los Angeles, il fait beau toute l'année ainsi que le vantait, au début du XXe siècle, la Chambre de commerce pour attirer les investisseurs sur la côte Ouest. Aussi, pour cette Anglaise à la peau très blanche, lire et écrire au soleil devient un ravissement. Sur la terrasse située derrière la maison à l'abri des regards, elle installe une chaise longue et va désormais travailler à son œuvre, entourée par la végétation et les oiseaux-mouches. « Madame est en train d'écrire », se disent les agents du consulat lorsque, de leurs bureaux, ils entendent un murmure de musique orientale provenant des fenêtres.

Des collines de Hollywood, Lesley aime surtout la nature sauvage, dans le goût des jardins anglais foisonnants. Lorsqu'elle fait venir un jardinier à Outpost Drive, elle pousse de grands cris qui alertent tout le consulat : « Virez-moi cet assassin asiatique ! » ordonne-t-elle à Odette, qui lui explique avec tact que le jardinier japonais n'est autre que le mari de la secrétaire du maire de Los Angeles... « Je ne veux plus qu'une seule branche soit coupée, vous m'entendez », ordonne-t-elle en se lamentant devant les rosiers et les lauriers taillés au millimètre. Odette la met aussi en garde parce que Lesley a amené dans ses bagages sa chatte, Norman, qu'elle laisse se promener dans le jardin ; situé à flanc de colline, le consulat jouxte Runyon Canyon où rôdent des coyotes et des pumas qui descendent jusqu'aux premières habitations de Outpost Estates pour fouiller dans les poubelles et égorger les animaux domestiques, lui dit-elle.

Pour les agents du consulat, Lesley Blanch devient bien plus que l'épouse d'un consul général. Elle est à la fois cette personne élégante et un peu froide qui a un sens avisé des relations humaines, mais aussi ce fort tempérament qui s'affaire dans les tâches domestiques et porte de larges tuniques pour, dit-elle, cacher ses rondeurs. Peu de temps après son arrivée, la journaliste du *Los Angeles Times* le suggère d'ailleurs aux lecteurs américains : « Si vous rendez visite à Mme Romain Gary à son domicile sur les collines de Hollywood, attendez-vous à la trouver prise par l'une de ses nombreuses activités : divertir des dignitaires français, écrire un livre ou huiler la charnière d'une porte qui grince. »

Grâce à Lesley, Outpost Drive va devenir un lieu familier des intellectuels et des artistes de Los Angeles, comme lors de cette soirée d'avril 1956 lors de laquelle le couple donne un cocktail pour la neuvième édition du Festival de Cannes. Comme chaque année depuis 1946, la délégation américaine qui va représenter Hollywood se rend au consulat pour y être célébrée. Elle est conduite par la productrice belge Anne Buydens, qui n'est autre que l'épouse de Kirk Douglas, mais parmi les personnalités présentes figurent surtout des acteurs de second rang : Bing Crosby, Marsha Hunt, Bob Presnell, Marisa Pavan et son époux Jean-Pierre Aumont, qui reviennent de leur lune de miel à Honolulu. Le producteur Edwin H. Knopf s'excuse, il assiste ce soir-là à un concert du pianiste Arthur Rubinstein, et si la présence de Jack Warner, des studios Warner Bros., a été annoncée dans la presse, c'est par erreur.

Lorsque les derniers invités quittent les salons du consulat, Lesley lance à Romain :

« Mais, enfin, qu'as-tu fait depuis deux mois ?

— J'ai rendu visite à Groucho Marx ! lui répond-il d'un air agacé.

— Tu es assis sur une mine d'or et tu en extrais du charbon, je vais prendre les choses en main ! » réplique-t-elle.

Visite protocolaire

Dès le lendemain de la réception, le consul général doit préparer la venue de Maurice Couve de Murville qui a annoncé sa visite à L.A. Si la colonie française veut le recevoir avec faste, des moyens doivent être débloqués. Or, à sa prise de poste, aucune prévision budgétaire n'a été faite pour l'année 1956. Romain Gary appelle illico Paris pour demander des crédits spéciaux en vue de la visite officielle. La réponse tarde et le temps presse : l'ambassadeur arrive dans une semaine. Le 13 avril – un vendredi 13 ! –, le diplomate relance l'administration en envoyant un télégramme. Le lundi matin au ministère, le rédacteur de la direction générale du personnel qui reçoit la requête pressante barre Hollywood et inscrit Los Angeles en lieu et place de l'adresse d'expédition. « Non mais pour qui se prend-il ! Les codes du Département doivent prévaloir en toutes circonstances. »

★

En faisant sa connaissance à l'ambassade, Romain Gary avait trouvé Maurice Couve de Murville froid et distant.

S'agissant de son supérieur hiérarchique, le consul général avait l'obligation de recevoir dignement l'ambassadeur de France à Washington. Couve est né dans une famille de la bourgeoisie protestante et a poursuivi ses études jusqu'au doctorat avant d'être reçu major au concours de l'Inspection des finances, lit Gary dans l'*Annuaire diplomatique*. Pendant la guerre, il a été directeur des finances extérieures et des changes du régime de Vichy avant de rejoindre Alger en mars 1943. Bien tardivement, aux yeux de Gary. En Afrique du Nord, où les Alliés ont débarqué, ce n'est pas de Gaulle qu'il rallie mais son rival, le général Giraud – grave erreur ! – et devient commissaire aux finances du Comité français de la libération nationale. La guerre, il l'a faite dans les bureaux, conclut Gary. À la Libération, Couve est nommé représentant officiel du gouvernement français à Rome. Il devient par la suite ambassadeur au Caire, puis chef de la délégation française à l'O.T.A.N. avant d'être nommé à Washington en 1955. À quarante-neuf ans, s'il occupe l'un des postes les plus prestigieux de la diplomatie française, tout sépare les deux hommes, conclut Gary en refermant l'*Annuaire*.

Les jours précédant l'arrivée de l'ambassadeur ont provoqué une grande tension à Outpost Drive. Non pas au sein du personnel du consulat, habitué aux visites protocolaires. Une tension entre Lesley et Romain. Le consul général s'est entièrement reposé sur son épouse pour organiser la réception officielle, arrêter la liste des invités, pousser les meubles, retenir le traiteur... Ayant un sens aigu des relations sociales, Lesley excelle dans cette mission, pourvu qu'on lui accorde du temps et des moyens. Or, elle a failli repartir pour l'Angleterre, quelques jours seulement avant la venue de l'ambassadeur. De nouveau, le couple a fini par se rabibocher, une fois encore, mais il en reste des traces lorsque, le matin du vendredi 20 avril 1956, l'ambassadeur et son épouse arrivent par un vol direct depuis Washington.

« Est-ce que tout va bien entre vous ? » lui demande le soir même l'ambassadrice, Jacqueline Couve de Murville, en remarquant les stigmates laissés sur leur union, avant que l'attention ne se concentre sur les trois citoyens de Los Angeles que l'ambassadeur doit décorer de la Légion d'honneur. Il y a là le violoncelliste russe Gregor Piatigorsky, le chef d'orchestre Alfred Wallenstein et le président de l'Alliance française de Beverly Hills, Joseph Sigal. Plus de cent cinquante personnes se serrent dans les salons pour honorer autant les récipiendaires que l'ambassadeur de France.

Observant avec méfiance le cirque hollywoodien, Couve de Murville remarque que la résidence de France a des allures moyen-orientales. « Ces tapis, ces icônes russes... c'est assez folklorique ! dit-il à son consul général.

— C'est moi, répond Lesley en anglais, qui ai ramené ces objets de mes nombreux voyages. Voyez-vous, Monsieur l'ambassadeur, lui dit-elle, nous nous trouvons ici en France, du fait de l'extraterritorialité du consulat, dans une maison mexicaine, dont le salon a un décor russe et oriental... En somme, conclut-elle, Outpost Drive est cosmopolite, à l'image de notre famille. » Pincé, l'ambassadeur ne réagit pas mais lorsqu'il voit le consul général engloutir les blinis qui sont servis aux invités, son visage se crispe.

Le lendemain matin, après s'être réveillé au Beverly Hills Hotel, sur Sunset Boulevard, où la délégation est descendue, l'ambassadeur découvre un peu plus la comédie californienne. Attablé au Polo Lounge, le restaurant de l'hôtel, où il prend son petit déjeuner, il voit un serveur dérouler un fil entre les tables avant d'apporter un téléphone à l'une d'entre elles. Lorsque Romain Gary arrive, l'ambassadeur le questionne aussitôt : « C'est un lieu très en vue à L.A., répond-il, et le comble du chic est d'y recevoir un *business call* en se faisant annoncer à la réception. »

Durant ce week-end de printemps, le consul général a voulu ménager des déplacements à l'extérieur de la ville. Pour sa première venue en Californie, l'ambassadeur doit se rendre compte de la diversité de cet État, lui dit-il sur le chemin du ranch où se rend la délégation. Lorsqu'en accueillant ses invités, leur hôte, un riche Américain francophile, tend son fils, un nouveau-né, à Couve de Murville, qui le prend dans les bras, l'ambassadeur dissimule encore une fois la surprise que suscitent chez lui les mœurs américaines. Le lendemain, son irritation devient perceptible. En lui proposant de visiter Disneyland, Romain Gary n'y avait pas vu malice. Le parc d'attractions inauguré en 1955 est une vitrine de la société de divertissement américaine et, dès son ouverture au public, plusieurs milliers de personnes en poussent les portes. De nombreux gouvernements payent très cher pour y avoir un stand. Au moment même où la France cherche à promouvoir le tourisme hexagonal, l'opportunité apparaît réelle, suggère le diplomate. Lorsque le consul général croise le regard de l'ambassadeur de France, tournoyant dans une tasse de thé géante, sous les acclamations du public, il comprend qu'il a commis une erreur. Qu'importe, les Américains oublient vite, pense-t-il alors, en omettant le fait que Couve a une mémoire de protestant et que les photographes sont là pour immortaliser la scène. L'ambassadeur de France poursuit sa tournée, contemple les manèges, roues à aubes, cabanes dans les arbres et autres ponts en corde. Sur Tom Sawyer Island, il complimente les dirigeants du site pour le mini-château de conte de fées construit en carton-pâte. En diplomate chevronné, Couve fait bonne figure, même si, dans ce décor californien, il se sent pris au piège.

En marge de la conférence au Statler Hotel que l'ambassadeur donne devant les membres du Los Angeles World Affairs Council, Romain Gary organise une rencontre avec un *news commentator* de la chaîne C.B.S. ; Clete Roberts est très honorablement connu en Amérique, dit-il à l'ambassadeur, il a déjà tourné près de cinq cents films de télévision pour le compte de diverses compagnies. L'idée de Gary est de lui confier la réalisation des courts-métrages sur la société française. « La réalisation du projet ne comportera aucune mise de notre part, l'assure-t-il. Sur place, chaque organisme directeur apportera son concours et la production se financera en commercialisant les films auprès des chaînes de télévision américaines. » Romain Gary a déjà pris contact avec la Régie Renault, qui est favorable à l'idée d'un court-métrage sur les ouvriers français et l'industrie automobile. Il se propose d'en écrire lui-même le scénario. L'ambassadeur, impassible, répond poliment.

*

La poignée de main que Couve de Murville échangera avec son consul général sur le tarmac du Los Angeles International Airport sera froide. À l'image de l'homme, pensera alors Romain Gary. « Sans doute faut-il à M. Gary un chef qui le comprenne et sache l'utiliser selon ses dons et son caractère », avait écrit Henri Hoppenot, en 1950, dans la fiche de notation de son collaborateur. Six ans plus tard, de toute évidence, le courant ne passe pas entre l'ambassadeur de France à Washington et son consul général à Los Angeles. Mais en ce printemps californien la page sera rapidement tournée et une autre séquence protocolaire s'ouvrira aussitôt : le soir même, Romain Gary est convié à une réception donnée par un couple de Beverly Hills où le diplomate croise le joueur de polo Russell E. Havenstrite, l'avionneur Donald Douglas Jr ou encore le réalisateur Walt Disney. À Los Angeles, les visites s'enchaînent et le temps ne s'arrête jamais.

La comédie hollywoodienne

Depuis que la délégation est rentrée à Washington, Outpost Drive est redevenue une tranquille petite machine administrative, lorsqu'un groupe d'hommes se présente au consulat. « Il y a des étrangers en bas dont je ne connais pas la langue », explique Odette au vice-consul. Après les avoir reçus à la chancellerie, Jean Dimanchin pousse la porte du secrétariat : « Ce ne sont pas des étrangers, ce sont des Basques.

— *And what?* » répond Odette.

Ayant, elle aussi, croisé les visiteurs, Lesley, intriguée, questionne les agents du consulat. « Ce sont des bergers basques, ils vivent à Chino, au nord de Los Angeles, lui explique Dimanchin. Ils parlent très mal le français et pas du tout l'anglais. Ils viennent travailler quelques années en Californie, dans des coins reculés ou pas même un Américain ne voudrait vivre. Et, de temps en temps, ils descendent au consulat avec un interprète pour refaire leur carte consulaire ou leur passeport. » Fascinée par cette communauté de bergers vivant coupée du reste du monde, Lesley propose, au prochain 14 Juillet, d'associer ses membres à la diaspora des ressortissants français.

« Ils ne quittent jamais leur vallée », répond le vice-consul, mais si elle le souhaite, lui dit-il, ils font une fête tous les premiers dimanches de septembre, avec une messe en basque.

« Je doute que Romain accepte de m'y emmener, soupire-t-elle, il ne veut jamais faire ce qui est amusant. »

★

Pendant ce temps, le consul général a repris le rythme soutenu de ses conférences. Troisième ville des États-Unis, Los Angeles compte de nombreux quartiers qui ont chacun leurs réseaux, groupements, cercles ou clubs, et le consul général doit tous les honorer de sa présence, lui avait annoncé Odette à son arrivée. Dans le cas de Beverly Hills, c'est un peu différent, lui avait-elle dit, c'est une enclave, une municipalité indépendante au cœur de L.A., qui compte trente mille habitants et qui en gagne chaque jour davantage.

D'ordinaire, les réunions de l'Alliance française de Beverly Hills ne comptent pas plus de cent personnes mais ce soir-là ils sont plus du double à se presser devant le *nightclub* Ciro's, à West Hollywood. Il faut dire qu'en annonçant sur l'invitation « un cocktail dînatoire chic et distrayant », les organisateurs avaient voulu donner du faste à leur premier événement d'ampleur. Après avoir accueilli les invités, le président de l'association, Joseph Sigal, rappelle les faits d'armes du nouveau consul général et présente surtout sa « charmante épouse britannique », Lesley Blanch, que les Américains appellent Mme Romain Gary. Le dîner est servi à 8:15 p.m. précises. Sur les tables des invités : suprême de fruits, poulet rôti, pommes rissolées et haricots princesse, salade verte, tranche glacée napolitaine et moka. Au menu du speaker : un article de presse sur les enfants alcooliques en France. Seul en scène, éclairé par une poursuite lumineuse, le consul général déclare en souriant que l'article donne l'impression que la France est le produit de deux mille ans d'alcoolisme. On en rirait presque si l'article n'avait pas été exploité par les communistes... « Jouer sur les peurs du public », avait-il noté en rassemblant quelques idées sur un bout de papier. « En France, cet article a eu pour effet de nuire aux relations franco-américaines, il a alimenté la campagne de "haine de l'Amérique" menée par les communistes en servant utilement leur cause. » Le public, incrédule, applaudit le diplomate qui incarne le visage d'une France rassurante dans le tumulte politique. À 10:15 p.m., les lumières se tamisent et entre en scène le chanteur Maurice Chevalier, célèbre dans toute l'Amérique, qui interprète « Demain j'ai vingt ans ». Tandis que l'enseigne lumineuse « Ciro's », écrite en tubes de néon, rayonne sur Sunset Boulevard, les invités se saluent dans une atmosphère joyeuse avant de regagner leur voiture. En ce soir du vendredi 27 avril 1956, l'ambiance est à la fête et, peu à peu, le diplomate se fond dans son rôle avec l'aisance d'un comédien.

Mais en ces premiers jours de mai 1956, l'Histoire rattrape le consul général à mesure que les « événements » d'Algérie deviennent le sujet politique numéro un. Afin d'endiguer l'escalade de la violence, le président du Conseil, Guy Mollet, a décidé d'y envoyer les appelés du contingent. Alors que la durée du service militaire est portée de dix-huit à vingt-sept mois, des milliers de jeunes Français de métropole débarquent sur l'autre rive de la Méditerranée pour des opérations de maintien de l'ordre. Chaque famille française a désormais un pied dans une guerre qui ne dit pas encore son nom. Les instructions du Département sont claires : depuis 1830, l'Algérie, c'est la France. Telle une ritournelle, Romain Gary le répète, à plus de cinq mille *miles* de distance.

Après l'Alliance française de Beverly Hills et celle de Pasadena, le diplomate se rend, le mardi 15 mai 1956, au « Salon français » de Los Angeles. Pendant que le thé est servi à la villa « La Canada », dans les collines de Los Angeles, on cherche encore le consul général. Le public s'impatiente, dans une chaleur torride. On appelle au consulat, où on indique à ses hôtes que Romain Gary est parti depuis une heure. Dans le salon de la villa, la tension est palpable. Aurait-il pris « La Canada » pour le Canada ? tente une convive, pour détendre l'atmosphère.

À Outpost Drive, Odette se demande comment il a fait pour se perdre, elle lui a pourtant écrit toutes les indications nécessaires : « *Get on such and such street... when you get so and so... turn left... don't cross..., etc.* » Pendant qu'elle est train de recomposer son itinéraire, sa ligne sonne.

« Gary au téléphone. Qu'est-ce que c'est que ce truc que vous m'avez préparé ? Vous m'avez dit que ça prendrait trente minutes et ça fait une heure que je roule.

— Où êtes-vous ? » lui demande posément Odette qui, dès qu'elle entend la réponse, lui rétorque : « Mais comment êtes-vous arrivé là-bas ? C'est au diable Vauvert ! »

Lorsqu'il arrive enfin – sur Hollywood Boulevard, plus les numéros diminuent, plus on s'approche de l'océan, lui avait rappelé Odette –, ce n'est plus l'heure du thé. Devant ces dames à qui il fait le baisemain, le consul général demande d'emblée ce qu'elles désirent savoir. La question algérienne est le premier sujet à être évoqué. « Lorsque l'Algérie est devenue française, explique-t-il, ce n'était pas une nation indépendante ; elle était sous la férule du souverain de la Turquie. Nous en avons fait une partie de la métropole comme le Texas fait partie des États-Unis. » Aujourd'hui, dit-il à ses hôtes, l'enjeu est celui de la survie d'une société plurielle. Car l'Algérie tient à la France par des liens profonds, et réciproquement ; preuve en est, des écrivains comme Albert Camus y sont nés et des artistes comme Camille Saint-Saëns y ont élu domicile. Et surtout, ajoute-t-il : « Puisse la population algérienne ne jamais subir la "liberté soviétique" ; auquel cas, elle pleurera des larmes de sang ; souhaitons que la liberté française fleurisse de longues années ! » À mesure que son auditoire aborde de nouveaux sujets, le diplomate répond un à un à leurs préjugés, sans se départir d'un humour qui plaît au public américain. Lorsqu'on l'interroge sur le poujadisme, il répond : « Vous savez, les Français paient des impôts ! » Le public, ravi, se précipite vers le conférencier, un stylo et un papier à la main.

En repartant en direction de Outpost Drive, Romain Gary est frappé par la société américaine. Elle ne manque jamais de réagir avec générosité. C'est une qualité réelle, pense-t-il en allumant une cigarette, qui va de pair avec sa gentillesse naturelle, son sens de l'entraide et son hospitalité. Mais les Américains sont tellement versatiles. Le public est plus sensible à ce qui s'adresse à son cœur qu'à ce qui touche sa raison.

*

Pendant que le diplomate multiplie les prises de parole aux quatre coins de Los Angeles, son épouse fait son entrée dans les cercles de Hollywood. Par l'intermédiaire de son amie new-yorkaise Fleur Cowles Meyer, Lesley est introduite auprès du réalisateur de la Metro-Goldwyn-Mayer George Cukor. Depuis ses débuts dans les années 1930, le cinéma américain lui doit quelques chefs-d'œuvre comme *Little Women* ou *The Philadelphia Story*. À cinquante-sept ans, cet homme raffiné, homosexuel revendiqué, va devenir un ami intime de Lesley. « Le cinéma hollywoodien, c'est un cocktail de talent et de névrose, de technique et d'illusion », lui dit-il en l'accueillant lors de leur première rencontre, avant de l'inviter aux mythiques soirées qu'il donne dans sa maison de Cordell Drive.

Les éléphants d'Afrique

À Los Angeles, Romain Gary a accompli « en cinq semaines un travail qui ne l'a pas été en cinq ans », écrit Adrienne D'Ambricourt dans *L'Union nouvelle*, après l'avoir croisé à toutes les cérémonies patriotiques et à tous les comités franco-américains du bas de la ville à la vallée en passant par les collines.

Mais si le diplomate s'est dépensé sans compter depuis son arrivée en Californie, l'écrivain n'a en réalité qu'une obsession : celle de terminer le manuscrit auquel il travaille depuis de nombreuses années et qu'il a promis à son éditeur à plusieurs reprises au cours des derniers mois.

L'idée du livre lui est venue pendant l'hiver 1952-1953. Alors porte-parole de la Délégation française auprès des Nations unies, le romancier cherche un thème pour son prochain ouvrage. Au cours d'une discussion, son collègue et ami Jean de Lipkowski lui suggère un soir d'hiver d'écrire sur un grand sujet : « Les droits de l'homme par exemple », avant d'ajouter : « c'est quelque chose d'immense et de fragile ». Enthousiaste, Gary réplique : « Comme un éléphant ? »

Son histoire sera celle de Morel, un résistant qui a connu

les camps de concentration et qui, à la Libération, décide de partir en Afrique défendre les éléphants menacés d'extermination par les chasseurs. Les éléphants représentent à ses yeux la plus grande masse de liberté qui existe sur Terre et c'est en songeant à eux qu'il a survécu à l'enfer concentrationnaire. Il a donc contracté une dette à leur égard, que son idéalisme le pousse à honorer.

En même temps que Gary compose le roman, il assiste aux débats qui ont cours aux Nations unies sur la question de l'Afrique du Nord. Tandis que la politique étrangère de la France vise à défendre ses protectorats au Maghreb, le diplomate est confronté aux arguments des nationalistes arabes. Face à leur rhétorique haineuse, il lui semble que les leaders indépendantistes se prévalent du droit des peuples à disposer d'eux-mêmes avant tout pour assouvir leur propre soif de pouvoir. Dès lors, les arguments énoncés à New York donnent au roman son arrière-plan historique et les éléphants deviennent une allégorie des droits de l'homme, menacés eux-mêmes par le péril nationaliste.

Pendant deux ans, le romancier va y travailler tous les jours, écrivant tôt le matin puis reprenant ses feuillets à l'heure du déjeuner. Après avoir quitté New York, c'est grâce à une longue convalescence dans sa maison de Roquebrune qu'il vient à bout du manuscrit. Tant et si bien que lorsque le diplomate est nommé à Los Angeles, le roman est terminé mais il faut encore le dactylographier, le relire et le corriger. Gary confie le texte à une secrétaire du consulat qui, chaque soir après les heures de bureau, déchiffre et retranscrit les feuillets couverts de son écriture sinueuse qui change constamment de graphie. Et chaque matin, avant l'ouverture du consulat, l'écrivain relit au fur et à mesure les pages dactylographiées et y apporte des corrections parfois sur de larges pans du texte. Car pour ne pas rompre le flot du roman, Romain Gary raye des lignes entières avant de les récrire en travaillant sur la sonorité du texte, pour ne modifier parfois que quelques mots.

À la fin du mois d'avril 1956, Romain Gary, soulagé, vient de mettre un point final à un projet qui le tient en haleine depuis plus de trois ans ; il a adressé son roman – un gros paquet de près de cinq cents pages – à Gallimard. Au cours des dernières semaines de relecture, il a remplacé le titre initial, *Les Racines du ciel*, par *Éducation africaine*. Dans la lettre d'accompagnement pour son éditeur, il précise qu'il souhaite que le roman soit publié « vers la mi-septembre, pour des raisons d'actualité et autres ». L'affaire est conclue, pense-t-il alors, en annonçant la nouvelle au journaliste du *Mirror News* qui s'empresse de révéler que le consul général vient de terminer un roman à paraître en France.

Rue Sébastien-Bottin, ses lecteurs sont enthousiastes. Michel Gallimard lui écrit : « Lemarchand vient de terminer *Éducation africaine*. Il est très emballé, et trouve que c'est un "grand livre", qu'il a lu d'un bout à l'autre avec beaucoup de plaisir et d'intérêt. » Lemarchand, qui a pris l'avis de Camus – « très emballé » lui aussi –, le lui écrit à son tour quelques jours plus tard : « J'ai passé avec vos éléphants et ceux qui les servent deux beaux jours. J'ai aimé vos bêtes jusque dans leurs verrues et Camus, qui a, de son côté, lu votre livre, a pour lui la même amitié. C'est enfin un livre qui respire, qui va solidement son chemin, et qui conserve sa force non complaisante, et son inspiration, jusqu'à son terme. » Cependant, son auteur doit retravailler quelques passages et apporter des corrections syntaxiques à son texte, ainsi que le lui suggèrent ses deux lecteurs. C'est pourquoi Michel Gallimard plaide pour repousser la parution du livre au mois de février 1957. Indépendamment des corrections nécessaires, des délais de fabrication et de la fermeture des imprimeries au mois d'août, publier en septembre, soutient l'éditeur, c'est courir le risque, en passant à côté d'un prix littéraire, d'« enterrer le livre ».

De l'autre côté de l'Atlantique, Gary insiste. Il souhaite courir sa chance. « Ce n'est pas une question de vendre deux ou trois mille exemplaires de plus, écrit-il, mais d'essayer de sortir du marasme dont mon œuvre est entourée en France. » Puis il ajoute dans une autre lettre : « Si mon livre rate, ce ne serait ni de votre faute ni de la mienne, mais cela voudrait simplement dire qu'il est temps pour moi de renoncer. »

En réalité, le romancier ne croit pas au succès du livre. Au cours des dernières années, il a été déçu par Saint-Germain-des-Prés et a appris à s'en méfier. S'il souhaite publier en septembre, c'est pour une autre raison. Le romancier l'a écrit très clairement à son agent littéraire, Odette Arnaud : le livre n'a pas la moindre chance de remporter un prix, puisqu'il en a déjà obtenu un avec *Éducation européenne* et qu'il juge son œuvre trop à part pour la majorité des lecteurs. En revanche, il croit au succès de l'histoire transposée à l'écran par Hollywood. En effet, le romancier a construit son livre comme un réalisateur monte un film, en s'inspirant des ficelles de Conrad et des séquences de Melville. Et c'est pourquoi, dans son esprit, les éléphants d'Afrique auront une bien plus grande répercussion en

Technicolor et CinémaScope que dans la prestigieuse collection « Blanche » de Gallimard.

Sans rien avouer de cette ambition à son éditeur, Gary finit par convaincre Gallimard de publier à la saison des prix littéraires. Le romancier doit faire vite et adresser au plus tôt un manuscrit corrigé et bon à tirer. Si le travail de composition des épreuves est déjà en marche, un doute subsiste encore quant au titre du roman. Michel Gallimard n'est pas satisfait d'*Éducation africaine*, qui fait trop répétition par rapport à *Éducation européenne*. Romain Gary doit donc chercher un nouveau titre. Il pense à *Éducation humaine* ou à *L'Affaire homme* qui annoncent la portée philosophique du roman, mais là encore son éditeur n'est guère enthousiaste. Alors qu'une course contre la montre est engagée, le romancier griffonne désespérément des idées, en toutes circonstances, sur le moindre bout de papier qu'il trouve, au revers d'un ticket de caisse ou sur le bloc-notes des lieux où il passe.

Attablée face à lui au Victor Hugo Inn de Laguna Beach, Odette le trouve particulièrement pensif ce jour-là. À elle qui n'a jamais entendu parler du prix Goncourt, Gary explique qu'il s'agit du plus prestigieux prix littéraire en France, l'équivalent du prix Pulitzer aux États-Unis. En évoquant le Goncourt, Gary semble soudain saisi d'une idée. Il s'empare de la serviette en papier posée devant lui et sort un stylo, avant de noter : *Une silhouette à l'horizon*, *L'Affaire homme*, *Les Amis de l'homme*. Puis, après un instant d'hésitation, il revient à son idée initiale : *Les Racines du ciel*.

Percevant un scintillement dans son regard, Odette lui dit : « *I bet you will get the Goncourt!* », je parie que vous allez avoir le Goncourt. Gary se montre réservé mais se prête au jeu.

« Que voulez-vous gagner si vous avez raison ? lui demande-t-il en appuyant son menton contre la paume de sa main.

— Un vison, répond-elle d'un air léger.

— Pari tenu ! » répond-il du tac au tac. Puis en y songeant, il ajoute : « C'est absolument ridicule qu'on ne puisse avoir qu'une seule fois ce prix. Si vous êtes primé et que dix ans plus tard vous écrivez un livre encore meilleur, ne méritez-vous pas d'avoir une deuxième fois le Goncourt ? Un jour, un auteur trouvera une astuce pour contourner ce règlement stupide... »

Dès leur retour à L.A., Romain Gary poste une lettre à son éditeur avec ces quatre propositions de titre. Elle parvient à Paris cinq jours plus tard. Le jour même, Gaston Gallimard adresse un télégramme à Outpost Drive : « TROUVE AFFAIRE HOMME DÉTESTABLE – STOP. AMIS DE L'HOMME BANAL – STOP. PRÉFÈRE SANS HÉSITATION LES RACINES DU CIEL – STOP. AUTOUR DE MOI MÊME AVIS – STOP. AMITIÉS GALLIMARD. »

Le temps presse, il faut faire vite. Après un bref instant de réflexion, Gary appelle la centrale téléphonique de la Western Union et dicte à l'opératrice un câble qui part aussitôt à Paris : « ENTENDU LES RACINES DU CIEL – STOP. SUGGÈRE ENCORE L'AFFAIRE HOMME CHOISISSEZ AMITIÉS ROMAIN GARY. » Ce sera donc *Les Racines du ciel*.

*

Alors qu'il pleut sur les collines de Hollywood, tout le personnel du consulat entend crier « Odette ! », comme si le consul général avait été poignardé. L'instant d'après, Romain Gary ouvre la porte du secrétariat :

« Odette ! Qu'est-ce qui est arrivé à mon imper ?

— Qu'est-ce qui est arrivé ?

— Il a une autre couleur, qu'est-ce qui est arrivé ?

— Je l'ai emmené au dégraissage.

— Mais vous êtes folle ! Il n'a plus de caractère ! »

Préférant ne pas répondre au courroux de son patron, elle se dit en elle-même : « Quoi, votre trench est une personne ? », en songeant qu'avant d'être nettoyé, il tenait debout tout seul. « Je vais vous accompagner faire du shopping si vous le souhaitez, ça va vous détendre un peu », lui suggère-t-elle.

Quelques minutes plus tard, la Oldsmobile s'engage sur Sunset Strip.

« Où va-t-on ? lance Gary, bougon.

— Nous allons à Beverly Hills.

— Est-ce que Sunset n'est pas la rue commerçante de L.A. ?

— Pour les grandes enseignes peut-être ; aujourd'hui, nous allons chez Carroll and Co., j'ai appelé pour prévenir de notre arrivée. »

Aussitôt après avoir poussé le tourniquet de cette vénérable institution de Beverly Hills, située à l'angle de Little Santa Monica et de Rodeo Drive, Romain Gary est pris en main par un tailleur qui lui présente différentes étoffes et lui vante les mérites de chacune. « Pour la Californie, lui dit-il, prenez une laine légère, vous pourrez la porter quelle que soit la saison. »

Lorsqu'il tire le rideau de la cabine d'essayage, Odette lui lance : « Cela vous va extrêmement bien. » Sa haute silhouette d'un mètre quatre-vingt-deux à la carrure assez massive trouve dans la coupe américaine le costume parfait du diplomate. « Un vrai gentleman, ajoute-t-elle.

— Je vous prête des chaussures, Monsieur ? lui suggère le tailleur.

— Quoi, mes chaussures ne vous plaisent pas ?

— Si, si, vos bottines sont superbes, mais elles ne vont pas avec ce costume.

— Écoutez, ce n'est pas grave, je les porte depuis la guerre, je n'en changerai pas.

— Comme il vous plaira, Monsieur. »

Le choix se porte sur des costumes foncés pour l'hiver, clairs pour l'été. Et sur cinq chemises en coton blanc ou bleu ciel avec boutons de manchette. « Nous confions les retouches à Charles', Madame ? suggère le tailleur avec déférence.

— Naturellement, répond Odette, et vous les ferez livrer à cette adresse : 1919 Outpost Drive. »

Sur la route du consulat, sa secrétaire lui dit qu'elle s'occupera elle-même des cravates qu'elle ira choisir chez London Shop, sur Hollywood Boulevard. « Et pour les chaussures ? insiste-t-elle.

— Je garde mes chaussures », répond-il avec fermeté.

Les petites annonces

Épuisé par d'intenses semaines de travail tant diplomatique que littéraire, Romain Gary s'apprête à quitter Los Angeles pour passer quelques semaines de vacances en France lorsque, parcourant la presse en ce matin du mardi 19 juin 1956, il tombe sur une information qui va bouleverser le cours des choses. Une information que ne recèle ni l'éditorial du *Los Angeles Times* ni celui de *The Examiner* mais qui se trouve dans les petites annonces du *Herald-Express*.

Au détour d'un encart publicitaire, un certain « Comité de Libération de l'Afrique du Nord » recrute par voie commerciale des techniciens civils pour servir, en Algérie, dans les rangs de l'Armée de Libération nationale. Sont recrutés des météorologistes et des spécialistes des tours de contrôle. Leurs missions : contrôler le trafic aérien, faire toutes observations météorologiques utiles et donner les avertissements nécessaires. Le salaire minimum est de mille cinq cents dollars et l'annonce précise que les spécialistes ayant une expérience de la guerre et des petits aérodromes bénéficieront de conditions spéciales et que le logement et la nourriture seront fournis. Dans un autre encart, ce sont des mécaniciens qui sont recrutés, ayant au moins dix ans d'expérience du transport aérien lourd et connaissant les avions militaires. Ils doivent avoir, de préférence, une expérience du combat et connaître les avions multi-moteurs du dernier modèle. L'annonce mentionne explicitement des missions de parachutage en Algérie.

À la lecture du *Herald-Express*, le sang du diplomate ne fait qu'un tour avant qu'il ne décroche l'intercom : « Odette, mettez-moi en communication avec Couve, sur la ligne sécurisée, c'est urgent. »

*

Depuis le printemps 1956, en Algérie, la France est entrée irrémédiablement en guerre. Les appelés sont déployés dans les grandes villes – Alger, Constantine, Oran – et dans les régions montagneuses de la Kabylie et de l'Aurès. C'est dans ces zones reculées que l'Armée de Libération nationale – le bras armé du Front de Libération nationale, le F.L.N. – tend des embuscades et que les soldats français y répliquent en décrétant de vastes « zones interdites » où ils tirent sur tout ce qui bouge.

À Outpost Drive, Romain Gary perçoit l'écho des troubles en provenance de métropole. Au mois de mai, suite au vote des pleins pouvoirs en faveur du président du Conseil, Guy Mollet, la démission de Pierre Mendès France de ses fonctions de ministre d'État avait fait les gros titres des journaux américains. Le consul général avait suivi l'évolution de la situation, en parcourant chaque matin la presse de la côte Ouest. Mais, en ce matin du 19 juin 1956, jamais il ne se serait attendu à tomber sur les petites annonces parues ce jour-là dans les journaux de Los Angeles.

*

« Monsieur l'ambassadeur, Romain Gary au téléphone... Je m'excuse de vous déranger mais voilà, la presse de ma circonscription fait le jeu des indépendantistes algériens : le *Los Angeles Herald-Express* publie ce matin des annonces pour le recrutement d'opérateurs aériens et de mécaniciens... Les fiches de poste ne laissent planer aucun doute : sous couvert de motifs humanitaires, c'est bien pour préparer une offensive contre nos troupes au sol... Le point de contact se fait via Tripoli, avec une boîte postale au nom du Comité de Libération de l'Afrique du Nord... Tout à fait, par la Libye, comme pour le trafic d'armes... Affirmatif, l'opération est purement commerciale, elle n'engage à mon sens en aucune manière la responsabilité ni la politique du journal... J'ai de bons contacts avec les journalistes, je peux essayer de remonter la piste... De manière tout à fait amicale, Monsieur l'ambassadeur... Aucun geste politique d'intervention, c'est bien compris... Une démarche personnelle, tout à fait, directement avec le dirigeant du canard... Entendu, vous prévenez le Département d'État et le cabinet du ministre... Je vous rappelle dès que j'ai du nouveau. »

Alors qu'il sort en trombe de son bureau, Odette le rattrape par la manche.

« Vous savez, lorsque quelqu'un appelle au consulat, M. Pujot dit que vous n'êtes pas à votre bureau...

— Vous êtes sûre qu'il dit ça ? Vous avez dû mal entendre, Odette. »

*

Arrivé *downtown*, le consul général se gare le long du trottoir devant chez Zak. Après leur comité de rédaction, les journalistes de L.A. ont pour habitude de se retrouver dans cet établissement pour partager un bagel autour d'un café. Romain Gary se dirige vers le comptoir et passe commande. Il n'a qu'à incliner son chapeau – modèle « Chili » commandé à Londres chez Lock & Co. Hatters – pour ne pas être reconnu et à tendre l'oreille.

« Mon patron, Chandler, a refusé la publication. Ce n'est pas son genre de renoncer à deux cents dollars, mais là il ne voulait pas avoir de problème avec le Département d'État. On ne s'amuse pas avec les autorités.

— Tu fais bien de me dire ça, je vais dire à Hearst de ne pas republier demain.

— Vous rêvez les gars... *The Examiner* n'est pas en bonne posture. On a besoin de liquidités, on publiera. Tant pis pour notre réputation... Et puis, après tout, contre mauvaise fortune bon cœur, on a déjà reçu trois coups de fil de lecteurs qui voulaient plus d'informations... »

Romain Gary note au revers du menu : « *L.A. Times* (Chandler) n'a jamais inséré l'annonce en question. *L.A. Herald-Express* (Hearst) a accepté l'insertion le 19, mais refusera dès demain. *The Examiner* continuera à la publier. Risque majeur. »

Après avoir bu son café d'un trait et laissé un billet d'un dollar sur le comptoir, le diplomate sort aussitôt pour reprendre la route en direction de Wilshire Boulevard.

*

Trois *miles* plus loin, la Oldsmobile s'arrête devant le building dont l'écusson « Federal Bureau of Investigation » se détache, scintillant, de la façade blanche. Romain Gary entre dans le hall sous le regard de John Edgar Hoover – dont le portrait est accroché depuis 1924 – et s'annonce à l'hôtesse d'accueil. Quelques instants plus tard, le diplomate patiente dans l'antichambre, au cinquième étage de l'édifice, lorsque la porte s'ouvre.

« Que me vaut votre venue, Monsieur le consul général ?

— Je passais par là et me suis demandé comment allaient les affaires...

— Entrez, entrez... Deux cafés, s'il vous plaît. »

Le directeur du bureau du F.B.I. à Los Angeles fait signe à Gary de s'asseoir dans le canapé d'angle permettant un échange moins formel avec les hôtes de passage.

« Pas de formalités entre nous, vous savez que les États-Unis et la France sont de fidèles alliés qui n'ont pas besoin de manières. Comme vous, j'ai lu la presse ce matin...

— Je m'en doutais mais je n'ai pas eu le temps de vous appeler.

— Comment puis-je vous aider ?

— D'après les informations que je viens de recueillir, le Comité de Libération de l'Afrique du Nord est passé par la voie classique pour faire paraître ses annonces.

— Oui, nos rédactions ne se font pas prier pour publier tout ce qui rapporte un peu.

— J'interprète cette opération comme un coup de bluff des nationalistes arabes, poursuit Gary. La publication de ces annonces répond certainement à un désir de propagande de la part du F.L.N. Car l'appel aux sentiments généreux des Américains, fils d'une révolution coloniale, se double d'une présentation tendant à faire croire que les rebelles d'Algérie disposent d'ores et déjà d'une aviation des plus modernes.

— Si je partage assez votre sentiment, je sais aussi qu'un certain nombre de mes concitoyens font également preuve de sentiments moins désintéressés et que l'attrait d'une solde substantielle peut tout à fait susciter des vocations.

— Vos sources ont-elles identifié un risque sérieux? l'interroge le diplomate.

— On ne peut exclure que parmi les nombreux aviateurs ou anciens aviateurs vivant en Californie, un certain nombre se laissent tenter par l'appât du gain.

— Ce serait fâcheux pour l'amitié qui lie nos deux pays, dit Gary.

— Ne vous fatiguez pas, je connais la rhétorique... Je vais vérifier auprès de nos services à Tripoli. Vous savez, le sujet peut devenir rapidement sensible, la Libye est un pays considéré comme favorable à Washington et à la cause occidentale...

— Faites-moi savoir ce qu'il y a derrière ces boîtes aux lettres même si j'ai ma petite idée, glisse le consul général.

— Vous pouvez compter sur moi, c'est toujours un plaisir de vous donner un coup de main.

— Par précaution pour vos concitoyens, ajoute Gary, il ne serait pas inutile que vous rappeliez le cadre légal d'un tel engagement à ceux qui seraient tentés par l'aventure... », conclut le diplomate en serrant la main de son interlocuteur.

*

Tandis que Romain Gary repasse par le consulat avant de se rendre à une manifestation, il surprend son adjoint au téléphone : « Je vous l'ai déjà dit, on ne peut pas déranger le consul général puisqu'il écrit ses romans. » Aussitôt, Gary va voir Odette : « C'est le comble ! Vous aviez raison. »

En roulant vers le San Pedro Hacienda Motor Hotel situé à une heure de route au sud des collines de Hollywood, Romain Gary commet de rage un excès de vitesse, en rejoignant les skippeurs qui s'apprêtent à se lancer dans la « Tahiti Race » organisée par le Transpacific Yacht Club de Los Angeles.

*

Le 23 juin, le porte-parole du Département d'État annonce publiquement que l'administration américaine est en train d'examiner de près les annonces parues récemment dans les journaux. « L'aventure est risquée pour qui serait tenté d'y céder », déclare-t-il en reprenant les mots de Gary ; et de rappeler que selon les lois fédérales un citoyen américain peut perdre sa citoyenneté en s'engageant dans une cause étrangère ou au moins être privé du passeport qui lui est nécessaire pour rejoindre sa destination. En conclusion, il ajoute : « L'adresse en Libye amènera certainement le Département d'État à faire une enquête sur ce pays considéré comme favorable aux États-Unis et à la cause occidentale. »

Trois jours plus tard, un agent du F.B.I. dépose un pli à Outpost Drive à l'attention du consul général. Après avoir refermé la porte de son bureau, Romain Gary décachette l'enveloppe et lit le rapport estampillé « Secret » :

« La boîte postale 327 est levée tous les matins à Tripoli, à 10:30 a.m., par le dénommé Selim Ali Halibad pour le compte du Comité de Libération de l'Afrique du Nord, dont le siège est au 119 rue Hourani Pacha. Les finances de l'organisation sont gérées par El Atassi, qui paie également les techniciens recrutés, parmi lesquels ne figuraient jusqu'à présent que trois Américains d'origine arabe.

« La même boîte postale sert également d'adresse à un certain nombre d'organisations paracommunistes : Société chamitico-soviétique de culture, Société politique libyenne pour la liberté, Yakhoutof Trading Corporation, Société libyenne des amis de l'Union soviétique, Alliance ouvrière d'Afrique du Nord, Association scientifique d'études orientales (dont le nom original est en langue russe). »

Reposant le document sur son bureau, Romain Gary ne prend pas la peine de décrocher l'intercom, il crie à travers la porte : « Odette, passez-moi Couve de toute urgence. »

*

« Monsieur l'ambassadeur, ici Gary, j'ai du nouveau au sujet des annonces parues dans la presse... Ce sont bien des financements soviétiques qu'il y a derrière : c'est la tactique du paravent... Mes interlocuteurs n'ont pas laissé ignorer aux journalistes le mauvais cas dans lequel risquait de les mettre la "publicité" qui leur était donnée par un client aux attaches aussi suspectes... *The Examiner* l'a publiée jusqu'à dimanche dernier, date à laquelle il a, lui aussi, décidé d'arrêter les frais... Les deux journaux ont remboursé la somme qu'ils avaient perçue pour les huit jours qui restaient encore à courir... Mes sources font état de trois Américains d'origine arabe qui ont déjà été recrutés.... Et les journaux de Los Angeles ont déjà reçu au moins une cinquantaine de lettres leur demandant des renseignements plus précis sur les emplois offerts... On ne peut donc exclure que, parmi les nombreux aviateurs vivant en Californie, certains se laissent tenter par l'aventure... C'est sérieux, tout à fait... Affirmatif, il y a du concret derrière ce qui n'aurait pu être qu'une simple manifestation publicitaire... Derrière cette propagande, il y a des moyens financiers... Ce qui pose donc la question de l'existence possible, voire plus ou moins prochaine, d'une aviation rebelle... Entendu, je passe à l'action... Nous sommes d'accord sur la communication : tout ce qui sera entrepris résultera d'une décision spontanée de mes interlocuteurs et aucunement de mes démarches amicales... Il y aurait intérêt à ce que ce soit bien présenté comme tel par le service de presse, si d'aventure l'ambassade était interrogée par les journalistes... Et vous, vous vous occupez d'infléchir la position du Département d'État... À votre service. »

Avant de raccrocher, Couve ajoute une formule qui laisse son consul général songeur : « Faites au mieux dans les intérêts de la France ! » lui dit-il.

*

Pendant qu'à Washington l'ambassadeur de France cherche à dégonfler l'affaire, Romain Gary est sur la piste d'agents du F.L.N. infiltrés aux États-Unis. Car si les journaux de Los Angeles ont cessé de publier l'annonce – en exprimant parfois leurs regrets au diplomate – il n'en demeure pas moins qu'elle a été particulièrement remarquée dans le milieu de l'aviation. Il lui faut donc agir vite pour identifier les agents de liaison en charge du recrutement.

À l'aide de renseignements américains, un agent du F.L.N. est identifié à Los Angeles : « C'est un musulman nommé Mohamed Daoud, se présentant comme le porte-parole du Comité pour la Libération de l'Afrique du Nord, qui a fait insérer l'annonce dans les journaux de Los Angeles. L'adresse de M. Daoud est la suivante : 941 South Woods Avenue. » Après avoir raccroché, Gary se rend aussitôt à l'adresse indiquée, située à quinze *miles* du consulat, à East L.A. Devant ce modeste pavillon, le diplomate s'assure que personne ne planque avant de s'approcher de la boîte aux lettres et d'y déposer sa carte de visite, avec cette mention manuscrite : « Avec les compliments du représentant de la France. »

À Outpost Drive, le consul général donne une réception, le soir même, en l'honneur des officiers des quatre dragueurs de mines donnés à la France par la marine américaine, dans le cadre du programme d'assistance mutuelle mis en place durant la guerre froide.

Le 7 juillet, au Quai d'Orsay, le secrétaire général du ministère, René Massigli, rencontre le président du Conseil libyen, Moustapha Ben Halim. Sont longuement évoqués les efforts déployés par les rebelles nord-africains pour recruter des spécialistes américains en vue d'opérations de parachutage à partir de bases situées en Libye, ainsi que les trafics d'armes passant par le pays. À l'issue de l'entretien,

M. Ben Halim exprime publiquement son intention de faire contrôler plus étroitement ces activités clandestines sur son territoire. « Du moins, avait-il dit à Massigli dans le huis clos de son bureau, autant que me le permettront les pressions dont je suis l'objet de la part du monde arabe... »

« Mission accomplie », s'était dit le diplomate après trois intenses semaines d'enquête et d'investigation. En ce week-end de juillet, il avait quitté Los Angeles pour se rendre à San Francisco chez son collègue et ami Robert Luc. Pendant que la Oldsmobile roulait vers le nord sur Pacific Coast Highway, il avait découvert les plages de sable blanc puis les falaises à pic sur l'océan et les paysages envoûtants de Big Sur, laissant derrière lui les « événements » d'Algérie.

Les tensions du roman et de la dépêche

De retour à Outpost Drive après quelques jours de relâche à San Francisco – qu'il tient déjà pour être peut-être « la plus belle ville au monde », a-t-il dit à Robert Luc en contemplant le Golden Gate qui enjambe la baie –, le consul général doit s'atteler aux préparatifs du 14 Juillet.

Assis derrière son bureau, il écoute Odette lui exposer le déroulé de la cérémonie : « Vous allez tout d'abord hisser le drapeau français sur le fronton de l'hôtel de ville de Los Angeles en présence des anciens combattants et des marins qui vont bientôt appareiller sur les dragueurs de mines offerts à la France. Puis une réception sera donnée à Outpost Drive, pour laquelle nous avons fait partir deux cents invitations. » En parcourant la liste des personnalités ayant confirmé leur présence, Gary ne souligne que deux noms : ceux de l'acteur Gregory Peck et du réalisateur Vincente Minnelli.

En ce samedi 14 juillet 1956, le diplomate se plie au protocole républicain à la mode hollywoodienne. De bonne grâce, tout au long de la journée, il pose avec les dames de charité et serre les mains de ses compatriotes et des amis de la France qui se pressent au consulat. Mais en écoutant le discours du président de la colonie, le fameux descendant du marquis de La Fayette, le doute qui l'assaille depuis son arrivée est encore plus grand : « Pourquoi diable cet accent canadien lorsqu'il s'exprime en français ? dit-il à Lesley. Et pourquoi a-t-il parlé du 14 Juillet comme d'une célébration en l'honneur de l'"indépendance française" ? »

Dès le lundi matin, découvrant que cette approximation historique a été reprise dans l'article du *Los Angeles Times* consacré au « Bastille Day », Romain Gary fait appeler son adjoint : « Vous avez du nouveau au sujet du marquis ?

— La Fayette, c'est le nom sous lequel il est entré aux États-Unis, lui répond Pujot, un nom d'entrée sur le territoire américain est en réalité purement déclaratif.

— Il n'est donc pas plus marquis de La Fayette que Mike Romanoff n'est descendant du tsar Nicolas II, répond Gary, en référence au patron du célèbre restaurant russe de Hollywood.

— C'est probable en effet...

— Et ses autres qualités : commandeur de la Légion d'honneur ? aide de camp de Pétain pendant la Première Guerre mondiale ? c'est complètement bidon ?

— Eh bien, pour la forme, j'ai écrit à la chancellerie de la Légion d'honneur et au ministère de la Guerre. Partout, les réponses ont été les mêmes : inconnu. Tous ses titres sont fantaisistes.

— Mon vieux, débrouillez-vous pour qu'on n'entende plus parler de lui », répond Gary.

Fasciné par ce personnage qui s'est réinventé une vie à son arrivée en Californie, Romain Gary songe au fait que cette imposture est finalement à l'image de Los Angeles : une ville sans histoire, sans trace du passé, et dont les styles architecturaux ont tous été importés ; or, si la Cité des Anges est la ville de tous les possibles comme le veut la légende, ils se révèlent bien souvent n'être que des mirages.

*

Après six mois en poste, le diplomate a désormais une image assez précise du mythe californien et de la vie à Los Angeles. Maintenant qu'il a mis le consulat en ordre de marche, il peut, à la veille de partir en vacances, prendre le temps de livrer son sentiment.

Le 23 juillet, Romain Gary adresse une lettre en forme de mise en garde à son ami d'enfance rencontré au lycée Masséna, Alexandre Kardo-Sissoeff. Certes, les ressources de la Californie sont innombrables et le cadre de vie y est très agréable, mais derrière le mythe du self-made-man la conquête d'une situation professionnelle et sociale y est très dure : « À moins d'avoir beaucoup d'argent, ou beaucoup d'énergie ou beaucoup de volonté de travail, lui écrit-il, ce n'est certainement pas un pays dont on puisse profiter ou tirer quelque chose sans avoir *"what it takes"*. Mon opinion pour toi est de rester sur la Côte d'Azur et de ne jamais mettre les pieds ici, dans des conditions de "lutte pour la vie". »

Deux jours plus tard, c'est à Henri Hoppenot qu'il écrit. « Ma première impression de "chef de poste" est que je vous imite, lui écrit-il : le même "cher ami ?" un peu ironique lorsqu'un collaborateur passe sa tête dans la porte, la même grimace lorsqu'on m'annonce un raseur, la même position derrière le bureau et la même indulgence un peu distante envers le personnel. » Depuis qu'il a été à l'ambassade de France à Berne, Romain Gary a pour Henri Hoppenot – son éternel « cher patron » – une profonde estime. Avant d'être un grand diplomate, Hoppenot est avant tout un homme de culture, collectionneur d'art et lettré, et un fervent partisan du général de Gaulle. Admirateur de Saint-John Perse, il écrit des poèmes à ses heures perdues tandis que son épouse, Hélène, réalise des photographies de leurs voyages et tient un journal de leurs rencontres, chefs d'État et artistes étant conviés à leur table. À eux deux, ils forment un couple de collectionneurs éclectiques, érudits et sensibles qui détonne dans la « maison » et c'est aussi ce qui plaît à Gary. Tant et si bien que face à cet indéfectible complice, il cache rarement son opinion. Au sujet de Los Angeles, il la lui livre au contraire sous une lumière crue, dans cette même lettre : « Le poste a des côtés amusants, mais évidemment c'est très loin de tout. [...] Mon prédécesseur ici a fait si bien que je suis obligé de redoubler les ronds de jambe pour faire oublier les affaires. Discours après discours et une barbe parfois démesurée. À part ça, il y a Hollywood : on en fait vite le tour. Aucune ressource intellectuelle, ce qui est très agréable : au moins, on n'est pas obligé d'aller au théâtre, ou au concert. (Malheureusement, il y a parfois de très bons concerts, mais on trouve assez facilement des excuses.) À part ça, l'océan, le désert, les piscines et... enfin, passons. Je crois que je vais profiter de mon séjour ici pour me mettre au théâtre et rentrer à Paris ensuite. Je serai probablement à Paris fin octobre-début novembre pour recevoir le prix Goncourt – y a-t-il une chance quelconque de vous y voir ? » Lorsqu'il lit la lettre de Romain Gary, Henri Hoppenot sourit. Il connaît si bien son ancien collaborateur qu'il n'est pas étonné de lire ce qu'il a écrit. Un an auparavant, à l'idée de l'arrivée de Gary à Los Angeles, il avait d'ailleurs déclaré à son épouse : « On le voit très bien passant son temps à faire la cour à toutes les petites starlettes du coin. »

En réalité, au cours de ces derniers mois, Gary n'a eu que peu le loisir de courtiser Hollywood. Le diplomate a accompli ses missions avec zèle et l'écrivain s'est employé à achever un roman en gestation depuis plusieurs années avant, en cette fin juillet, de pouvoir partir en congés en France, alors qu'avec Lesley, le quotidien se poursuit dans des vies parallèles. « Au cours de nos repas, nous avons souvent des monologues égocentriques », explique-t-elle à la journaliste du *Los Angeles Times* qui l'interroge sur sa vie d'épouse de diplomate. « C'est que nous parlons en contrepoint. Je n'écoute pas vraiment ce qu'il raconte au sujet de son livre, et je suis sûre qu'il n'entend pas ce que je dis. Nous bavardons seulement et de cette façon nos problèmes restent dans nos cœurs. » De fait, et en dépit des avis dithyrambiques de Camus et Lemarchand, ce n'est pas auprès de Lesley que Romain cherche à être rassuré, au cours de cet été 1956, à l'approche de la parution des *Racines du ciel*. C'est auprès de Malraux. Il lui avait écrit une première fois à la mi-mai : « Mon roman se trouve depuis quinze jours chez les Gallimard, Inch'Allah ! » Brûlant d'impatience à l'idée de savoir ce que Malraux en pensait, il lui avait suggéré d'appeler son éditeur pour obtenir « un jeu d'épreuves dès que possible, pour conseils à l'auteur, dont c'est le dernier roman, car il n'a plus le ventre qu'il faut pour soutenir pendant deux ans ce genre d'effort ». Et c'est donc vers Malraux qu'il se tourne de nouveau, en lui écrivant le 13 août 1956 :

Cher André,

Votre silence au sujet de mon livre me déprime.

Vous pouvez tout me dire et même de ne pas le publier car vous êtes un dieu pour moi. N'ayez pas peur de me gêner.

J'ai profondément gratté sur les épreuves pour éviter tout malentendu, en particulier nationaliste. Le livre défend la marge humaine, faite de tolérance.

Je risque naturellement ma carrière, mais mon caractère a assez mûri maintenant, à quarante ans, pour me donner le courage de risquer l'aisance. La vie, j'ai l'habitude, comme vous.

Je sens dans votre silence une réserve profonde et qui me rend triste. Je crois que c'est un livre français et antinationaliste. J'ai fait énormément de corrections sur les points névralgiques.

Je vous en prie, un mot...

Affectueusement

Romain

Dans les années 1950, Malraux est l'un des rares écrivains – le seul à dire vrai – avec lequel Gary entretient une correspondance. Car il a toujours été fasciné par Malraux. De treize ans son aîné, celui-ci est déjà un écrivain consacré quand il reçoit en 1933 le prix Goncourt pour *La Condition humaine*. Son œuvre devient une source d'inspiration pour le jeune étudiant en droit qui s'appelle alors Roman Kacew et qui lui soumet les pages de ses premiers romans. Avant d'intégrer la diplomatie, c'est encore vers Malraux que Gary se tourne en 1944 afin d'obtenir un poste à Londres.

Tous deux compagnons de la Libération et passionnément gaullistes, Gary et Malraux se fréquentent par la suite. Au cours des années d'après-guerre, Gary va voir Malraux à Boulogne lorsqu'il est de passage à Paris, et ce dernier lui rend visite à New York lorsqu'il est en poste aux Nations unies. Entre Gary et Malraux, se noue alors une amitié solide : les deux écrivains sont aussi deux frères d'armes. « Votre humour et votre gentillesse de gentilhomme sont la marque d'une nature que le destin accorde rarement aux grands écrivains », lui écrit Gary, qui le remercie « une fois de plus d'être Malraux ». Alors qu'à la sortie de la guerre, ce dernier a renoncé au roman, Gary tient par-dessus tout à l'avis de son aîné. Après lui avoir fait adresser le manuscrit des *Racines du ciel*, il redoute, fébrile, sa lecture. Car en réalité leur amitié n'est pas sur un pied d'égalité. Face aux monologues sans fin de Malraux, Gary écoute, impassible et fasciné, sans être jamais las. Au milieu d'une nuit d'insomnie, il lui écrit : « Vous me jugerez bien prétentieux : mais je vous aime comme seul un homme totalement non pédéraste peut aimer un autre homme. Comme mon fils. » Plus qu'un père ou qu'un fils, Malraux est, à ses yeux, bel et bien un dieu. Le dieu du royaume des lettres.

⋆

Si l'impatience de Gary est telle, au cours de l'été 1956, c'est que les mouvements de l'Histoire s'accélèrent subitement depuis que Nasser a proclamé la nationalisation du canal de Suez.

Gary en est convaincu depuis longtemps, sur le continent africain, la France ne se bat pas pour ses propres intérêts mais elle y défend une mission bien plus grande, et c'est pourquoi son roman plaide en faveur de l'universalisme et de la fraternité. Si elle abandonnait ses colonies, ces dernières seraient en proie au pire des nationalismes et pourraient tomber dans l'escarcelle de Moscou. Le totalitarisme soviétique, le diplomate en a fait l'expérience lors de son premier poste, à Sofia, et il sait que c'est un aller simple pour l'échafaud.

La virulence des nationalismes africain et arabe exacerbe les tensions internationales depuis plusieurs années déjà. Face à elle, Gary a doublement composé avec l'histoire immédiate, cherchant à en comprendre les déterminants – c'est le travail du diplomate – et à en dépeindre les effets – c'est l'œuvre de l'écrivain. Son roman apparaît comme le palimpseste de ses dépêches. Dans les dernières pages des *Racines du ciel*, il prête ces mots à Morel : « L'alibi nationaliste, je le connais et je le vomis : de Hitler à Nasser, on a bien vu ce que ça cache... Les plus beaux cimetières d'éléphants, c'est chez eux. » Gary en est conscient, la mention de Nasser avant même que n'éclate la crise de Suez révèle le caractère prémonitoire du roman face au péril nationaliste. À Malraux, il écrit le 11 septembre 1956 : « Évidemment, avec une bonne petite guerre à Suez, le livre passerait inaperçu... mais j'ai pris le risque de miser sur la sclérose, hélas. » Depuis Los Angeles, il attend à présent la parution du roman en observant l'évolution de l'actualité politique qui a servi de matière à sa fiction romanesque.

Quelques jours auparavant, Malraux lui avait écrit, après avoir lu le livre : « Questions pratiques – Je crois au succès. L'union du don narratif et de la poésie n'est pas si courante.

La "maison" semble résolue à vous jouer pour le Goncourt. Je l'y ai vigoureusement encouragée (ce n'était sans doute pas nécessaire) et ferai en sorte qu'elle ne s'endorme pas. Elle ne manque pas de moyens, et comprend que ce serait un Goncourt hors-série, par la surprise, le sujet et le talent. »

*

À son retour à Los Angeles après ses congés d'été, le diplomate suit pas à pas l'évolution de la crise de Suez en analysant les événements et leurs répercussions. À la mi-septembre 1956, tandis que la situation internationale s'enlise, il en débat au cours d'une réunion du Rotary Club. Le choix du public est stratégique puisqu'il s'agit d'une centaine d'hommes d'affaires de la Californie du Sud, dont de nombreux représentants de l'industrie pétrolière – Shell, Independent Oil – et aéronautique – Douglas Aircraft.

Alors que la doctrine du Département d'État est d'encourager à coups de dollars les pays en voie de développement afin que leurs peuples ne tombent pas dans l'orbite communiste, à son retour au consulat tard ce soir-là, le consul général souhaite mettre par écrit les convictions de ses interlocuteurs dans une longue dépêche qu'il dicte à sa secrétaire.

Selon eux, attaque-t-il d'emblée, tout conflit armé au Moyen-Orient doit être évité. Or, la France et le Royaume-Uni ne sont pas capables d'imposer une solution militaire sans l'intervention des États-Unis, pensent-ils ; la guerre d'Indochine et l'incapacité de Paris à maintenir l'ordre en Algérie ont laissé des traces dans l'opinion publique, il vient encore de le constater. De fait, suggère-t-il, les États-Unis sont prêts à renoncer à la lutte contre l'influence soviétique au nom de l'anticolonialisme, pour peu qu'une solution soit apportée à l'approvisionnement énergétique. En somme, ces grands patrons, tous républicains, qu'il vient de rencontrer, sont sur la même ligne que...

À près de 8 p.m., le diplomate cherche ses mots, tandis qu'Odette a levé son stylo du calepin sur lequel elle prend ses notes et balaie son bureau du regard.

« Que cherchez-vous ? lui demande Gary.

— Mes clés, je ne sais pas où je les ai mises.

— Écoutez, Odette, continuez à prendre en note, lui dit-il, je vais les chercher à votre place. »

Tout en s'affairant dans la pièce, soulevant les piles de documents et ouvrant les placards, Gary poursuit de manière plus fluide sa dictée : « L'impression dominante est que les grands "patrons" de la Californie du Sud voudraient à tout prix trouver à la crise de Suez une solution technique dans la tradition de l'esprit pragmatique des managers américains, en découvrant un *gimmick* technique : construction de pipe-lines à travers Israël, ou même à travers le centre de l'Afrique, construction de pétroliers de cent mille tonnes, énergie atomique ; et, d'une façon générale, qu'ils voudraient dépasser le problème par un débordement de puissance technique, dans la grande tradition de l'*American dream* et de la libre entreprise, où la technique constitue le dernier refuge du merveilleux. Point final. Vous me tapez tout cela pendant que je continue de chercher vos clés. »

Au bout d'une demi-heure et alors qu'elle vient à peine de mettre au propre la dépêche, Odette rassemble son brouillon et trouve ses clés cachées sous un paquet de feuilles. En les ramassant, elle peste contre Gary : « Elles sont toutes chaudes, vous les aviez dans votre poche ! »

Lorsque la dépêche parvient à Washington et qu'Hervé Alphand, qui a succédé à Maurice Couve de Murville au cours de l'été, en prend connaissance, l'ambassadeur félicite aussitôt son consul général d'avoir rapporté de manière aussi claire que pertinente les arguments de ces « grands patrons » qui démontrent que l'Amérique opte clairement en faveur d'une solution pacifique. Mais à Paris, ces arguments ne portent pas ; le gouvernement français défend une ligne de fermeté face à Nasser et prépare déjà, dans le plus grand secret, une intervention armée conjointe avec le Royaume-Uni.

L'envol

Rue Sébastien-Bottin, la jaquette des *Racines du ciel* vient d'être imprimée avec en bandeau la photographie d'un troupeau d'éléphants. Tout est prêt pour lancer l'opération commerciale. Anticipant le succès du livre, Gallimard a racheté à Calmann-Lévy les droits des deux premiers romans signés Romain Gary et republie *Éducation européenne* dans la « Blanche ».

In extremis, l'écrivain a souhaité ajouter une « note de l'auteur » figurant en tête du roman, afin de renforcer la dimension politique de son livre en condamnant le nationalisme grâce auquel « avec un peu d'habileté, un bon parti au départ, une bonne police à l'arrivée et un rien de lâcheté chez l'adversaire, il n'est que trop facile de disposer d'un peuple au nom du droit des peuples à disposer d'eux-mêmes ».

Le samedi 6 octobre 1956, Gary quitte Los Angeles pour rejoindre Paris, où la campagne de lancement du roman l'attend. Sur le pont du transatlantique, il se souvient qu'au début de l'année 1955, pendant qu'il travaillait encore à son manuscrit, il avait écrit à André Malraux : « Mon roman éléphant s’annonce très beau, mais en le publiant, j’aurai l’impression idiote – affreuse même – de faire quelque chose pour mes semblables. » Après trois années d’efforts parfois ponctuées de mal-être physique et moral, jusqu’à la dépression, le livre est né. Il lui a demandé tant de force intérieure, tant d’ambition, tant de solitude, que l’écrivain peine encore à le croire. À l’évocation de cette seule pensée et alors que les tours de table des jurés littéraires n’ont pas encore commencé, Gary se dit qu’il est serein, dans l’attente d’un sort qui semble déjà lui sourire.

Depuis la veille, *Les Racines du ciel* est en librairie. Gary ne le sait pas encore, Édouard Corniglion-Molinier, compagnon de la Libération comme lui, annonce déjà dans *Paris-Presse* « une œuvre dont on entendra parler, et dont on entendra parler longtemps » : « L’auteur d’*Éducation européenne*, écrit-il, vient de nous donner son meilleur livre et, je le crois, un grand livre. J’ai même le sentiment que *Les Racines du ciel* annoncent enfin la sortie du roman français de l’ornière de défaitisme où il croupissait. » Dans les jours qui suivent, tandis que l’auteur vogue encore au milieu de l’Atlantique, André Billy, de l’Académie Goncourt, salue « le formidable appel d’air » du roman, avant d’être rejoint par un autre membre du jury, Gérard Bauër, prédisant « succès » et « retentissement » aux *Racines du ciel.* Dans *Le Monde*, Émile Henriot le qualifie d’« admirable ». Lorsque Gary arrive enfin au Havre, le livre est déjà lancé.

À Paris, l’écrivain est invité devant les caméras de la R.T.F. Le 10 octobre sur le plateau de *Lectures pour tous*, Gary fait écho à l’actualité : « J’ai voulu, en faisant ce livre, dit-il en inhalant la fumée de sa cigarette, montrer en quelque sorte que la protection de la nature que Morel entreprend les armes à la main exige aussi la protection de l'homme, des droits de l'homme, de certains éléments et droits essentiels de la personne humaine. »

Au milieu du tourbillon de la rentrée littéraire, il a retrouvé à la « maison » Albert Camus et Michel Gallimard, dont il est proche. Mais si l'écrivain pense s'envoler vers le succès littéraire, le diplomate s'apprête à un changement de direction.

*

« Alors, mon cher Gary, racontez-nous un peu, c'est comment Hollywood ? » Dans son bureau situé dans les combles du Quai d'Orsay, le sous-directeur d'Amérique, Jean-André Binoche, reçoit le consul général à Los Angeles.

« Fidèle à sa réputation, répond-il : l'industrie, le cinéma et le désert.

— Vous avez eu le temps d'écrire, à ce que j'ai cru comprendre.

— Seulement en dehors du service, vous l'imaginez bien.

— Cela va de soi. Je me suis entretenu avec Alphand, à Washington ; il m'a dit que vous y faites du très bon boulot. Meilleur même, en l'espace de quelques mois, que ce qui avait été fait au cours des dernières années. »

Après avoir servi deux verres de whisky, Binoche reprend son propos : « Gary, si je vous ai fait venir, ce n'est pas pour parler de littérature, c'est que nous avons un service à vous demander. » Le Département a un sujet avec la Bolivie, lui explique-t-il. Au mois de juin, le Quai a rappelé son ambassadeur à La Paz, Marcel Teissier. Le gouvernement au pouvoir n'est pourtant pas un ennemi de la France. Après une vingtaine d'années de lutte ouverte ou clandestine, le Mouvement nationaliste révolutionnaire a renversé la junte militaire et a entrepris de profondes réformes du pays (nationalisation des sociétés minières, partage des terres, instauration du suffrage universel) et d'importants investissements sont consentis pour développer les voies de communication, dont la construction est confiée à des entreprises françaises, lui précise-t-il. S'appuyant sur les masses populaires indiennes, auxquelles le régime a accordé le droit de vote, Siles Zuazo vient d'être élu président de la République à l'issue d'élections démocratiques. Toutefois, ce sont les tensions internationales qui posent problème au Département.

« Je vois très bien, répond Gary. En détenant le tiers des voix au sein de l'Assemblée générale des Nations unies, les États du bloc latino-américain jouent les arbitres dès qu'il y a un vote important. Je l'ai vécu lorsque j'étais à New York : leurs seules voix, additionnées à celles du bloc afro-asiatique et aux voix soviétiques, permettent d'atteindre la majorité absolue et de faire passer n'importe quelle déclaration.

— Exact ! répond Binoche. Et à l'instar des autres capitales sud-américaines, La Paz est constamment partagée entre son sentiment d'amitié envers la France et sa conviction pour ce foutu droit des peuples à disposer d'eux-mêmes. Bref, conclut-il, face à la question algérienne et en pleine crise de Suez, vous comprenez que sur place nous ayons besoin de quelqu'un de confiance. Et le Département a pensé à vous. C'est une mission temporaire, pour trois mois.

— Le temps des fêtes de fin d'année, si je comprends bien ? répond Gary.

— En quelque sorte », rétorque Binoche.

Après un instant de réflexion, le diplomate accepte la mission, se disant qu'elle le changera de la routine qui commence déjà à s'installer à Outpost Drive.

« Au fait, ajoute Binoche, lors de la dernière commission administrative paritaire, vous avez gagné un échelon ; vous ne le devez qu'à vous-même ; mais écrivez quand même à Panafieu, le directeur général du personnel, il y sera sensible. »

DEUXIÈME PARTIE

Les cimes boliviennes

Le 10 novembre 1956, Romain Gary survole la cordillère des Andes avant d'atterrir à La Paz. Sur le chemin de l'Amérique latine, il a écrit à Albert Camus pour lui annoncer qu'il partait trois mois en Bolivie régler une situation politique instable, avant d'ajouter : « Moi aussi, je suis instable, mais il y a quarante-deux ans que j'espère qu'une femme arrangera ça. » Dès son arrivée, il se trouve d'emblée confronté à une situation politique tendue. Quelques semaines auparavant, de sérieux incidents ont éclaté dans la capitale et dans plusieurs villes du pays ; des « marches de la faim » contre l'enchérissement de la vie et les difficultés de ravitaillement ont dégénéré en émeutes ; dans la capitale, l'intervention de commandos armés a causé de nombreux morts dans les rangs des manifestants. Demandant une augmentation des salaires et une stabilisation monétaire, les ouvriers et les mineurs bloquent le pays. S'il se trouve confronté à un « pays dur » et « dangereux », Romain Gary le perçoit aussi « altier par la misère » ainsi qu'il l'écrit dans ses correspondances. Il annonce qu'« il y aura bientôt ici une explosion volcanique... la base indienne est faite de mineurs-*dynamiteros* » ; décrit « partout des regards qui ne pardonnent pas, des joues gonflées de *coka* – nourriture du sang et du rêve, que l'on recrache parfois à vos pieds, car l'on a appris de l'Espagnol le geste »; et souligne un « grand amour pour les chiens mieux nourris que les maîtres ».

Depuis l'ambassade, le diplomate rédige des dépêches circonstanciées qui rendent compte de la crise économique et sociale que traverse la Bolivie et analyse la presse du pays. Tandis que les États-Unis s'apprêtent à annoncer un plan de soutien à l'économie bolivienne, il souligne le contraste « frappant entre ce plan de libéralisation, dans la tradition du capitalisme américain, et la situation politique du pays, situation contrôlée par des syndicats révolutionnaires, anarchisants et marxisants ». Or, selon lui, ce plan ne peut réussir politiquement et économiquement que dans la mesure où les banques américaines acceptent de prendre à leur charge le destin économique de la masse de quarante mille mineurs armés de cartouches de dynamite, et d'un total de soixante-dix mille ouvriers syndiqués, base agissante du Mouvement nationaliste révolutionnaire, de les entretenir et de les mettre à l'abri des mesures prévues par le plan de stabilisation. « À long terme, écrit-il, il s'agit donc de savoir si les États-Unis parviendront à apprivoiser les syndicats, à les transformer en syndicats de type américain contrôlés par des "boss" au pouvoir absolu, et à leur fournir des moyens financiers à fonds perdus. » Or, pour le diplomate, ce projet s'avère « voué à l'échec » car les États-Unis méconnaissent la « mentalité politique anarchique » de l'Amérique latine.

En dépit de la situation politique explosive de la Bolivie, Gary a bien d'autres préoccupations. À Paris, *Les Racines du ciel* figurent dans la sélection du prix Goncourt. « Les événements ont bouleversé bien des choses – notamment, la marche de mon livre... L'Histoire me coupe l'herbe sous les pieds », écrit-il à Malraux, dès le 9 novembre 1956, en lui demandant d'intervenir auprès du président de l'Académie, Roland Dorgelès, dont le vote est déterminant dans l'attribution du prix. Alors que l'écrivain a compris le premier que le cours de l'Histoire apparaît comme un écho à son livre, de l'autre côté de l'Atlantique, son éditeur et son agent littéraire, Odette Arnaud, s'affairent en coulisses. À la mi-novembre, face aux tensions tant littéraires qu'internationales, le diplomate fait intervenir l'ambassadeur à Washington afin d'être rappelé en Californie. D'ordinaire si impassible, Gary est nerveux. Il envoie des câbles à Outpost Drive : ce n'est pas le *Los Angeles Times* qu'il faut lui adresser par la valise diplomatique mais le *New York Times*; l'édition de dimanche, uniquement le supplément littéraire, le journal ne l'intéresse pas. À La Paz, l'écrivain relit la traduction des *Racines du ciel* que son éditeur américain lui a fait parvenir. Lorsque Simon & Schuster lui propose de modifier le titre du roman qui lui semble trop fantaisiste et suggère *The Song of Man*, Gary répond tout net : « Non, trop prétentieux », et maintient *The Roots of Heaven*.

Dans l'attente d'un rappel qui serait providentiel mais qui n'arrive pas, il s'acquitte de sa mission diplomatique avec zèle. Au-delà des problèmes politiques, il s'intéresse à des sujets qui dépassent les spécificités de sa mission. Il envoie une dépêche qui concerne l'Alliance française de La Paz : s'adressant au siège de l'organisation à Paris, il préconise de réorganiser l'enseignement du français afin « d'offrir aux Boliviens une Alliance française qui ferait contraste avec l'épouvantable pauvreté de leurs moyens culturels actuels »; en nommant un titulaire au poste de directeur actuellement vacant et en agrandissant ses locaux, soutient-il, elle deviendrait « un centre d'attraction à peu près irrésistible » pour la jeunesse intellectuelle du pays. Puis c'est à la direction des Relations culturelles du ministère que le diplomate s'adresse, au sujet des activités du lycée français de La Paz, soulignant la nécessité de lui adresser des livres et de la documentation scolaire. Un autre jour, il demande au service des échanges culturels qu'une série d'ouvrages soit adressée à l'ambassade : certains classiques comme les œuvres complètes d'Arthur Rimbaud et aussi de nombreuses nouveautés dont le dernier roman de François-Régis Bastide, *Les Adieux*, qui vient d'obtenir le prix Femina.

Entre deux dépêches, Gary part à l'aventure explorer, en jeep, les vallées tropicales, le lac Titicaca et les ruines de Cuzco, l'ancienne capitale de l'empire inca. Lorsqu'il déambule dans les rues de La Paz, il se sent avant tout très seul, ainsi qu'il l'écrit à Malraux. « Très seul, mais heureux d'une solitude imposée par les circonstances et la géographie, car partout ailleurs, on se sent impardonnable et seul par imbécillité... » Par intermittence, au gré de la parution de la presse bolivienne, conditionnée à la levée des piquets de grève devant les imprimeries, sa solitude est néanmoins troublée par les sombres échos du monde. Ils proviennent d'Égypte et de Hongrie. À Suez, les troupes franco-britanniques ont déposé les armes, après une campagne éclair qui se révèle être un succès militaire mais un échec diplomatique. À Budapest, l'insurrection contre le régime communiste est réprimée dans le sang par les chars de l'Armée rouge. À Malraux, il écrit avoir « saigné pour les éléphants hongrois... ».

À La Paz, capitale la plus haute du monde, perchée à près de quatre mille mètres d'altitude, Gary a le sentiment de passer à côté de l'Histoire, lorsque lui parvient une enveloppe froissée, dont il extrait une lettre qu'il déplie. En lisant cette écriture serrée, aux formes élancées, l'écrivain a les larmes aux yeux.

Mon cher Romain Gary,

Votre Les Racines du ciel *c'est un grand et beau livre. En le lisant, j'ai été saisi tout de suite par le courant. Les idées, les personnages, les descriptions, le style, tout cela fait une espèce de fleuve. Je me félicite qu'il m'ait emporté.*

En vous remerciant et en vous redonnant mon admiratif témoignage, je vous demande de croire, mon cher Romain Gary, à mes sentiments bien cordialement dévoués,

C. de Gaulle

« Une telle grandeur ! » se dit Gary, l'enveloppe entre les mains, ne parvenant pas à croire que le Général ait lui-même écrit son adresse, collé ce timbre, posté la lettre, qui est partie de Colombey-les-Deux-Églises et a transité par Gallimard et Outpost Drive avant d'arriver à La Paz. Retiré dans sa résidence de La Boisserie, de Gaulle ne maintient le contact qu'avec les anciens de la France libre et réserve ses rares apparitions publiques aux commémorations de la Résistance. Dans la solitude, il se consacre à l'écriture de ses *Mémoires de guerre* dont le deuxième tome,

« L'Unité », a paru au mois de juin 1956. De Paris, au mois d'octobre, Gary lui avait adressé un exemplaire des *Racines du ciel* avec cette dédicace : « Au général de Gaulle, qui a inspiré ma vie et mon œuvre. Très respectueusement, Romain Gary ». Le Général a donc lu le roman et s'est souvenu de la fidélité de son Compagnon. En mâchant une feuille de coca pour lutter contre le mal de l'altitude, Gary se sent emporté par quelque chose qui le dépasse.

Car au même moment l'Académie Goncourt a déjà arrêté son choix et a décidé de ne pas le garder secret afin de « fixer sa préférence » avant les autres prix littéraires. Face à la poudrière égyptienne et l'insurrection hongroise, le jury n'a pas voulu passer à côté des événements. Il souhaite couronner un grand roman, et qui plus est un roman antitotalitaire au moment même où des manifestations antisoviétiques éclatent à Paris et où, pour la première fois, des compagnons de route du P.C.F. prennent leurs distances avec Moscou. Dans la presse, le président de l'Académie, Roland Dorgelès, déclare : « Un éléphant, ça se voit de loin... » Tant et si bien que lors de ce premier lundi de décembre – comme le voulait la règle –, il ne faut qu'une demi-heure aux jurés pour délibérer : par huit voix contre deux, *Les Racines du ciel* est primé dès le premier tour; Romain Gary a réuni les suffrages de Roland Dorgelès, Jean Giono, Alexandre Arnoux, André Billy, Gérard Bauër, Philippe Hériat, Francis Carco et Pierre Mac Orlan; seuls Raymond Queneau a voté pour *Angélina, une fille des champs* d'Angélina Bardin, et Armand Salacrou pour *L'Emploi du temps* de Michel Butor. Bien que le lauréat ne soit pas au rendez-vous de la place Gaillon pour recevoir son prix, les dix académiciens passent à table avec, au menu de cette édition 1956, huîtres de Marennes, langouste grillée à la Drouant, poularde de Bresse en croûte périgourdine. Mais, cette année-là, comme un pied de nez à l'Histoire, le chèque de cinq mille francs qu'ils remettront au lauréat proviendra des dividendes touchés par l'Académie sur ses actions... dans la Compagnie universelle du canal maritime de Suez.

Toujours en mission à La Paz, Romain Gary ne perçoit encore que de lointains échos de ce tumulte parisien. Certes, Gaston Gallimard lui a envoyé un télégramme trois jours auparavant : « Présence à Paris pendant attribution des prix littéraires souhaitable. » Mais, lorsque la nouvelle lui parvient, à 7 heures du matin, il peine encore à le croire. C'est le correspondant espagnol de *United Press* qui la lui apprend : « Monsieur l'ambassadeur, je vous félicite. Vous avez le prix Nobel ! » Tirant de sa poche un télégramme en anglais daté de la veille, il y lit : « Question ambassadeur de France à La Paz pour premier prix concours. Prendre déclaration. » Dans les minutes suivantes, des dizaines de télégrammes parviennent à La Paz. Le premier que lit Romain Gary est adressé par son ami Jean de Lipkowski : une fois de plus, le mot Goncourt n'est pas mentionné mais le lauréat admet bel et bien en son for intérieur que *Les Racines du ciel* vient d'être couronné.

Une conférence de presse est organisée à la hâte à l'ambassade. Aux journalistes qui l'interrogent, Gary déclare, dans une référence à la Hongrie : « Je suis déchiré entre la joie de me voir décerner le prix Goncourt et la tristesse de constater que l'idéal de liberté et de dignité humaines que je défends dans mon livre n'a jamais été plus menacé. » Puis le lauréat ajoute : « L'appel que lancent en ce moment tous les écrivains du monde dignes de ce nom pour que l'on respecte les droits de l'homme, pour que l'on préserve, quels que soient les systèmes idéologiques, une marge humaine où nos valeurs permanentes et immortelles puissent se réfugier, ne recueille que la réponse des armes automatiques. Ce que j'ai défendu depuis 1936 sans interruption, les armes à la main, je continuerai à le défendre, aussi bien dans ma vie que dans mon œuvre. » En guise d'hommage à son « dieu », Gary précise qu'une seule chose lui « causerait une joie personnelle aussi grande que de recevoir le prix Goncourt » : que le prix Nobel soit attribué à André Malraux. À la question de savoir s'il compte se rendre à Paris pour y recevoir son prix, il déclare : « Je suis aux ordres du ministre des Affaires étrangères. Mais dites bien, en tout cas, que la joie qui vient de m'échoir se double de celle d'avoir connu ce merveilleux pays de Bolivie, son peuple courageux et ses paysages inoubliables. »

De ces cimes boliviennes qu'il contemple, Romain Gary savoure une très grande joie. La plus grande joie peut-être depuis que le général de Gaulle a épinglé sur sa poitrine la croix de la Libération. Tirant négligemment sur son cigare face aux neiges éternelles de l'Altiplano, il se remémore l'improbable parcours qu'il a accompli depuis sa ville natale de Wilno. À ses amis du Paris d'avant-guerre, René et Sylvia Agid, auxquels il est resté fidèle, il adresse alors un télégramme : « Je pense à vous, à Christel et à l'hôtel Europe. »

En ces premiers jours de décembre, alors qu'à Paris tout le monde l'attend, Romain Gary est loin de ceux qui le célèbrent, le ministère des Affaires étrangères n'autorisant pas le diplomate à quitter La Paz. Le directeur général du personnel, François de Panafieu, reste ferme : indépendamment des événements, le poste a besoin d'un agent suffisamment qualifié pour en assurer la direction dans la conjoncture politique actuelle, soutient-il, à la surprise de ses collègues. Face au vent et à la pluie qui balaient La Paz, le diplomate trompe l'ennui en rédigeant des dépêches contingentes sur la nécessité pour l'ambassade que les crédits de presse soient corrélés à l'inflation ou sur les prévisions de dépenses du poste pour l'année 1957, qu'il adresse à la comptabilité du ministère. En un rare moment de frivolité, il se fait photographier avec un poncho et envoie le cliché à Outpost Drive. « On dirait un vrai Bolivien », se dit Odette en le découvrant ainsi habillé.

Au milieu de cette attente sans fin un coup de théâtre intervient. À son arrivée à La Paz, pour des raisons protocolaires, les autorités locales n'ont pas souhaité lui remettre ses lettres de créances. Mais avec le Goncourt, le ministre bolivien des Affaires étrangères célèbre Romain Gary en le reconnaissant officiellement comme chargé d'affaires. Dans le même temps, le conseil municipal de la capitale lui adresse ses félicitations unanimes et une réception est donnée où vingt ambassadeurs lèvent leurs verres à la « grandeur éternelle de la culture française ». Au-delà du cénacle diplomatique, la presse bolivienne chante les louanges de l'écrivain Romain Gary. L'éditorialiste du quotidien *El Diario* lui consacre un article chaleureux dans lequel il se réjouit de voir le prix Goncourt échoir à La Paz. Analysant l'œuvre du romancier, il exalte le profond sentiment d'humanisme qui s'en dégage et note une certaine analogie avec Cervantès : tous deux luttent pour un idéal au milieu d'une société troublée, trop disposée à ne s'intéresser qu'à des problèmes d'ordre purement matériel. Contre toute attente, les éditorialistes boliviens se montrent même assez compréhensifs envers l'intervention militaire à Suez, qui est désormais regardée comme coupant court aux ambitions soviétiques au Proche-Orient.

Dans le télégramme qu'il adresse à Paris, rendant compte des articles élogieux consacrés depuis le Goncourt à la culture française, le diplomate conclut ainsi son propos : « Je crois donc que, dans une mesure toute relative, le but de ma mission, tel du moins qu'il m'a été présenté au Département, est peut-être atteint très largement à la suite de circonstances extérieures et indépendantes de ma volonté. »

Le 10 décembre, quatre longs jours après l'attribution du prix Goncourt et un mois à peine après son arrivée en Bolivie, Romain Gary est enfin autorisé à quitter La Paz pour rejoindre Paris où la gloire et le succès l'attendent. Il aura fallu de nombreuses interventions pour obtenir le rappel du diplomate, Charles Lucet, ministre conseiller à Washington, allant jusqu'à écrire au directeur général du personnel que « ce n'est pas là un précédent qui se renouvellera souvent parmi les fonctionnaires des Affaires étrangères »... « Vous êtes autorisé à venir passer quelques jours à Paris pour y recevoir le prix que vous a décerné l'Académie Goncourt et dont je vous félicite bien chaleureusement », lui écrit François de Panafieu dans un télégramme classé « extrême urgence », avant d'ajouter : « Je regrette de devoir vous préciser que les frais de ce déplacement ne pourront être supportés par le Département. »

Le prince de Paris

En ce mois de décembre 1956, Romain Gary marche dans les rues de Paris. Il n'y a en fin de compte vécu que lors de ses études de droit, puis le temps d'un poste en administration centrale, à la fin des années 1940. Lorsqu'il arrive au croisement du boulevard Saint-Michel et de la rue Soufflot, il s'arrête devant chez Capoulade. Cette institution du Quartier latin, l'étudiant à la Sorbonne qu'il était dans les années 1930 la fréquentait quotidiennement. Après en avoir poussé les portes, il s'accoude au comptoir, où il boit son café, l'esprit apaisé, heureux même, car il savoure une véritable revanche ; diplomate et écrivain, il a accompli la double prophétie de sa mère, et il s'habille à Beverly Hills. L'image le fait sourire en voyant la corbeille de croissants posée sur le bar. Il y piochait allègrement, voilà vingt ans, sans toujours les payer. Son regard se perd au souvenir de l'étudiant fauché qu'il était. « Vous en voulez un ? » lui demande le barman, qui s'affaire à astiquer les verres, dans un bruit de percolateur. « Rien ne me ferait plus plaisir », lui répond Gary dont les yeux s'illuminent. Lui tendant une assiette de porcelaine, le serveur ajoute : « Ce ne serait pas vous, le prix Goncourt ? J'ai vu votre photo dans les journaux. » Au milieu des flots d'étudiants et de touristes habitués à fréquenter les lieux, le romancier est incrédule. « On les reconnaît ici, les écrivains, lui dit le barman. J'ai adoré votre livre en tout cas. J'étais tellement pris par l'histoire que j'en ai même lu des pages derrière le bar, entre deux clients. » Romain Gary l'écoute parler de Morel et de la force de son symbole pour les lecteurs qui s'identifient à lui. Il comprend ce que Malraux sous-entendait lorsqu'il lui avait dit qu'il avait commis non pas un roman mais un véritable mythe. Il prend aussi conscience qu'il a quitté cette ville en anonyme et que, par le seul pouvoir de l'imaginaire, il y revient couvert de gloire. « Laissez, lui dit le serveur au moment de payer, le café et le croissant sont pour moi », avant d'ajouter, en lui faisant un clin d'œil : « Vive les éléphants ! »

En remontant le boulevard Saint-Germain pour rejoindre son hôtel, Gary croise des visages qui semblent lui sourire sans pour autant lui être familiers. Arrivé à l'hôtel Pont-Royal, le groom lui donne du « Bonjour, Monsieur Gary ». Ce doit être la proximité des Éditions Gallimard qui ne sont qu'à quelques pas, pense-t-il alors, comme pour excuser un excès de célébrité qui le laisse encore incrédule. De La Paz, Gary n'avait perçu que des bribes de cette notoriété nouvelle. Mais dès son arrivée à Orly, le 13 décembre, une foule de journalistes l'avait aussitôt encerclé et, depuis, comme pris dans un tourbillon, le lauréat n'a pas cessé d'être célébré et invité de toutes parts. « Je me sens comme un enfant joyeux qui vient de naître et de sortir de l'obscurité », a-t-il déclaré à la presse.

*

Quelques jours après son arrivée à Paris, Pierre Dumayet l'invite de nouveau sur le plateau de *Lectures pour tous*, où deux mois plus tôt l'écrivain avait présenté *Les Racines du ciel*. En ce 19 décembre 1956, Romain Gary n'a pas l'esprit léger. Il est là pour répondre aux critiques. Ou plutôt à une certaine critique. Car dès avant l'annonce du prix Goncourt, Kléber Haedens fomente une campagne de dénigrement contre Gary. Dans *Paris-Presse*, sa plume trempe dans l'encrier de la xénophobie : « Romain Gary s'est héroïquement battu pendant la dernière guerre et il est une des gloires de l'aviation. Ses biographes disent qu'il connaît sept langues. Mais je suppose que parmi ces sept langues il ne vient à l'idée de personne de compter le français. Nous avons le regret, mais aussi le devoir, de le dire : Romain Gary ne sait pas le français. Il n'existe peut-être pas d'ouvrage aussi lourdement incorrect dans toute l'histoire de la littérature française. Son style est celui d'une exécrable traduction. Et si le héros des *Racines du ciel* fonde un comité pour la défense des éléphants, nous pensons qu'il est dès maintenant nécessaire de fonder un comité pour la défense de la langue française contre Romain Gary. »

Lorsque l'écrivain avait pris connaissance de cet article à La Paz, il avait été touché au plus vif de son être. « C'est mon sang tartare, mon sang slave, mon sang juif, qu'il vise... », fulminait-il au cours d'interminables nuits d'insomnie.

En réalité, le critique maurassien qui a fait ses classes à l'Action française n'en est pas à son coup d'essai. En 1952, Haedens s'était déjà livré à une attaque en règle contre lui : « J'espère que Romain Gary n'écrit pas ses rapports de diplomate dans le style des *Couleurs du jour* », écrivait-il avant de se répandre en propos injurieux contre sa prose. Si la critique était alors passée inaperçue, le Goncourt jette une lumière crue sur le peu d'estime qu'il porte à l'auteur des *Racines du ciel*.

Dès son arrivée à Paris, Romain Gary tente de répondre à ce venin en déclarant avec humour à propos des coquilles du texte : « Comment corriger des épreuves quand un océan vous sépare de l'imprimerie ? » Toutefois, Haedens n'est pas seul. Il a été rejoint par Carmen Tessier qui tient « Les potins de la commère » dans *France-Soir*. « Les puristes de la N.R.F. sont très agités, écrit-elle dans sa chronique. On prête à Albert Camus et à Jacques Lemarchand l'intention d'épousseter *Les Racines du ciel* pour les éditions à venir. » Rue Sébastien-Bottin, les intéressés démentent cette information « totalement dénuée de fondement et également blessante pour tous ceux qu'elle met en cause ». Mais à Paris, le bruit court déjà.

« Il est de bon ton de dire que ce Goncourt-ci est vraiment très mal écrit... », glisse Pierre Dumayet, le 19 décembre, sur le plateau de *Lectures pour tous*. Romain Gary est donc là pour se justifier. Le langage du personnage n'est pas celui de l'auteur, soutient-il. « Je considère que, à tout ouvrage correspond un style et lorsque vous lâchez un troupeau d'éléphants comme moi à travers l'Afrique, que vous évoquez la sueur, la brousse, la forêt vierge, les aventuriers, les événements incessants, les avatars, les aventures à répercussions constantes, vous ne pouvez pas le faire dans le langage de *La Princesse de Clèves* et de la duchesse de Guermantes. Il faut essayer d'inventer un langage à vous. »

Il ne faut donc pas chercher le verbe de Mme de La Fayette dans *Les Racines du ciel* ni celui de Giraudoux, cet autre écrivain-diplomate. « Je ne fais pas du Giraudoux, Dieu sait que j'admire Giraudoux, il est bien compréhensible que quand Giraudoux faisait descendre ses dieux de l'Olympe et les promenait dans les antichambres des ministères, il les habillait chez Dior, mais moi mon Morel je ne peux pas l'habiller chez Dior. »

*

« Nous, on s'en fiche que M. Gary écrive mal, écrit *Le Canard enchaîné*, car on aime beaucoup les éléphants. Ce M. Gary est, à sa manière, un éléphant charmant. Et un éléphant qui a de la défense. » C'est un fait, Romain Gary ne fait pas partie de « la bande », comme il a coutume d'appeler les écrivains de Saint-Germain-des-Prés. Il vit loin de Paris, où paraissent ses romans, et ceux qu'il signe ne correspondent pas aux canons du moment. Et c'est aussi pourquoi les querelles du milieu littéraire lui semblent bien dérisoires. Lors de la répression par les troupes soviétiques de la révolte populaire à Budapest, il avait souri en apprenant que des compagnons de route du Parti communiste, emmenés par Jean-Paul Sartre, commençaient à prendre leurs distances avec Moscou. Le totalitarisme soviétique, il en a fait l'expérience dix ans plus tôt, avec les assassinats politiques perpétrés à Sofia. Jamais il ne s'est laissé aveugler par ces chimères. Pourtant, en France, le prestige de l'U.R.S.S. demeure intact aux yeux de certains qui, comme Maurice Thorez, saluent au lendemain des répressions sanglantes en Hongrie « l'exemple exaltant de l'Union soviétique ».

Alors, pour atténuer sa marginalité, pour donner un visage à son œuvre, dès son arrivée à Paris, l'écrivain s'emploie à recevoir des journalistes. C'est dans cet esprit que Gary, au bar de l'hôtel Pont-Royal, multiplie les interviews. Roger Grenier, qui écrit pour *France-Soir*, vient de le saluer de son regard bienveillant, lorsque Paul Guth, du *Figaro littéraire*, s'assoit à la table. Le romancier lui expose sa façon de travailler, tous les matins, entre 7 h 30 et 9 h 30, avant de rejoindre son bureau de diplomate ; il lui décrit Los Angeles en esquissant de la main le plan d'une ville morcelée entre ses faubourgs : Hollywood, Beverly Hills, Santa Monica... ; il évoque Outpost Drive, ce décor hollywoodien où volent les oiseaux-mouches, et il explique la société de consommation à l'américaine en citant sa secrétaire qui possède deux voitures payées à crédit.

Mais l'écrivain cherche aussi à brouiller les pistes. À La Paz, il avait évoqué son combat depuis la guerre d'Espagne, par goût de l'épopée et par clin d'œil à Malraux. Face aux journalistes qui l'interrogent, il alterne désormais les versions de sa biographie : « Tout le monde sait maintenant qu'il est né en Russie en 1914, près de la frontière polonaise, qu'il s'appelle Kassev, avec un *v*, comme Kiev », peut-on lire dans *Le Figaro littéraire*. « Que son père était diplomate russe et sa mère une comédienne française. Qu'il s'est conduit en héros pendant la dernière guerre dans l'escadrille Lorraine et qu'après le typhus et le rase-mottes il a reçu plusieurs balles dans le ventre. »

Gary construit sa légende. À chaque interview, il dévoile un peu de lui-même et cède surtout à la tentation de la multiplicité. « Je suis romancier, se justifiera-t-il peu de temps après, je ne peux pas résister à l'envie que j'ai de créer des personnages, surtout quand, en somme, on vient me le demander. » De fait, l'écrivain se prête au jeu lorsqu'un photographe lui demande de prendre la pose, au zoo de Vincennes, avec un éléphant qui l'entoure de sa trompe. En fin de compte, en cette fin d'année 1956, Gary s'amuse. Il est flatté de voir qu'un livre peut susciter autant de controverse et goûte enfin le fait d'être connu et admiré.

Alors que, le matin du 22 décembre, le romancier s'affiche dans les pages du *Figaro littéraire*, le soir même, il est célébré par le Tout-Paris. Au numéro 191 du boulevard Saint-Germain, dans l'hôtel particulier de son ami Jean de Lipkowski, le lauréat du prix Goncourt donne une réception où se pressent cent cinquante personnes triées sur le volet. Il y a le cercle des diplomates emmené par le ministre des Affaires étrangères, Christian Pineau, et son secrétaire général, Louis Joxe, autour duquel gravite l'ambassadeur du Royaume-Uni à Paris, sir Gladwyn Jebb, que Gary a connu à New York. Le cercle des politiques avec les députés Pierre July, Félix Gaillard, Alain Savary, Pierre-Olivier Lapie, la maire de Rambouillet Jacqueline Thome-Patenôtre et Jacques Duhamel. Le cercle des salons parisiens dont la figure centrale est la duchesse de La Rochefoucauld. Et celui des jurés du Goncourt avec Philippe Hériat et Gérard Bauër. Sous les lambris et les hauts plafonds de cet hôtel particulier, Romain Gary est le prince de Paris.

Lorsque, tard dans la soirée, l'ambassadeur Henri Hoppenot arrive enfin, le moment des discours n'est pas encore venu. Celui à qui l'écrivain a dédié *Les Racines du ciel* prend brièvement la parole pour féliciter le lauréat. Mais c'est surtout le discours qui s'ensuit qui marquera les esprits. Lorsque Romain Gary s'exprime, il cite les critiques qui l'ont malmené, remercie ironiquement Jean Chauvel qui l'a chassé de son poste à Londres, ce qui lui a permis d'avoir le temps de terminer son manuscrit. Et sa voix se fait chevrotante lorsqu'il cite le mécanicien René Bauden – présent ce soir-là, les larmes aux yeux –, qui lui a sauvé la vie en ramenant leur avion touché par l'artillerie allemande. Lorsqu'il incline la tête pour saluer l'assemblée, Gary tient sa revanche. Sous les applaudissements, le lauréat reçoit des accolades et des embrassades du Paris littéraire et politique. Mais, ce soir-là, ce dont il est le plus fier c'est du regard de Lesley. Ce qu'il lit dans ses yeux est alors bien plus que de la complicité intellectuelle. Il perçoit une estime profonde, une admiration pour l'homme qu'elle a rencontré douze ans auparavant et qui n'était alors personne. Deux ans après la parution de *The Wilder Shores of Love*, il la rejoint enfin dans le triomphe littéraire.

Au cours de cet hiver 1956, le lauréat est célébré avec une ferveur sans pareille. Du Quai d'Orsay où une réception est organisée en son honneur aux dîners en ville, le milieu littéraire dont il a été tenu éloigné l'embrasse. Mais plus que les coteries mondaines qu'il n'a jamais appréciées, Romain Gary met surtout ce séjour à profit pour revoir de vieux amis. Le succès et la gloire s'accompagnant d'une certaine aisance matérielle, il se montre généreux avec tous ceux qui l'entourent, d'une générosité que seuls manifestent ceux qui ont manqué d'argent dans leur vie passée. Car la générosité fait partie de son triomphe. À la table d'un restaurant en vue, il invite ses proches amis Henri et Hélène Hoppenot, ainsi que Jean de Lipkowski et Claude Roy. Lorsque le lauréat évoque les critiques de Kléber Haedens et soumet le « droit de réponse » qu'il veut lui faire, Roy lui dit : « Voyons, mon cher, on ne répond pas », et lui demande si cette susceptibilité d'écorché vif provient de ses origines juives. Le soir même, Hélène Hoppenot note dans son journal : « L'autre rougit si violemment que j'en souffre à sa place. »

Lorsque la fièvre est retombée, Romain et Lesley rejoignent les Agid. Ces amis niçois, René et Sylvia, sont un repère pour Gary et leur maison de Savigny-sur-Orge une oasis. Dans une ambiance familiale, ils fêtent le Noël 1956. Devant eux, Romain fend l'armure. Il se montre tel qu'en lui-même, sans fard ni artifice. Avec son mordant habituel, Sylvia le dessine sous les traits d'un éléphant esseulé à la recherche de la gloire. En réalité, Romain ne s'est jamais senti aussi entouré. Car ses livres dans les devantures des librairies, son portrait dans les journaux ont ramené à lui bien des amis d'enfance qu'il avait oubliés ou perdus de vue et qui lui ont écrit « aux bons soins des Éditions Gallimard ». À quarante-deux ans, le passé refait surface.

Dans ce moment d'intimité autour des fêtes de fin d'année, son esprit divague. Le 26 décembre, il écrit à sa « chère B. », restée à Los Angeles : « La gloire et le triomphe c'est bien bon, mais il y a des choses meilleures... Et je ne les ai pas oubliées. Je compte rentrer le 10 janvier et j'espère les retrouver... Je vous embrasse et vous souhaite tous les bonheurs terrestres et toutes les joies de vivre pour 1957... *don't forget your boss in the meantime. Love from an elephant*, R. » Lorsqu'elle reçoit cette lettre à Outpost Drive, Odette est troublée. Si au sommet de la gloire il a pensé à elle, c'est donc qu'il éprouve des sentiments, songe-t-elle derrière sa machine à écrire.

L'autre univers

Au cours de ces années d'après-guerre, Romain Gary, que ses fonctions dans la diplomatie tenaient éloigné de la France, n'a pas fait partie de ceux qui cherchaient à raviver la flamme du gaullisme. Si le Général l'a fait compagnon de la Libération, il reste un franc-tireur plus qu'un partisan. Certes, au printemps 1954, Malraux l'avait sollicité afin qu'il relise la traduction anglaise des *Mémoires de guerre*, dont le premier volume devait paraître en France en octobre de la même année. Mais après lui avoir répondu avec enthousiasme qu'il serait heureux de donner une opinion sur la valeur de la traduction, en se plongeant dans la lecture de ce passé héroïque, Gary avait estimé qu'avec l'entreprise des *Mémoires*, de Gaulle courait le risque d'apparaître comme un homme du passé ; le texte lui paraissait « affreusement lointain », ainsi qu'il l'avait écrit à Hoppenot.

Clairement, Gary ne croyait pas au retour du Général. Il l'avait écrit le 20 décembre 1955 à André Malraux : « Que vous n'ayez pas fait le roman du gaullisme, enfin possible, puisqu'il a échoué, prouve simplement que vous le ferez... étant entendu que le gaullisme en tant que drame est beaucoup plus que lui-même, puisqu'il a été avant tout un refus de l'humain, un refus de s'abaisser jusqu'au coup d'État... Ce que de Gaulle voulait n'était possible que pour un fresquiste de génie, et sur de la pierre... »

« Gaulliste inconditionnel », moins dans les messes que dans l'épreuve, Gary ne songe pas alors à une revanche prochaine sur l'Histoire. Ose-t-il seulement l'espérer, lui que les gouvernements successifs comme les hommes de la IVe République ont tant déçu ?

*

En cette fin d'après-midi du mardi 1er janvier 1957, lorsqu'il se rend au numéro 5 de la rue de Solférino, au siège du Rassemblement du Peuple français, il ne sait pas ce qui l'attend. C'est au premier étage de cet hôtel particulier que le Général a établi ses quartiers dans la capitale et qu'il reçoit les visiteurs de passage. À son agenda figurent ce jour-là deux rendez-vous accordés au général Jean Touzet du Vigier, chef d'état-major des armées au sortir de la Seconde Guerre mondiale, et au journaliste André Stibio. Entre ces deux entretiens s'est glissé le nom de Romain Gary, à l'invitation de Malraux.

L'écrivain patiente dans le vestibule lorsque les portes s'ouvrent. « Mon Général », lance Gary, au garde-à-vous, dans un réflexe militaire. « Entrez donc, mon cher Compagnon », lui répond de Gaulle, d'une voix douce et pleine d'humilité, lui tendant la main. Alors que Gary se dirige droit vers la chaise qui fait face à l'imposant bureau Louis XV, le Général, qui vient de refermer la double porte, lui indique les deux fauteuils de part et d'autre de la cheminée. « Allons, je vous en prie, nous serons mieux ici », lui glisse-t-il, les désignant de l'index. Mais, en s'y asseyant, Gary se rend compte que, face à de Gaulle, il est en train de perdre tous ses moyens. Pour reprendre le dessus sur une situation qui lui échappe, il inspire profondément en cherchant un objet auquel se raccrocher et regarde fixement le globe terrestre qui trône dans un coin de la pièce. S'il a préparé avec soin les arguments qu'il souhaite déployer, à cet instant précis, il demeure muet et affiche un sourire figé. « Comment va notre Morel depuis le Goncourt ? » lui demande de Gaulle, pour détendre l'atmosphère, tandis que Gary commence déjà à retrouver ses esprits. S'il parvenait à l'intéresser dès les premières minutes, l'affaire serait réglée, s'était-il dit en préparant l'entretien. L'échange entre les deux hommes va durer trois quarts d'heure, au cours desquels Gary va peu à peu faire feu de tout bois. « Au fond, le jour, vous travaillez pour l'État et, la nuit, vous travaillez pour Jérusalem », conclut de Gaulle en le raccompagnant sur le palier.

Une fois dans la rue, Gary se précipite aussitôt dans un café pour retranscrire la teneur de la discussion qu'il vient d'avoir. Après avoir ramassé quelques idées sur une feuille volante, il adresse un pneumatique à Malraux, à Boulogne, rendant compte de cet entretien « d'écrivain à écrivain » qu'il consigne pour l'Histoire :

*« Ce fut exactement comme vous l'avez dit : l'*autre *univers. Une très curieuse curiosité : que vous a dit Malraux des* Racines *? Est revenu là-dessus trois fois, avec un véritable pétillement de curiosité dans l'œil. Physiquement, très "gisant" encore debout, une très forte conscience de réussite morale, profonde gentillesse*

courtoise "d'écrivain à écrivain", peu de curiosité politique. Autre petite curiosité : que pense le Quai du livre ? Une certaine diablerie ironique : les lèvres ont un pli d'ironie définitive, *devenue physique, et dans un sens non péjoratif du mot, il y a une certaine folie de ce rictus. Si vous voulez, une désillusion totale d'un vainqueur sur le plan de l'éternel qui eût tout de même souhaité une victoire plus terrestre. Et toujours, avec une étrange insistance : que pense Malraux de votre roman ? Très conscient de l'inspiration métaphysiquement et moralement gaulliste de l'ouvrage. J'ai mal répondu. À la fin, une minute de protocole du style : "R.G., je suis content de vous."* »

★

Si *Les Racines du ciel* est un roman d'inspiration gaulliste, c'est que la traversée du désert qu'entreprend Morel est similaire, dans la symbolique, à la trajectoire du général de Gaulle. La campagne africaine d'un ancien déporté, engagé en faveur de la défense d'une marge humaine, s'inscrit dans les mêmes valeurs universelles qui s'incarnent dans l'appel du 18 Juin. En travaillant aux *Racines du ciel*, le romancier a truffé l'ouvrage de nombreuses références gaullistes. Mais, au beau milieu de la brousse, le lecteur remarque-t-il que Morel porte une petite croix de Lorraine ? Au fil du roman, l'analogie devient pourtant une évidence : « De Gaulle en 40 comme aujourd'hui, écrit le romancier, c'est un peu, à sa façon, Morel et les éléphants. » Dans sa préface, l'écrivain se justifie d'ailleurs ainsi d'avoir situé son roman en Afrique-Équatoriale française : « Je n'ai pas oublié ce que fut l'A.-É.F. qui, la première, répondit jadis à un appel célèbre contre l'abdication et le désespoir. »

En ce début 1957, cette dimension cryptique du roman n'est perçue ni par les lecteurs ni par la critique. Face aux problèmes du moment, l'écrivain est prié de prendre position sur le sujet numéro un : l'Algérie française. Dans un grand entretien qui paraît dans *L'Express* sous le titre « Romain Gary : les hommes, ces éléphants », l'écrivain le reconnaît avec beaucoup de clarté : en Algérie, « l'exemple d'un anticolonialisme justifié se transforme en un absolutisme nationaliste insupportable et très net ». Refusant tout mythe nationaliste, c'est-à-dire toute ségrégation humaine, il s'exprime en faveur d'une communauté humaine fraternelle, respectant à la fois les huit millions de musulmans et le million d'Européens qui vivent sur place car, dit-il, « il y a en Algérie une vie française aussi indéracinable que la vie arabe ». Lorsque Jean Daniel lui demande pourquoi alors ne laisserait-on pas les Algériens construire eux-mêmes cette communauté que la France n'est pas parvenue à construire, Gary répond que « laisser les nationalistes algériens construire la communauté juste dont nous parlons serait un pari, un acte de foi dans les nationalistes en général que l'Histoire n'autorise pas. Surtout à la lumière de ce dépassement dans l'atroce des chefs nationalistes par leurs troupes ».

Lorsqu'il lit ces mots dans *L'Express*, Albert Camus acquiesce en silence. La troisième voie, celle d'une Algérie juste où la population européenne comme musulmane vivrait en paix et dans l'égalité, c'est ce qu'il défend depuis toujours. Un an auparavant, Camus avait publié « Le Parti de la trêve » avant de soutenir, à Alger, l'idée d'une « trêve civile » pour parvenir à une « communauté de l'espoir ». Mais pris à partie par les deux camps, tous deux animés par la haine, il avait depuis lors décidé de garder le silence.

*

En dépit des sombres échos du monde, l'ambiance de ce séjour parisien est avant tout à la fête. Cependant, après six semaines de fête, la joyeuse sarabande doit avoir une fin. Le ministère autorise le diplomate à rejoindre directement Los Angeles sans repasser par La Paz. « Je tiens à vous dire une fois de plus combien j'ai été sensible à l'élégance du Département à mon égard, à la gentillesse de tous – et, selon l'expression du nègre à Mac Mahon, je ferai de mon mieux pour continuer », écrit-il au ministre des Affaires étrangères, Christian Pineau, sur papier à en-tête de l'hôtel Pont-Royal.

Le 18 janvier 1957, Romain Gary embarque, seul, au Havre. Alors que Lesley est restée en Europe, l'écrivain emporte dans ses bagages un exemplaire dédicacé des *Racines du ciel* : « À mon cher Romain Gary, mon bon compagnon de lutte, en témoignage de profonde affection, Romain Gary. » Commence alors un dédoublement qui va le conduire à se délier de sa vie officielle en n'ayant de cesse de se réinventer par le seul pouvoir de l'imaginaire.

Pari gagné

« J'ai gagné mon pari ! » lui lance fièrement Odette, en l'accueillant à Outpost Drive.

— Allez choisir votre vison », lui répond-il avec la magnanimité de ceux qui savent ce qu'ils doivent à la vie.

À Los Angeles, le succès des *Racines du ciel* n'est pas passé inaperçu. Si l'éditeur new-yorkais avait traduit deux de ses précédents livres – *Le Grand Vestiaire* et *Les Couleurs du jour* –, l'annonce du Goncourt a suscité un véritable engouement. Lorsque la nouvelle de l'attribution du prix est parvenue outre-Atlantique, les journalistes se sont précipités à Outpost Drive, où on leur a indiqué que Romain Gary était absent. Ils ont appelé le service culturel de l'ambassade, où personne n'a su les renseigner. Connaissant ses états de service pendant la guerre, le critique littéraire du *New York Times* Harvey Breit en a déduit que le diplomate était parti en mission à Suez... avant de se raviser et d'annoncer qu'il était en réalité en Bolivie. Surtout, par leurs correspondants à Paris, les journaux américains découvrent la véritable identité du romancier : après avoir déclaré, un an plus tôt à son arrivée à L.A., qu'il était né à Nice, sa biographie révèle désormais qu'il est natif de Wilno, en Lituanie, et qu'il ne réside en France que depuis son adolescence. Pourquoi donc s'être donné une biographie fictive? Pour cacher qu'il vient d'Europe de l'Est? Et le gouvernement français, est-il complice? se demande-t-on dans les salles de rédaction, avant que la littérature ne reprenne le pas sur l'état civil.

Sur Wilshire Boulevard, Odette a enfin trouvé son vison. « Il est superbe », annonce-t-elle à Gary, à son retour de déjeuner, mais il coûte deux mille cinq cents dollars, soit l'équivalent d'une année de salaire. « Comment vais-je expliquer ça à mon mari? » Aimant monter des coups, Gary trouve l'astuce : « Ouvrez un compte au magasin, lui dit-il, vous y mettrez l'argent que je vous donne et vous ferez semblant de le payer par mensualité. » Lui tendant un exemplaire des *Racines du ciel* qu'il vient de lui dédicacer, il ajoute : « Vous n'êtes pas impressionnée de travailler pour moi?

— Non, pas le moins du monde », lui répond-elle. De retour à son bureau, Odette découvre les mots écrits par son patron : « À l'immortelle secrétaire du consul général de France à Los Angeles, la plus fidèle et la plus charmante, à ses enfants, petits-enfants, arrière-petits-enfants, en témoignage et hommage de son chef, "tyran" et ami, Romain Gary. » Embarrassée, elle se demande, une fois encore, comment elle va cacher cela à son mari.

★

À Outpost Drive, le consul général cherche à réorganiser son temps en échappant davantage à l'emprise de ses fonctions. Dans cette maison où toutes les pièces communiquent entre elles et où le personnel comme les visiteurs circulent librement, il ne jouit d'aucune intimité. L'écrivain se replie dans son bureau, au premier étage, et dans sa chambre, au rez-de-chaussée, mais il étouffe. Il décide alors de louer un appartement à proximité. Lorsque la propriétaire d'un studio, situé sur Laurel Canyon, à cinq minutes en voiture du consulat, lui demande sa profession, elle hausse un sourcil lorsqu'il lui indique : diplomate. « Simple, fonctionnel et convenant à tous les goûts », l'annonce décrivait bien les lieux, dans le style des bungalows californiens : au rez-de-chaussée, un salon et une cuisine ; sur la mezzanine, une chambre à coucher et une salle de bains. Le loyer est de cent trente dollars. C'est le prix de la liberté pour vivre plus librement ses amours et pouvoir écrire plus sereinement. Gary peut dorénavant mener sa double vie comme il l'entend.

En l'espace de quelques semaines, son quotidien est rodé. Il délègue la routine consulaire et se limite aux affaires politiques et à la représentation. Entre 7 a.m. et 10 a.m., il écrit dans sa chambre du consulat avant de monter à son bureau où il commence sa journée de diplomate en parcourant les journaux de Los Angeles – tous républicains –, toujours dans le même ordre : le *Los Angeles Times*, véritable centre du pouvoir conservateur de la ville, puis *The Examiner*, et enfin, en troisième position, le *Herald-Express*, au lectorat ouvrier. Après avoir visé les parapheurs de courriers au départ, il passe ses coups de fil, en fonction des fuseaux horaires : ajouter trois heures pour avoir Washington et neuf heures pour Paris. Le courrier arrive en fin de matinée avec les journaux expédiés depuis la France : *Le Monde*, *Le Figaro*, *L'Express*... Vers 12 a.m., il prend la Oldsmobile pour aller déjeuner chez Frascati sur Sunset Boulevard. Gary a sympathisé avec les patrons – la famille Bellon – de ce restaurant belge où il a toujours une table réservée et où il emmène régulièrement Odette. Après être passé par Laurel Canyon, il s'enferme dans son bureau de Outpost Drive, où il travaille à son œuvre littéraire. Ce n'est que le soir venu, après la fermeture des bureaux au public, qu'il en sort pour dicter ses dépêches à sa secrétaire. Le romancier a besoin de ce tempo pour livrer ses pensées à l'essentiel, c'est-à-dire à ses personnages d'encre et de papier. De fait, il ne sort que très peu et se permet tout au plus de courir une à deux fois par semaine sur les pistes d'athlétisme du campus de U.C.L.A. En réalité, sa seule distraction est de s'asseoir à la terrasse de Frascati et d'observer le mouvement de l'Amérique dans ce qu'elle a de plus quotidien. C'est d'ailleurs ce qu'il capte le mieux, les habitudes des Américains. Peu à peu, l'écriture le possède. Le consul général n'est qu'une silhouette que le personnel croise dans les couloirs, l'air absent, et dès qu'il entre dans son bureau, il s'empare de la première feuille venue et jette ses idées sur le papier.

En ce début d'année 1957, des petits cailloux viennent cependant encore gripper cette mécanique qui lui donne de la rigueur dans l'écriture. Lorsque le courrier arrive tous les matins, vers 10 a.m., l'archiviste est surprise par la quantité de lettres qui lui parviennent. Les gestes sont les mêmes : elle ouvre le courrier, agrafe l'enveloppe, renseigne les coordonnées dans le registre des arrivées, et inscrit chaque fois, après la date d'arrivée et le nom de l'expéditeur, l'objet de la missive : « *Les Racines du ciel* ». En effet, la valeur symbolique du roman est si forte que, de toutes parts, des lecteurs lui écrivent, à Outpost Drive ou rue Sébastien-Bottin d'où son éditeur lui réexpédie le courrier, car ils se reconnaissent dans cette recherche d'« un signe sensible autour duquel se rallier », ainsi que le lui écrit un admirateur sur papier à en-tête de Gaz de France. Mais d'autres lecteurs ne perçoivent pas cette sensibilité et lui expédient de petites sculptures d'éléphants en ivoire, qui scandalisent l'écrivain. « Est-ce que mes lecteurs ne lisent pas ? » grogne-t-il en découvrant ces figurines. « Si ça vous plaît, prenez-les », dit-il à sa secrétaire, pour s'en débarrasser.

Car derrière l'image publique, il y a l'homme, toujours en proie aux tourments, gagné par le spleen, qui se dit : qu'importe le succès, puisque l'humanité court à sa ruine. À l'écrivaine Anaïs Nin, qu'il retrouve à Los Angeles, il confie son désespoir et parle d'échec. Il a tout tenté pour satisfaire sa mère. Héros de la Résistance, grand séducteur, écrivain reconnu. Maintenant qu'il a le Goncourt, tout cela n'a plus grand sens. Car ces succès sont venus trop tard. Sa mère est morte depuis bien longtemps, emmenant avec elle l'ambition inassouvie d'un fils que la guerre avait séparé d'elle. Et au bout du compte, pourquoi écrire ? demande-t-il à Anaïs Nin. Si Gary aime la vie et les griseries qu'elle est capable de procurer, il a bien souvent du mal à lui trouver du sens. Et c'est justement sur cette ligne de crête, entre espoir et désespoir, comédie et tragédie, qu'il se devient à lui-même insaisissable. Si cet esprit slave lui a souvent permis de convoquer ce qu'il y a de plus profond dans l'âme humaine, pour tirer de la douleur le sel de sa propre existence, l'écrivain se sent à présent pris au piège. À son propre piège.

C'est pourtant, encore une fois, grâce à cette mélancolie qu'il va réussir un tour de force. Dès la réception de la version finale de *The Roots of Heaven*, la traduction des *Racines du ciel*, il va proposer aux studios d'adapter le roman, chargeant l'agent de Lesley à New York, Robert Lantz, de jouer les intermédiaires.

Au siège de la 20th Century Fox Film Corporation, Frank McCarthy, qui représente en Europe les intérêts de la Motion Picture Association of America après avoir été en 1945 secrétaire d'État adjoint du président Truman, est chargé de lire le livre. D'emblée, il lui apparaît comme « l'une des histoires les plus passionnantes et les plus cinégéniques que j'aie jamais lues ». Sa note de lecture résume l'ouvrage tout en précisant qu'il ne faut pas se tromper : ces éléphants menacés d'extermination, poursuivis, maltraités, pris entre deux feux, les feux de la jungle allumés par les tribus noires du Tchad, avides de viande fraîche, et les fusils des chasseurs européens ou des commerçants d'ivoire, ces éléphants sont allégoriques. Au-delà de la nature en péril, la véritable cible est l'Homme. Un siècle après *Moby Dick* de Melville, l'histoire a une touche de Faulkner, un suspense digne d'un film d'Hitchcock et un style influencé par Conrad. Seulement, pour les studios, l'œuvre pose problème, car elle aborde la question de la décolonisation à travers un double prisme : celui de la communisation de l'Afrique et celui de l'influence croissante de la Ligue arabe. « Le cinéma américain peut-il dès lors adapter un roman aussi sensible ? s'interroge McCarthy. Le producteur Darryl F. Zanuck peut-il courir ce risque ? Hollywood doit-il engager sa crédibilité en Afrique-Équatoriale française ? » Car du propre aveu du collaborateur de la 20th, le sujet ne concerne pas les États-Unis : « Personne ne connaît l'ampleur de l'infiltration communiste en Afrique. Personne ne sait dans quelle mesure les troubles et l'insurrection arabes sont provoqués par le communisme, ni dans quelle mesure ils sont causés par le pur nationalisme africain. » Si les studios veulent adapter le roman, il faut donc l'expurger de sa dimension politique. « Par conséquent, nous devrions éliminer entièrement l'élément communiste de cette histoire. Nous devrions également éliminer toute action relative ou se référant à la Ligue arabe, une organisation avec laquelle notre gouvernement se trouve actuellement dans une position très sensible. Nous ne voudrions certainement pas perturber l'équilibre que les États-Unis tentent de créer au Moyen-Orient et dans d'autres régions arabes. »

En ce matin d'avril 1957, Darryl F. Zanuck attend Romain Gary au Café de Paris, la table d'honneur des studios, pour lui proposer un deal. Il affiche la mine anxieuse des jours où se jouent de gros contrats. À cinquante-cinq ans, ce petit homme au regard perçant, qu'il cache le plus souvent derrière des lunettes aux verres fumés, sait qu'il joue sa réputation. Non pas vis-à-vis de Hollywood – depuis qu'il a créé la 20th Century Pictures en 1935 et racheté la Fox quelques années plus tard, il fait partie des monuments du septième art – mais vis-à-vis d'une femme. Assis dans un fauteuil club, il fait rouler son cigare entre son pouce et son majeur, avant de le mâchonner frénétiquement.

Lorsque Gary arrive, le producteur le salue sobrement et lui tend d'emblée son étui. En extrayant un havane, l'écrivain constate qu'ils sont bagués aux initiales du producteur, « D.F.Z. ». Privilège assez rare que celui d'offrir des cigares ainsi personnalisés, songe-t-il, en comprenant que la négociation s'annonce sous de bons auspices avant d'apercevoir à une table voisine, en jetant un coup d'œil autour de lui, Kirk Douglas discutant avec Gary Cooper.

« Ne perdons pas de temps, je vais vous parler franchement, entame Zanuck. Votre roman est très bon et au cinéma il sera encore meilleur. Il faut seulement l'adapter aux canons de Hollywood, le faire entrer dans une boîte, si vous voyez ce que je veux dire. » L'écrivain est prêt à ces concessions pour voir son roman porté à l'écran par celui qui a produit *Les Raisins de la colère* d'après Steinbeck et *Les Neiges du Kilimandjaro* d'après Hemingway. À l'ère de la société de consommation, quel médium permet mieux que le cinéma d'atteindre le public et de lui rendre intelligibles des messages ? s'était-il interrogé lorsqu'il avait été contacté par la société de production. L'essentiel est que l'âme du livre soit perçue par le spectateur ou par le lecteur, après tout l'histoire peut bien subir quelques contorsions, avait concédé Gary. « Avant de signer, j'ai quatre conditions, déroule Zanuck, et elles sont cumulatives, ajoute-t-il. *Primo*, c'est de purger toutes les aspérités politiques qui pourraient embarrasser le public américain – et surtout le Département d'État si vous me suivez bien – c'est-à-dire virer tout ce qui concerne l'influence soviétique en Afrique et le rôle de la Ligue arabe, en gros nous ne garderions que, d'une part, les nationalistes africains et les chasseurs, avec Morel et sa bande, et, d'autre part, les autorités françaises. *Deuzio*, c'est le personnage du major américain qui a combattu en Corée.

— Forsythe, l'interrompt Gary.

— Oui, Forsythe. Dans votre roman, il avoue qu'il a employé des armes bactériologiques pendant la guerre de Corée... C'est très embarrassant pour Washington, et surtout pour l'audience du film, si vous voyez ce que je veux dire. Ça ne passera jamais la Commission des activités antiaméricaines. Il faut trouver autre chose. Disons plutôt qu'il s'est installé en Afrique parce que c'est un criminel recherché, voilà tout. *Tertio*, c'est le personnage de Minna et sa vie de prostituée après guerre en Allemagne. Vous connaissez le rôle de l'Église dans la société américaine. Il ne faut pas trop forcer le trait, au risque d'effaroucher le public, qui est très majoritairement puritain. *Quarto*, c'est une question de production : il faudra réduire le nombre d'éléphants abattus qui apparaissent à l'écran, sinon cela ruinerait les studios, et devant une telle boucherie, le film se jouerait dans des salles vides, tellement cela serait insoutenable pour le public. »

Tandis que Gary acquiesce à toutes ces conditions, une chose compte par-dessus tout, ajoute Zanuck en tirant sur son cigare. Et c'est la condition *sine qua non* du projet. « Pouvez-vous convaincre Gréco de jouer le rôle de Minna ? » l'implore-t-il dans une intonation qui peine à ne pas trahir son désespoir. Depuis le tournage du *Soleil se lève aussi* dans lequel elle joue un second rôle, le producteur hollywoodien est tombé fou amoureux de Juliette Gréco. Zanuck entretient une liaison avec cette Française plus connue comme chanteuse que comme actrice, de vingt-cinq ans sa cadette. Mais la jalousie qu'il éprouve le rend malade et il cherche un film à tourner pour la garder auprès de lui. Quand ce type s'attache à une fille, se dit Gary, il jette le monde à ses pieds.

« C'est un beau rôle, je vais tâcher de la convaincre », répond sobrement l'écrivain. Le producteur pose son carnet de chèques sur la table. « Inscrivez le montant que vous voulez », lui lance-t-il en agitant son cigare ; puis, constatant le chiffre à quatre zéros que vient d'inscrire avec hésitation le romancier après avoir calculé l'équivalent de six mois de son salaire de diplomate, il ajoute : « Considérez cela comme une avance ; Gary, je vais faire de vous un homme riche et célèbre ! »

*

Lorsque dans les premiers jours d'avril 1957 Lesley rentre à Los Angeles l'ambiance est à la fête. En France, l'écrivain a vendu en l'espace de quelques mois trois cent mille exemplaires des *Racines du ciel*. Et, à Los Angeles, les studios viennent d'acheter les droits du roman ainsi que ceux de *The Colors of the Day*, ce livre sur les mœurs de Hollywood qu'il a écrit dix ans plus tôt.

Sitôt la nouvelle officialisée, Romain et Lesley donnent une réception à Outpost Drive pour leurs amis de L.A. Dans la carrière d'un écrivain qui a déjà reçu plusieurs prix littéraires, l'adaptation de ses romans au cinéma est une nouvelle étape, lui soutient son épouse, qui a déjà franchi ce cap. Une étape qui lui permet de toucher un public plus large. Et de gagner assez d'argent, aussi, pour disposer de ce qui lui est le plus précieux : de temps. Dans les salons du consulat, ce jour-là, le champagne coule à flots. De nombreuses célébrités se pressent autour du couple : les acteurs James Mason et Joseph Cotten et surtout Frank Sinatra qui fait son entrée accompagné de trois superbes jeunes femmes. Lesley, vibrionnante, tournoie entre les invités, passant d'une baronne américaine d'ascendance allemande à son agent littéraire, Irving Lazar, qui est au bras d'une starlette. Tous ces gens sont venus pour lui. Dans un coin de la pièce, Romain Gary observe ses invités avec un sourire ironique aux lèvres. Il s'est toujours senti perdu dans les réunions mondaines mais, à cet instant précis, il savoure finalement son succès. Il est enfin lancé, se dit-il, en grattant une allumette qu'il porte aussitôt à son cigare.

Mais le véritable changement de ce printemps 1957 est le retour de Lesley à Outpost Drive. Romain n'a pas revu son épouse depuis leur séjour parisien, trois mois auparavant, et elle-même a quitté Los Angeles depuis l'été 1956, ayant préféré rester en Europe, auprès de sa mère âgée et malade et pour poursuivre des recherches. Au cours des derniers mois, l'écrivaine a amassé un matériau considérable pour son prochain livre. Car contrairement à celle de Romain, l'œuvre de Lesley ne cherche pas seulement la force d'âme du récit. Elle vise une ambition érudite et une précision historique. À Londres, elle a assidûment fréquenté la London Library, la Royal Geographical Society et le Foreign Office Library. Et, à Paris, elle s'est rendue à la Bibliothèque nationale et à la Librairie orientale de M. Samuelian, rue Monsieur-le-Prince, qui est pour elle un passage obligé chaque fois qu'elle est en France.

Ces longues absences sont désormais un *modus vivendi* au sein de leur couple. Car Lesley l'avoue à ses proches amis, si elle est follement amoureuse de Romain, il lui est néanmoins insupportable. Romain a la réputation d'être un séducteur et ne s'embarrasse pas de le cacher devant son épouse.

« Regardez comme Odette est bien habillée », lui a-t-il dit lors de la réception, s'attirant une réplique cinglante de Lesley : « Ce n'est pas difficile pour Odette d'être élégante, elle a un bon squelette. » L'écrivaine Anaïs Nin a d'ailleurs senti une certaine méfiance, de la part de Lesley, lors de sa première venue au consulat. « C'était parce que Romain Gary est un don Juan », comprendra-t-elle *a posteriori*. Mais, en réalité, alors qu'ils s'étaient promis une liberté mutuelle lors de leur mariage, pour Lesley, la liberté sexuelle de son mari est le prix de sa propre liberté. La liberté de voyager et d'être une femme indépendante. En fin de compte, et alors que « Lesley est très XVIIIe siècle au sujet de mes liaisons », comme le dit Gary à propos de la clémence de son épouse, leur mariage est avant tout une authentique amitié.

Alors que Lesley s'intéresse peu aux événements officiels, elle va dorénavant se distraire en organisant des dîners littéraires à Outpost Drive. Face à des artistes et des intellectuels, Gary est capable d'enflammer une discussion sur la Beat Generation ou sur les hippies. « Cette révolte de la jeunesse qui se met en marge de la société américaine est un phénomène de luxe », a-t-il coutume de dire par esprit de provocation. Mais lorsque Aldous Huxley évoque ses expériences hallucinogènes et mystiques dans le désert des Mojaves, le diplomate est aussi capable d'écouter, fasciné et curieux, celui qui narre comme nul autre les ressorts d'une culture qu'il ne connaît pas encore.

Grâce au sens aigu de son épouse pour les relations sociales, Romain et Lesley sont bientôt invités partout à Hollywood. Entourés d'artistes et d'intellectuels, ils forment un couple brillant et très amusant. Pour l'écrivain, un monde s'ouvre enfin. Car le cinéma est bel et bien le monde dont il a toujours rêvé depuis qu'enfant il a vu sa mère, comédienne, jouer au théâtre. À Hollywood, Romain Gary va dorénavant rechercher la présence des acteurs, fasciné par leurs facultés de jouer la comédie, d'endosser un rôle, de sortir de leur peau, en regardant la vie avec distance comme si la vie n'était qu'un film dont on déroule la bobine pour n'en scruter que certaines scènes avec une loupe grossissante, avant de rembobiner l'histoire et de jouer un autre rôle.

Le point zéro

En ce paisible printemps californien, l'Histoire finit par rattraper Romain Gary. L'année 1957 est en effet marquée par un enlisement du conflit en Algérie et une entrée, de plain-pied, dans une guerre qui ne dit toujours pas son nom. « Vue d'ici, la France semble avoir atteint le point zéro », écrivait-il, le 11 septembre 1956, à André Malraux, ajoutant : « Mais sans doute est-ce encore une illusion et qu'il nous reste beaucoup à descendre. »

En Algérie, les troupes françaises gardent l'avantage militaire, alors que la rébellion poursuit des actions violentes qui se traduisent par des attentats à la bombe, des assassinats ciblés et des massacres. Dès les premiers jours de janvier 1957, la bataille d'Alger oppose l'armée française au F.L.N. ; les actes terroristes se multiplient tandis que les militaires font usage de la torture. En métropole, lorsque des articles du *Monde*, de *France-Observateur*, de *L'Express* ou de *Témoignage chrétien* relatent ces atrocités, les exemplaires de ces journaux sont aussitôt et systématiquement saisis.

Lors de son séjour à Paris, le lauréat du prix Goncourt l'avait clairement exposé à Jean Daniel, qui lui demandait pour *L'Express* ce que Morel ferait en Algérie : « Il continuerait à lutter jusqu'au bout pour une communauté humaine qui n'exclurait personne, qui n'accepterait aucun racisme, aucune ségrégation. » Cependant, Gary l'avait aussitôt reconnu, il se plaçait sur un terrain davantage affectif et psychologique que politique. C'est l'écrivain aspirant à un monde fraternel qui raisonnait. S'il croyait résolument en un idéal humain, il l'avouait dans le même temps : « un romancier n'est pas un politicien »; son engagement était éthique, pas politique.

En matière de politique, la voie empruntée par le gouvernement qu'il représente est loin de celle esquissée par Morel, Romain Gary en a pleinement conscience. Car pendant que la France s'enlise, dans le même temps, le monde ouvre les yeux. Aux États-Unis, l'opinion publique est clairement favorable à l'indépendance et la presse américaine titre sans retenue sur les atrocités commises en Algérie par les troupes françaises. Lorsqu'il lit l'article du *Mirror News* du 20 mai 1957, le consul général rend aussitôt compte des « exécutions sommaires dont se seraient ainsi rendus coupables les parachutistes français à la suite de l'assassinat de l'un de leurs camarades » que le journal décrit comme « le point culminant de la "semaine la plus sauvage depuis le début de la répression" ».

Pourtant, le diplomate continue, tant bien que mal, à jouer le jeu, dans un numéro qu'il peine à dissimuler. Comme en ce 30 mai 1957 où il commémore à l'occasion du Memorial Day les soldats morts au combat. Tandis que le président Eisenhower a décrété cette journée « jour de prière pour la paix permanente » et que les écoles et les administrations sont fermées, pas moins de cinq cents personnes se pressent au mémorial d'Inglewood, dans le comté de Los Angeles, où l'invité d'honneur est le consul général français. Il s'adresse à eux en vétéran. Face à un public épris de pacifisme, composé d'anciens combattants et de citoyens américains, Romain Gary inscrit la France et les États-Unis dans une même communauté de destin, en leur rappelant que « depuis trente ans, des soldats français et américains ont combattu et sont tombés côte à côte ». Dans une référence sibylline à l'Algérie, le diplomate ajoute : « Nous avons appris du passé, lorsque nous avons été victimes de la haine, que nous n'avons pas gagné et qu'il y a toujours des victimes d'agressions. » Et c'est pourquoi, déclare-t-il, les citoyens doivent inspirer leur gouvernement et non pas attendre de leur gouvernement qu'il les inspire. La référence fait mouche, alors que quinze ans auparavant, la population américaine était invitée à se demander non pas ce que le gouvernement des États-Unis pouvait faire pour elle mais plutôt l'inverse. Pendant que le public se félicite des paroles prononcées, une parade militaire s'élance dans les allées, tandis que l'Inglewood Boys Band joue ses premières notes de musique et que trois colombes s'envolent dans les airs.

Face à son public, le diplomate se montre lui-même épris de pacifisme. De fait, lorsqu'un représentant de la délégation générale du Gouvernement en Algérie se rend à L.A., Gary refuse tout net de le mettre en contact avec les autorités locales, trouvant un prétexte fallacieux qu'il avance à la sous-direction d'Amérique : « À Los Angeles, toute activité cesse pendant le week-end et une visite à ce centre important de la vie américaine est totalement dénuée d'efficacité lorsqu'elle a lieu un samedi ou un dimanche. »

En réalité, il y a cassure. « Je ne me suis pas battu pour cela... », se lamente Romain Gary en suivant les nouvelles d'Algérie. Aux États-Unis, la défiance est grande envers l'allié français depuis que le Département d'État a été mis devant le fait accompli lors de l'intervention militaire franco-britannique à Suez. En l'absence du consul général retenu à La Paz, du vin français avait été versé devant les caméras de télévision dans les égouts de Los Angeles. « Ne vous en faites pas, ce n'est pas du baron-rothschild, c'est de la bibine marocaine ! » avait tenté de minimiser son adjoint qui assurait l'intérim. Mais à son retour à Los Angeles, Romain Gary n'avait pu que constater les dégâts causés pour l'image de la France. De fait, en ce printemps 1957, le diplomate prend ses distances avec la politiquc du gouvernement français. Ses dépêches se font plus rares. Il s'absente plus longuement du bureau.

Au retour d'une pause déjeuner sur Sunset Boulevard, le consul adjoint va voir Odette, tandis que Gary vient de refermer la porte de son bureau. « C'est étonnant, lui dit-il, vos bas, qui ont un trait qui court le long de la jambe, étaient droits ce matin et sont de travers l'après-midi. » Furieuse, Odette réplique : « Monsieur Pujot, mêlez-vous de vos oignons. »

*

En se réveillant au beau milieu de la nuit, il se demande s'il a rêvé ou si elle lui a véritablement rendu visite. « Tu as maintenant quarante-trois ans, il serait temps d'avoir un fils », lui a-t-elle dit sur le ton martial de toutes ses injonctions. Lesley ayant dix ans de plus que lui, il le sait depuis le début de leur mariage, il n'aura pas d'enfant avec elle. « Si vous voulez en avoir un, allez faire votre bébé avec une paysanne très simple et saine qui n'a pas comme vous de sang neurasthénique », lui avait-elle dit un jour de colère. Accablé par le désespoir, il doit se rendre à l'évidence : Mina, sa mère, sera déçue, alors qu'il le lui doit. « Et ta secrétaire, elle ne te donnerait pas un fils ? » ajoute la voix avant de disparaître dans l'obscurité.

Hanté par cette pensée qui le possède tout au long de la journée, Romain Gary finit par décrocher l'intercom et appelle Odette qui le rejoint dans sa chambre et s'assied sur son lit à ses côtés. « Je vais vous proposer quelque chose, ne m'interrompez pas, vous me répondrez quand vous aurez bien réfléchi. » Il lui explique posément que la moitié de sa vie est passée, qu'il est temps qu'il réfléchisse à avoir une descendance, qu'elle est « un beau spécimen » et qu'il n'est « pas mal non plus », alors ensemble, ajoute-t-il, ils feraient « le plus beau bébé du monde ». Il a choisi de se débarrasser de tout son attirail littéraire pour exprimer, avec des mots simples, une pensée sincère. Et à cet instant précis, pour masquer l'émotion qu'il sent poindre, il ajoute, en anglais : « *I will settle a trust for the child...* » Il prendra en charge l'éducation de l'enfant en établissant un contrat devant un avocat.

Après avoir conclu cette scène embarrassante en lui disant qu'elle lui répondrait dans deux semaines, Odette est encore troublée lorsqu'elle prend la route de son domicile. Elle pense à sa famille, à ses deux enfants. À son mari, qui travaille chez General Motors et qui croit être quelqu'un parce que Gabriele D'Annunzio était un de ses ancêtres. « Tu parles, la grande affaire ! je m'en fous de D'Annunzio », songe-t-elle au volant de sa Chevrolet « Impala ». Alors, après tout, pourquoi pas ? À vingt-huit ans, elle a toute la vie devant elle. Elle se dit que ça pourrait être un enfant de son mari mais se ravise aussitôt en se rappelant cette autre secrétaire qui a eu un gosse roux – comme le consul adjoint – alors que son mari avait les cheveux noirs. « *For what it is worst* », se dit-elle en garant sa voiture devant le pavillon familial, au pire elle ne dirait pas qui est le père. Et puis, s'il est déjà consul général a quarante-trois ans, c'est qu'il sera sans doute un jour ambassadeur.

Le soir même, Odette attend d'être seule avec sa mère pour lui en parler. « Tu es folle, un enfant qui n'est pas de ton mari ! » lui répond-elle, affolée. Voyant que sa fille ne montre pas d'objection, elle ajoute : « J'espère que tu n'y penses pas ? » Devant le silence d'Odette, elle déclare, scandalisée : « Ton patron est un fou, je ne comprends pas que le gouvernement français envoie un gars comme ça, d'ailleurs on ne va pas en parler à papa parce que sinon il va aller lui casser la gueule. »

Pourtant, Odette y pense bel et bien. Elle pense plus précisément à ce « plus beau bébé du monde » qui aurait ses traits et aussi ceux de Gary, cet homme grand, fort, qui fait de la course sur le campus de U.C.L.A. Deux semaines plus tard, après avoir rêvé de cet enfant et de son père, Odette doit se rendre à l'évidence. Elle ne peut pas sacrifier pour lui tout ce qu'elle a patiemment construit.

*

Face à ces jours sombres, Romain Gary a besoin de s'affranchir de la politique française et de se délier du quotidien de Outpost Drive. Aux premiers jours de juin, il part, seul, à sa source : la lumière de la Méditerranée.

Perché sur les hauteurs de la Côte d'Azur, entre Monaco et Menton, le vieux village de Roquebrune offre un cadre où le temps s'est arrêté. C'est là, au cours de l'été 1949, que Lesley et lui ont jeté leur dévolu sur une petite maison de village en ruine. Alors en poste à l'ambassade de France à Berne, Romain Gary ne pouvait se satisfaire totalement d'une vie de diplomate nomade. Ils sont tombés amoureux de la vue et de la quiétude préservée de ce village ; l'affaire a été conclue dès leur première visite. À quoi bon posséder une maison puisqu'il n'aura pas le temps d'en disposer, l'interrogera Hélène Hoppenot, l'épouse de son ambassadeur, à son retour en Suisse. « J'aurai au fond de ma poche une clé qui me rattachera à quelque part », répondra Gary, heureux de renouer avec le pays de son adolescence. Depuis lors, Roquebrune constitue son refuge, le seul qu'il ait jamais eu.

C'est au pied du château moyenâgeux, après avoir dépassé l'église Sainte-Marguerite et salué les vieux villageois assis auprès de la fontaine, que l'écrivain ouvre la porte de sa maison, cachée au fond d'une impasse sombre. Cela semble être la porte d'une cave mais elle ouvre sur la Méditerranée. Un petit jardin domine la baie de Roquebrune, du Cap-Martin jusqu'à Monaco, avec cette mer qui scintille lorsque le soleil est à son midi et qui les jours de beau temps dévoile les contours du cap Corse. Chaque fois que Romain Gary y pose ses bagages, il renaît. Roquebrune est un lieu où écrire, nager, s'enivrer de la Méditerranée. Tout ce qu'il aime le plus au monde. En contrebas du vieux village, le littoral offre un contraste saisissant. Car dans le domaine privé du Cap, les têtes couronnées y ont jadis fait construire de somptueuses villas, avant que Le Corbusier n'y conçoive son cabanon idéal. Quelle que soit la saison, Gary rejoint la côte pour prendre de longs bains dans une mer parfois glacée, avant de remonter dans son bureau auquel il accède par une échelle. Au sommet de cette maison rustique, dans le dénuement de quatre murs en pierre, il écrit, seul, entouré de vastes paniers qui recueillent les pages de l'écrivain. « Ici, a-t-il coutume de dire à Lesley, je peux écrire mieux que n'importe où. » C'est de ce nid d'aigle d'où il contemple la mer qu'il a écrit *Les Couleurs du jour* et qu'il a terminé le manuscrit des *Racines du ciel*. Et qu'il reprend à présent le premier jet d'un manuscrit qu'il a composé à la hâte, en quittant les Nations unies, et qui aura bientôt pour titre *L'Homme à la colombe*.

Lorsqu'il n'écrit pas, Romain Gary écume les ruelles escarpées. Pour les villageois, cette silhouette qui arpente les rues, perdue dans ses pensées, est étrange. Mais plus que nulle part ailleurs, Gary y est heureux et serein. Il aime résolument l'âme de ce village au point de s'introniser « représentant permanent de la France à Roquebrune ». Il aime ses habitants, leur authenticité, lorsqu'ils devisent, en patois, assis sur une volée de marches, que des enfants dévalent en se poursuivant. Il aime sentir l'odeur de l'ail qui s'échappe des maisons, en fin d'après-midi, derrière les volets encore clos qui lui font penser aux jalousies du vieux Nice. Il aime discuter avec le curé et emprunte chaque jour les sentiers du village, en s'enivrant des essences méditerranéennes – romarins, figuiers et autres pins maritimes – au milieu du chant des cigales, pour aller retrouver l'olivier millénaire qui trône majestueusement face à la baie.

Hors du temps, le diplomate s'y tient aussi hors du siècle. Pour le joindre, il faut appeler le bureau de poste, qui dispose de l'unique ligne téléphonique du village, et lui laisser un message. Pour le retrouver, il faut arriver jusqu'à Nice et prendre l'autocar qui rejoint, une seule fois par jour, ce village haut perché sur le littoral.

De fait, depuis sa maison de Roquebrune, Outpost Drive semble bien loin au diplomate. Pour régler quelques questions matérielles, Romain Gary écrit à sa « chère irremplaçable » secrétaire de bien payer le loyer du studio de Laurel Canyon. Avant d'ajouter : « Je regrette que vous ne soyez pas ici à Roquebrune : vous aimeriez ça. C'est tout de même autre chose que la Californie du Sud... » Quelques jours plus tard, il précise à sa « chère et illustre secrétaire » : « Je vous signale à ce propos que "amusez-vous" s'écrit avec un *s* et pas un *z*. Il faut, ma chère Odette, que vous appreniez à vous servir de ce mot plus que la chose qu'il désigne. Vous nous manquez beaucoup ici et j'ai envie de rentrer travailler. J'attends de vos nouvelles avec bienveillance. Je vous pardonne tout d'avance. Je sais que quand le chat n'est pas là les souris dansent. » Après quatre semaines de congés, il est temps pour lui de retourner à sa vie officielle en retrouvant la Californie.

Une course contre lui-même

De retour à Los Angeles, Romain Gary reçoit la colonie française à l'occasion de son deuxième 14 Juillet en tant que chef de poste. Devant quatre cents invités, le consul général appelle à célébrer cette fête nationale avec confiance. « Pour l'essentiel, déclare-t-il, il n'arrivera rien à notre pays qu'il n'ait déjà connu, et les dangers qui sont nos vieux compagnons de route ne nous ont jamais arrêtés sur notre chemin. » Mais en réalité, lors de cette réception donnée dans les salons et les jardins du consulat, l'écrivain a déjà pris le pas sur le diplomate. Car, dès que les derniers invités sont partis, Romain Gary retourne à son bureau et engage une course contre lui-même. « Je n'ai pas le temps de la recevoir, qu'elle m'écrive ou qu'elle m'appelle », dit-il à Odette tandis qu'une journaliste de la colonie française tient par-dessus tout à avoir un entretien avec le consul général.

La grande ambition que nourrit désormais Romain Gary est pour sa mère : c'est celle d'être un écrivain célèbre. Tout le reste, ce n'est que perte de temps, occupations futiles et désagréments, sur le chemin qui le mène à la gloire littéraire. Alors que ses rares amis – René et

Sylvia Agid notamment – sont liés à sa vie d'avant, à son adolescence niçoise, il n'a à Los Angeles que des relations de travail. Il entretient peu de correspondances et elles se résument le plus souvent à quelques mots griffonnés sur le papier à en-tête d'un hôtel de passage ou au revers d'une carte postale. À Outpost Drive, Romain Gary est un homme seul, qui ne fête ni anniversaires ni réveillons. Se replier sur soi-même, sur sa vie intérieure, sur ses personnages d'encre et de papier qui lui tiennent compagnie, est encore ce qu'il a de mieux à faire, affirme-t-il, avant de composer des pages pour se délivrer dans la fureur de l'écriture de cette ambition qui le ronge.

Avec Lesley, ils font un pacte : celui de limiter les sorties, d'éviter les musées et les concerts, et d'écrire jusqu'à plus soif. « Je ne serai pas en paix, lui dit-il, tant que je n'aurai pas vu des rayons entiers remplis de mes livres. » Dans la carte de vœux qu'elle avait dessinée pour la nouvelle année 1957, son épouse avait représenté leur couple d'écrivains travaillant dos à dos chacun à son manuscrit, tous deux absorbés par des univers parallèles et distincts : lui par des troupeaux d'éléphants, elle par des coupoles et des minarets. Au cours de l'année 1957, cette représentation se révèle prémonitoire. À présent, ils écrivent chacun dans leur monde clos. Dans le jardin du consulat, avec ses pantalons turcs et ses grands foulards, Lesley se consacre à son livre sur les guerres religieuses dans le Caucase, pour lequel elle a accumulé lors de ses séjours à Paris et Londres beaucoup de documentation. Et dans son studio de Laurel Canyon ou dans son bureau du premier étage, Romain écrit, pendant qu'Odette veille à ce que le consul général ne soit pas dérangé.

L'écrivain n'a qu'une unique obsession alors qu'il voit le temps filer : celle de laisser une œuvre derrière lui. Alors il écrit, beaucoup, entreprenant plusieurs livres à la fois. Et, dans un accès d'angoisse, il rédige un testament qu'il glisse dans une enveloppe cachetée et dépose dans le coffre-fort du consulat. Il recèle un dernier vœu : celui, à sa mort, que ses cendres soient dispersées dans la baie de Roquebrune.

*

Pendant que Romain Gary se délie de sa charge officielle, en métropole, les événements d'Algérie plongent tout le pays dans le chaos. Au mois de juin, Guy Mollet a été remplacé, à la tête du gouvernement, par son ministre de la Défense nationale, Maurice Bourgès-Maunoury. Depuis que les pouvoirs spéciaux ont été étendus au territoire métropolitain, les étudiants et les intellectuels de gauche manifestent à mesure que les positions se radicalisent.

Face à « la réalité brutale et évidente du drame algérien, qui crève pour ainsi dire les tympans et les yeux » qu'il évoque dans ses dépêches officielles, Romain Gary se détache irrémédiablement. Aux yeux des agents du consulat, leur patron est ailleurs lorsqu'il marche dans les couloirs, perdu dans ses pensées. « Qu'est-ce que je lui ai fait ? » dira le conseiller commercial, Jacques Rimey, après une entrevue avec un consul général plus qu'énigmatique. « Ne vous en faites pas, il est un peu dans les nuages, le rassurera le vice-consul, Jean Dimanchin, il ne vous en veut pas du tout. »

De fait, lorsque des militaires français sont de passage à Los Angeles, Romain Gary suggère à Odette de les inviter chez elle. « Prenez une caisse de champagne dans la réserve et invitez quelques amies, ça les amusera bien plus que tous les gâteux de la colonie... », lui dit-il. Et lorsque les membres d'une délégation du Quai d'Orsay viennent en Californie du Sud, c'est de nouveau elle qu'il charge de les divertir, en les emmenant au Playboy Club qui vient d'ouvrir à L.A. « Messieurs, faites très attention, ne touchez pas aux *Bunnies* », leur dit-elle. « Si on ne peut pas toucher aux *Bunnies*, on va toucher Odette », répond un diplomate, en lui mettant la main sur la cuisse. Comme elle les raccompagne au Roosevelt Hotel après le show, le deuxième membre de la délégation lui glisse discrètement : « Prenez-moi derrière l'hôtel après avoir déposé les autres. » Puis le troisième lui souffle en la remerciant : « Retrouvez-moi dans ma chambre d'ici trente minutes. » Tandis qu'ils l'attendent tous aux lieux de rendez-vous, Odette rentre chez elle en riant, se disant que la prochaine fois elle fera appel au type des studios Warner que le précédent consul général a décoré de la Légion d'honneur après avoir gonflé ses qualités, parce qu'il procurait des starlettes aux députés de passage. Mais la fidèle secrétaire du consul général ne peut s'empêcher de songer que son patron abuse tout de même de sa loyauté.

Quelques jours plus tard, Romain Gary roule sur Sunset Boulevard lorsqu'elle lui annonce la nouvelle. En entendant ses mots, il ne freine pas à temps et emboutit le pare-chocs de la voiture qui se trouve devant lui. « Qu'est-ce qu'il fout celui-là ? » crie Gary derrière le volant, tandis qu'Odette vient de mettre un terme à leur relation.

Au cours de cet été 1957, Odette a rencontré un jeune Chilien de son âge. Ils vont au cinéma, sortent danser dans des *parties*, s'amusent comme s'amusent deux jeunes qui n'ont pas trente ans. Avec Gary, le contraste est saisissant : ce n'est pas un noceur et il est impossible, sinon le temps de quelques instants, de l'arracher à ses manuscrits en cours. C'est donc la rupture. Pendant plusieurs jours, elle redoutera sa réaction. Non pas la réaction du Romain Gary qu'elle connaît. Elle redoute la réaction d'un homme en général lorsqu'il est quitté par une femme. À Outpost Drive, Odette sera dans ses petits souliers et aura tous les jours la crainte d'être licenciée. Mais la réprimande ne viendra pas. Les ordres qu'il lui donne par monosyllabes trahissent davantage une preuve d'attachement qu'une quelconque amertume. Au bout de trois semaines, l'affaire est oubliée et leur amitié est intacte. « Il a eu de la classe », convient-elle en retrouvant son amant qui vient la chercher devant le consulat.

*

La littérature l'absorbe chaque jour davantage. Alors que son épouse s'affaire en cuisine, Romain vient chercher son aide pour surmonter une difficulté avec une tournure de phrase : « Lesley, *I have a stylistic problem !* » Depuis plusieurs mois, il s'est mis à écrire en anglais. À André Malraux, il avait annoncé, quelques années auparavant : « Ma langue écrite ne me donne plus satisfaction. Depuis dix ans, l'anglais grandit en moi dangereusement... Mon extrême sensibilité m'empêche d'avoir une personnalité arrêtée, la seule qui écrit dans la pierre. » Sans doute les critiques sur la pureté de son français, à la parution des *Racines du ciel*, ont-elles achevé de le précipiter vers la langue de Shakespeare.

À présent, à mesure qu'il écrit et qu'il donne à lire à Lesley des grands morceaux de texte, leur relation s'achemine encore un peu plus vers une camaraderie entre écrivains. Et en dépit des drames à répétition, à la lecture de ces pages, Lesley ne cache pas l'admiration que lui inspirent la justesse de son oreille et son don pour les langues.

Les illusions du rêve américain

Au mois de septembre 1957, Romain Gary conclut la vente des droits des *Racines du ciel* pour cent trente cinq mille dollars. Reversant à son agent dix pour cent de la somme que lui octroie la 20th Century Fox, l'écrivain découvre aussitôt le business des studios et des intermédiaires. C'est le prix à payer, se dit-il, pour avoir son ticket d'entrée à Hollywood. S'enfonçant chaque jour davantage dans les arcanes de ce monde clos, le consul général reçoit, au même moment, à Outpost Drive, une légende du cinéma. Père fondateur des studios sur la côte Ouest, Cecil B. DeMille est bien plus qu'un producteur respecté à Hollywood. Il est Hollywood à lui tout seul. À plus de soixante-quinze ans, le producteur des *Dix Commandements* ne voudrait pas mourir sans avoir obtenu une reconnaissance du gouvernement français : « Le patriarche de l'industrie cinématographique américaine, écrit Romain Gary à l'issue de leur entretien, qui ne dédaigne pas les récompenses plus terrestres que celle que son grand âge lui permet d'espérer, serait désireux de recevoir à Paris quelque marque d'attention telle que la Légion d'honneur... » Lorsque l'ambassadeur de France à Washington lit la dépêche, les bras lui en tombent.

*

Tandis que les studios commencent à travailler à l'adaptation de *The Roots of Heaven*, la production hésite encore entre plusieurs lieux de tournage. Entre l'Afrique de l'Est et l'Afrique centrale, les conditions météorologiques divergent fortement, ce qui signifie des prises de vues à des périodes différentes. Des équipes se rendent sur place en repérage tandis que Romain Gary recommande à Zanuck de prendre l'attache de Claude Hettier de Boislambert. Compagnon de la Libération, ce dernier a été élu président du Conseil international de la chasse parallèlement à son mandat parlementaire à l'Assemblée nationale, où il siège au sein de la commission des territoires d'outre-mer. Du fait des nombreux voyages d'études qu'il a faits en Afrique, il pourra apporter son expertise et jouer un rôle de facilitateur envers les autorités locales, plaide-t-il. Le choix des studios se porte rapidement sur l'Afrique-Équatoriale française, dont les paysages sauvages et arides n'ont jamais été filmés par Hollywood, pas plus que les tribus qui y vivent. Dès lors, tout se précise. Il faudra tourner vite, avant la saison des pluies, c'est-à-dire entre février et avril 1958, ou bien reporter le projet d'un an. Banco ! dit Zanuck. Hollywood n'aura donc que cinq mois pour adapter le scénario, boucler le casting et préparer le tournage. C'est le branle-bas de combat. Un scénariste doit aussitôt être recruté pour le rewriting du roman. La production cherche un auteur de récits de voyage et fait le choix de Patrick Leigh Fermor. Mais ce Britannique n'a pas le droit de travailler sur le sol américain. Qu'importe, la production se délocalisera à Paris, Zanuck et Fermor s'installeront au George-V et Gary suivra leur travail par télégrammes interposés.

À Outpost Drive, le consulat devient une annexe des studios à la faveur d'un système D conçu à la hâte : le coursier de la Western Union n'a pas plus tôt remis un câble au réceptionniste que celui-ci l'apporte à Odette qui le transmet au consul général qui décachette l'enveloppe jaune, avant d'appeler la centrale pour dicter une réponse qui repart aussitôt à Paris. Depuis son bureau, l'écrivain recolle les morceaux du scénario, réécrit des scènes réplique par réplique, sur des feuilles volantes, qu'Odette tape à toute allure en plusieurs exemplaires, comprenant qu'il s'agit d'une histoire de mémoire d'éléphant et de fidélité. Le script ressemble de plus en plus à un patchwork mouvant qu'il faut sans cesse réassembler. Pendant que sa secrétaire recompose par fragments le fil de l'histoire, Romain Gary fait les cent pas dans son dos. « Faites attention à tout mettre dans le bon ordre, hein, faites attention ! » la met-il en garde pendant qu'elle étale les feuilles à même le sol, dans le secrétariat, avant de les classer et de les intercaler entre les pages du script original. Agacée, elle lui répond : « Écoutez, *go back to your office*, parce que vous me dérangez ! »

En dépit des télégrammes de la Western Union qui traversent l'Atlantique à toute allure, ce fastidieux travail de réécriture prend du retard et le premier jet du scénario n'est prêt qu'à la mi-novembre 1957. Romain Gary s'en était rendu compte en voyant chacune de ses corrections aussitôt réécrite, le résultat n'apparaît pas à la hauteur de ses espérances. Toutes les scènes de massacre des éléphants ont été gommées du script. Le Major Forsythe est britannique et non plus américain, pour ne pas embarrasser le Département d'État. Et l'action, resserrée, fait l'impasse sur les tensions internes du roman. Tel est le prix à payer, estime Zanuck, pour tenir le public en haleine dans une salle de cinéma.

Dans le même temps, le tournage se précise. Pour la réalisation du film, la production a d'emblée pensé à John Huston, qui avait, peu de temps auparavant, tourné *Moby Dick*. Mais lorsque la 20th le contacte, le réalisateur est au Japon où il dirige John Wayne dans *Le Barbare et la Geisha*. Là encore, tout est donc question de calendrier et de câbles. De Tokyo, Huston assure que, début janvier, il aura bouclé le film qu'il tourne alors. À Beverly Hills, le casting se poursuit. Le choix de la production doit concilier sensibilité, pour convenir au réalisateur, et endurance physique, pour résister aux trois mois de tournage en Afrique. À plus de cinq mille *miles* de distance, Huston s'implique fortement dans le choix des équipes techniques, recommandant un cameraman qui saura mieux que personne filmer les troupeaux d'éléphants.

Pendant que les discussions se poursuivent au sujet du choix des acteurs, Zanuck continue d'insister auprès de Gary pour qu'il convainque Juliette Gréco d'interpréter le rôle de Minna. Car l'actrice a des doutes. « C'est le rôle d'une blonde », objecte-t-elle avant de prendre deux semaines pour relire le roman. Face aux réserves émises par Huston qui aurait souhaité que l'actrice se précipite sur le rôle, Zanuck doit argumenter : « Si vous la connaissiez, écrit-il dans un télégramme de neuf pages, vous réaliseriez qu'elle est trop sincère et sérieuse au sujet du travail pour accepter n'importe quel rôle, sans être sûre de pouvoir superbement l'interpréter. » Puis de développer que ce tournage lui coûtera davantage d'argent qu'il ne lui en rapportera, car Gréco a dû annuler sa tournée de concerts au Japon et refusé plusieurs projets avec Kenneth More et Jack Hawkins. « O.K. pour Gréco », conclut Huston.

*

Se prenant au jeu des studios, Romain Gary ne doit pas pour autant oublier de jouer les consuls généraux. Comme ce jeudi 10 octobre 1957, où il ajuste, dans le vestibule du consulat, son bicorne à plumes noires et cocarde tricolore, que Jacques Vimont, le sous-directeur d'Amérique, lui a fait parvenir par la valise diplomatique. Il a déjà boutonné son habit en drap « bleu national » brodé de fils d'or, noué sa ceinture sur son pantalon blanc et glissé l'épée dans son fourreau. Il a épinglé ses médailles : compagnon de la Libération, officier de la Légion d'honneur, chevalier de l'Ordre du mérite, croix de guerre, médaille coloniale avec agrafe « Koufra-Érythrée », insigne des blessés militaires. Dans le reflet du miroir, il examine une dernière fois sa silhouette drapée dans cet uniforme de consul général. Le voilà fin prêt pour la cérémonie.

Ce jour-là, le temps est encore à l'été indien. Sous le soleil californien, Gary rabat la capote de la Oldsmobile, avant de démarrer et de s'engager sur Outpost Drive. À peine a-t-il parcouru un bloc qu'un homme l'apostrophe, au croisement de Hollywood Boulevard. « Eh, où allez-vous comme ça ? lui lance le passant. C'est pour un show ? » Sur le siège passager, Odette éclate de rire en voyant l'effet produit par le consul général sur le public américain. Après qu'ils se sont arrêtés pour une séance photo sur Hollywood Boulevard, un autre passant lance en direction de Gary : « Ce n'est pas encore Halloween ! » « Vous faites sensation », lui glisse-t-elle, alors qu'ils reprennent la route en direction de Beverly Hills.

Si le consul général a revêtu l'uniforme du corps diplomatique, c'est qu'en cet automne 1957, l'Amérique célèbre le deux centième anniversaire de la naissance du marquis de La Fayette. Et, pour l'occasion, toutes les personnalités de la Californie du Sud ont rendez-vous au Beverly Hilton pour célébrer la mémoire de cet aristocrate qui incarne à lui seul l'amitié franco-américaine.

Les six *miles* qui séparent Outpost Drive de Beverly Hills sont parcourus en quinze minutes à peine. À la vue de la décapotable qui s'approche de l'hôtel, les photographes se précipitent sur cet acteur Grand Siècle tout droit sorti de Hollywood, qu'ils ne savent pas encore être le représentant de la République française. Lorsque la Oldsmobile s'arrête devant le tapis rouge, Maurice Chevalier, en fidèle maître de cérémonie, ouvre la portière du conducteur et lance un sonore : « Bonjour, Monsieur le consul général », devant les journalistes médusés.

La suite est en tout point conforme au protocole américain : toast de circonstance ; déjeuner placé en fonction du portefeuille des convives ; discours et remise de décoration. Le déroulé est parfaitement tenu, avec pragmatisme, à l'américaine. Mais un accroc apparaît dans le protocole : tous les invités veulent être photographiés au côté du consul général. Vedettes hollywoodiennes, grands patrons de l'industrie, hauts gradés, tous veulent repartir avec ce souvenir. Tandis que les serveurs commencent à débarrasser, une queue se forme dans les salons du Beverly Hilton, où Gary pose de bonne grâce devant les drapeaux français et américain. Les plus patients ne seront pas récompensés, car les quatre cents invités sont attendus trente *miles* plus au sud, à San Pedro. C'est là, dans le quartier portuaire de L.A., que doit avoir lieu la parade militaire.

La Oldsmobile roule à présent sur le *highway*. De part et d'autre de ce deux fois trois voies qui vient d'être inauguré, si les automobilistes adressent au conducteur de grands signes d'approbation en levant leur pouce, seuls les observateurs les plus avisés s'interrogent sur la mention « Consul » figurant sur l'immatriculation, tandis que les plaques minéralogiques américaines ont plus généralement comme devise « *In God we trust* ». « Il faudra penser aux fanions tricolores la prochaine fois », suggère-t-il à Odette avant d'ajouter : « Je suis sûr que Couve de Murville, lorsqu'il était en poste à Washington, n'était pas aussi populaire. »

Après une heure de route, le convoi arrive au fort MacArthur. Le consul général prend aussitôt place à la tribune d'honneur au côté du gouverneur de la Californie et du maire de Los Angeles. Après treize coups de canon en hommage à La Fayette, le défilé peut commencer : pendant que les troupes battent le pavé, des avions de chasse arrivent de la base de Buckley Field, dans le Colorado, pour un cirque aérien de vingt-sept minutes. La manifestation est un plein succès tandis qu'en cette période de froid diplomatique sur fond de guerre d'Algérie l'amitié franco-américaine est à son sommet.

À son retour au consulat, Romain Gary n'a pas le temps d'enlever son uniforme que le téléphone sonne déjà. Au bout de la ligne, un agent de publicité souhaite lui parler, de toute urgence. Il n'a rien raté du show qui a été diffusé en direct à la télévision aux frais de la Richfield Oil. « Est-ce votre premier rôle ? » l'interroge-t-il avant de lui proposer mille dollars pour tourner, en uniforme et gants blancs, une publicité pour une nouvelle lotion après-rasage.

⋆

Quelques jours plus tard à Outpost Drive – le 17 octobre à 9:05 a.m. précisément –, Romain Gary repense à cette scène en se rasant. Il imagine la publicité sur grand écran du consul général en grand uniforme vantant les mérites de la lotion après-rasage. Mais soudain, un homme ouvre la porte de sa chambre et voit Gary dans la salle de bains une serviette nouée autour de la taille. « *Can I help you ?* » lui demande très poliment le diplomate. Le visiteur s'est présenté à la réception du consulat mais, en l'absence du standardiste, a ouvert une première porte, puis une deuxième. « *What are you looking for ?* » l'interroge Gary, avant de l'aiguiller vers la chancellerie, au premier étage, où sont traitées les demandes de visas.

Dans le miroir de la salle de bains, Romain Gary songe au personnage qu'il aurait pu être. Cette idée lui est venue au retour de sa séance photo en voyant les étoiles du Walk of Fame incrustées dans l'asphalte de Hollywood Boulevard.

Un personnage de roman dans un scénario écrit pour les studios. Tandis qu'il vient de reprendre son rasoir avec lequel il dessine sa fine ligne de moustache, la radio grésille, la lame dérape et effleure la peau qui saigne déjà. De stupéfaction, Romain tourne le modulateur pour augmenter le volume. Il a bien entendu. Il vient de recevoir le prix Nobel de littérature. Saisi par l'émotion, il parcourt le consulat à grandes enjambées, pour prévenir Lesley qui dort encore, après avoir écrit toute la nuit. Sortie de son sommeil par le bruit de la porte ouverte sans ménagement, elle voit arriver Romain, la joue ensanglantée et les yeux rougis qui lui annonce : « Albert a eu le Nobel. » Pour Gary, Camus est un frère.

Camus comme Gary ont grandi dans la misère et loin de Paris, où paraissent leurs romans. Ils ont été élevés par des femmes, en l'absence du père, et n'ont trouvé à l'adolescence que le réconfort du soleil et de la mer pour les étreindre. Dans les années 1930, leur émancipation viendra avec la lecture des livres et l'école républicaine. Puis les années de guerre seront celles de la Résistance et de la lutte clandestine. À la Libération, le totalitarisme ayant changé de camp, ils dénonceront la violence et le dogme du stalinisme. Mais surtout ils rêveront tous deux d'un monde nouveau et résolument européen, et c'est pourquoi leur antitotalitarisme soviétique leur vaudra la haine de la gauche communiste et de nombreux intellectuels. Qu'importe le prix à payer, penseront-ils alors, eux ne transigeront jamais avec les principes moraux.

Surtout, dans le quotidien de leurs existences, Camus et Gary empruntent le même chemin entre espoir et désespoir, exaltation et mélancolie. Ils ont le goût du théâtre, des femmes et de la Méditerranée. Et ils sont aussi hantés par la mort et par le suicide. Et c'est de cette ligne de crête que naît le tragique de leur condition. Camus et Gary sont deux hommes simples qui n'appartiennent pas au sérail. Deux hommes seuls, dans le Paris d'après-guerre. Deux frères d'armes, dans les combats politiques, et deux frères de plume dans les luttes littéraires. Deux âmes sombres et deux étoiles noires qui brillent dans la constellation de la N.R.F. Un an après le Goncourt, Albert a le Nobel et Romain pleure de joie.

Le trouble ressenti par Camus est plus grand encore. À l'annonce du prix, il écrit dans son journal : « Nobel. Étrange sentiment d'accablement et de mélancolie. » Pour Camus, le prix aurait dû revenir à Malraux. Et c'est justement à Malraux que pense alors Gary lorsqu'il lui écrit cette lettre, postée de Hollywood le 21 octobre 1957 :

Cher Albert,

Quel beau moment ! Et que cette joie demeure longtemps dans votre cœur, car elle est la plus pure, la plus merveilleuse – une joie qui réhabilite beaucoup les hommes et même les académies. Je vais bien : il y a Malraux. Mais vous êtes demeuré au cœur de la souffrance et lui est allé chercher l'oubli dans la beauté. Vous êtes resté toute votre vie une blessure et lui a succombé à la tentation des « pensements ». Mon adoration pour lui demeure entière mais ma joie pour vous est d'autant plus grande qu'elle est plus proche de moi. Vous êtes nous...

Affectueusement,

Romain

En cet automne 1957, le Nobel suscite tant d'étranges sentiments chez Gary, dans une vie américaine qui semble bien loin des préoccupations européennes, que l'écrivain se sent perdu. Au cours des derniers mois, il a redoublé d'efforts pour mener à bien son œuvre. Et il a justement ficelé un nouveau projet, à la tonalité dramatique, celui d'écrire son autobiographie jusqu'à la Libération. Sur la base d'un résumé de vingt pages, l'écrivain vient d'en proposer le thème aux studios. Mais, à présent, il a le besoin vital de prendre du recul et c'est le diplomate qui, pour une fois, va lui offrir les moyens de s'évader.

*

Jusqu'alors, le consul général a surtout consacré ses efforts à la Californie du Sud, qui concentre le plus d'enjeux. Cependant, il est aussi compétent pour l'Arizona et le Nouveau-Mexique, se rappelle le diplomate en regardant la carte épinglée au mur de son bureau. Sa circonscription est tellement gigantesque que ce n'est pas la même heure entre Phoenix et Los Angeles, se dit-il, avant de comparer sa superficie à celle de la France. Il tient une parfaite excuse pour prendre le large.

« Quoi ? Vous partez en tournée de "circoncision" ? » lui répond Odette à l'annonce de son déplacement dans la circonscription. Mais cet élan se trouve aussitôt réfréné par la réalité administrative. Lorsqu'il sollicite l'octroi de crédits spéciaux, le directeur général du personnel, François de Panafieu, prend la mouche. « La démarche est déplacée de la part d'un chef de poste qui ne prévoit pas ses dépenses », écrit-il à l'ambassade à Washington. Après avoir menacé de rester derrière son bureau, le consul général devra donc se résigner à prendre la route plutôt que l'avion.

Au téléphone, Paul Coze, l'agent consulaire, lui avait dit qu'il ne pouvait pas se tromper, sa maison était la seule sur laquelle flottait le drapeau français, parmi les pavillons en tout point identiques que compte l'Arizona. La ville de Phoenix est distante de près de quatre cents *miles* de Los Angeles, avait alors calculé le diplomate en traçant l'itinéraire sur la carte. « En mettant le cap à l'est, je ne mettrais pas moins de six heures ; si je prends la direction du nord-est jusqu'au Grand Canyon, je pourrais ensuite tirer droit sur six cents *miles* jusqu'à Prescott, avant de descendre vers Phoenix, cent *miles* plus au sud. Je mettrais deux jours, mais la Route 66 vaut le détour. »

En ce matin d'octobre 1957, Romain Gary quitte Outpost Drive au volant de la Oldsmobile. Au fil de ce périple, il va bientôt croiser les grands espaces sauvages de l'Ouest : la vallée de la Mort, le désert des Mojaves, le fleuve Colorado, le Grand Canyon, le Rio Grande... des paysages qu'il ne connaît pas encore et qui vont le marquer à jamais.

À son arrivée à Phoenix, Paul Coze lui a dit de suivre le canal jusqu'à sa maison située 4040 East Elm Street. Lorsque, à la nuit tombée, Romain Gary gare sa voiture, il constate que le drapeau tricolore y flotte bel et bien avant de frapper à la porte du pavillon, surmontée de l'écriteau « République française – Agence consulaire ».

« Bienvenue à Phoenix », lui lance Paul Coze au milieu de son atelier. Le consul général est d'emblée frappé par le bric-à-brac de peintures à l'huile, aquarelles et croquis accrochés aux murs de ce modeste pavillon : des Peaux-Rouges fumant le calumet, un chef sioux assis devant un tipi, des Indiens exécutant des danses rituelles. « Votre prédécesseur n'a pas dû vous prévenir, je suis un ami des Indiens, lui précise-t-il face à son expression de surprise ; j'ai conduit plusieurs missions ethnographiques au Canada et aux États-Unis afin d'étudier les mœurs et coutumes des derniers Peaux-Rouges, avant de m'installer ici et de devenir agent consulaire. »

Né à Beyrouth en 1903 d'un père ingénieur français et d'une mère princesse russo-bosniaque, Coze a mené une vie mondaine dans le Paris d'avant-guerre tout en parcourant le monde sur les traces des Indiens d'Amérique, avant de s'installer aux États-Unis en 1939, d'abord à Pasadena où il a ouvert une école de dessin, puis à Phoenix où il a installé son studio en 1951. « J'y mène une activité de peintre mondain, de professeur de peinture et de décorateur de divers établissements, aidé, il faut bien le dire, par le prestige que confère à cette modeste maison le titre d'agence consulaire. Oh, vous savez, admet-il au diplomate, le titre d'agent consulaire est uniquement honorifique, il donne pour seul avantage une situation sociale et un certain prestige. Disons que je rends des services à nos compatriotes et qu'en échange cela fait de moi une personnalité locale connue dans tout l'Arizona, mais c'est surtout parce que la France me manque. Cela fait près de vingt ans que je n'y suis pas retourné. »

Le diplomate n'ignore rien des services que Coze rend à Phoenix en tant qu'agent consulaire ; il se souvient de l'entregent avec lequel il a su organiser la visite de parlementaires français et de l'efficacité avec laquelle il a fait la promotion de la tournée de conférences que Gary s'apprête à faire. Aussi le consul général l'assure-t-il qu'il va lui procurer tous les crédits nécessaires aux réceptions officielles organisées à son domicile. En prononçant ces mots, Gary observe les objets ethnographiques des diverses tribus indiennes qui occupent l'espace, à l'instar de ce totem qui trône au milieu du salon.

Dans cette ambiance de musée de l'Homme, les deux hommes vont rapidement briser la glace. La franchise de Paul Coze touche Gary, qui y voit un ami tout autant de la France que des Indiens, un homme engagé, pittoresque et sympathique. Le lendemain, la conversation se poursuit sur le matérialisme triomphant de l'*American way of life* et les déceptions qu'il comporte : « À l'ère de la voiture achetée à crédit, les Indiens d'Amérique apparaissent comme le dernier refuge des humanistes et on les parque dans des réserves ! s'exclame Coze, qui ne cache ni ses espoirs ni son amertume. Alors que les Indiens sont sur ces terres depuis trois mille ans, les immigrés européens ne sont américains que depuis un siècle ou deux. » Romain Gary lui réplique que s'il a ses fidèles amis indiens – Hopis, Zuñis et Navajos –, lui a Morel et les éléphants.

« En parlant d'Indiens, ne serait-ce pas des poupées kachinas ? » demande le consul général en repensant à une longue digression de Malraux sur l'art amérindien. « Je vois que vous vous y connaissez, elles m'ont été offertes par des Hopis du Nouveau-Mexique », lui répond Coze.

Au cours de ces quelques jours en Arizona, le diplomate multiplie les conférences. Il s'exprime devant le Liberal Arts Auditorium de l'University of Arizona, sur le thème

« *France's position in the world* » ; dîne avec les membres du Club français de Phoenix au Vaccaro's Restaurant ; intervient devant le Kiwanis Club au Arizona State College puis au Phoenix Press Club Forum. Mais surtout, en habile propagandiste, il en profite pour se rappeler aux bons souvenirs de l'éditorialiste d'un journal local qui mène une campagne « violente et systématique » contre la France. Ce réfugié bulgare qu'il a connu à Londres a fini par épouser la fille du propriétaire de l'*Arizona Times*. Après avoir retrouvé un exemplaire de son livre enthousiaste sur Tito, le diplomate le lui adresse avec sa carte de visite. « Je m'attends à ce que le ton de ce journaliste baisse sensiblement dans les jours qui viennent », dit-il à Paul Coze.

Avant que le consul général ne reparte au Nouveau-Mexique, en direction de Santa Fe et de Tucson, Paul Coze tient à lui remettre un cadeau. Leurs origines russes et le respect que l'un et l'autre portent à la culture amérindienne les ont rapprochés. En symbole de leur rencontre, Coze lui offre quatre disques de chants indiens produits par Pathé Frères. « Je les ai moi-même enregistrés sur des rouleaux de cire dans les forêts du Saskatchewan, lui précise Coze. Ils vous accompagneront à Hollywood, là où il y en a bien besoin. » Et, dans un geste très simple, il ajoute : « Je vous offre aussi ces poupées kachinas, elles veilleront sur vous. »

Tandis que le consul général vient de reprendre la Route 66 pour poursuivre sa tournée, Paul Coze pousse la porte de son atelier et s'assied derrière son chevalet. Il se met à esquisser un portrait de Romain Gary, dont la présence habite encore la pièce qu'il vient pourtant de quitter. « C'est une très vieille âme », songe Coze, en faisant glisser un fusain sur la toile vierge. « *Gari*... mais c'est bien sûr, en russe cela signifie "brûle" à l'impératif! » Dans son esprit, les idées jaillissent, se brouillent, puis s'ordonnent au gré des mouvements du pinceau dont il vient de s'emparer et qui pioche déjà les couleurs sur la palette : âme slave, Russe blanc, émigré juif, renégat, résistant, diplomate, écrivain. Coze, en transe, peint frénétiquement, d'un seul mouvement, un portrait qui prend forme. Sur la toile, le peintre vient d'esquisser un caméléon au regard mélancolique qui danse sur un brasier ardent.

*

En voyant dans le rétroviseur le nuage de poussières rouges soulevées sur son passage, le diplomate se dit que les paysages de l'Arizona lui font penser à une toile de Nicolas de Staël. Lorsque, après trois heures de route, Gary coupe le moteur pour marquer une pause, il sort de sa poche un petit carnet et y note ses impressions de voyage : « Le désert d'Arizona étendait devant moi ses épines et ses pierres, sa végétation rabougrie et sa terre desséchée, écrit-il. C'est un paysage qui sied bien à mon âge, à mon état d'âme, à mon humeur. »

En redémarrant, l'autoradio révèle les illusions du rêve américain : « La décision du président Eisenhower d'envoyer un millier de parachutistes à Little Rock a causé une vive surprise en Arkansas, tout en étant accueillie avec approbation par l'opinion publique américaine, selon un dernier sondage. » Quelques jours auparavant, le gouverneur de l'État d'Arkansas, s'opposant à l'application de la loi fédérale sur la non-discrimination raciale qui oblige toutes les écoles américaines à recevoir des enfants noirs, avait fait cerner le collège de Little Rock par des gardes nationaux pour empêcher les élèves noirs d'y pénétrer. Sous la pression de Washington, il avait fini par céder. Mais quelques jours plus tard, les écoliers blancs avaient refusé d'aller en classe et de violents heurts avaient éclaté. En écoutant ces nouvelles qui grésillent dans la Oldsmobile, Gary revoit aussitôt cette photo d'un jeune Noir, frappé par les Blancs à coups de pied dans le visage, qui figurait la veille en première page des journaux.

*

Après cinq jours d'absence, Romain Gary est de retour à Outpost Drive. « Alors, c'était comment ? l'interroge Odette.

— Les trois cents dollars de frais de déplacement que le Département m'a généreusement alloués pour l'année y sont passés », lui répond-il. Sentant poindre le drame, sa secrétaire lui fait remarquer les nombreuses coupures de presse rendant compte de sa tournée et l'accueil élogieux qui en a résulté pour les positions françaises. « Je n'ai pas attendu votre accord pour les transmettre à Washington. Vous n'avez peut-être plus un dollar pour les *public relations* mais, en tout cas, l'ambassadeur n'ignorera rien de votre dévouement et de votre esprit d'entreprise.

— Merci, Odette, heureusement que vous êtes là », lui dit-il, avant d'ajouter en lui tendant un paquet : « Tenez, un souvenir des Indiens. »

Odette n'a pas le temps de le remercier que l'intercom sonne déjà. Un visiteur qui n'était pas prévu à l'agenda vient de s'annoncer et souhaite rencontrer le consul général. « Faites-le monter », répond Gary.

Après avoir introduit le visiteur dans son bureau, Odette retourne au secrétariat où elle ouvre le paquet et découvre un bracelet en argent avec une pierre en onyx noir, qu'elle contemple avec émerveillement avant de le passer autour de son poignet. Quelques minutes plus tard, Romain Gary l'appelle de nouveau dans son bureau.

Lorsqu'elle ouvre la porte, elle voit le visiteur mettre en joue Gary avec un revolver. Saisissant aussitôt la situation, elle ne fait pas un pas de plus.

« *Odette, where did I go last week-end?* lui demande calmement Gary.

— *Sir, I have to go and check my calendar* », lui répond-elle sans se démonter.

De retour dans le bureau, elle annonce : « San Diego, vous étiez à San Diego.

— *Now, you know that it wasn't me* », ajoute Gary en s'adressant au visiteur.

Dès le départ de ce dernier, Odette furieuse entre dans son bureau :

« *Don't do that to me again*, s'écrie-t-elle, car je ne serai pas si convaincante la prochaine fois.

— Elle avait l'air d'avoir vingt-trois ans, comment pouvais-je deviner que cette gamine en avait dix-sept ? » lui dit-il avant d'expliquer la méprise. En se rendant à Phoenix, il a pris une jeune fille en auto-stop, avant de lui faire passer la frontière de la Californie vers l'Arizona.

« *Over the state line?* s'étrangle Odette, c'est une *federal offence* très grave ! Le passage de la frontière d'un État en compagnie d'une fille mineure s'appelle un "viol technique", lui dit-elle. Vous ne le saviez pas? Faites attention la prochaine fois, les Américains ne rigolent pas avec cela. »

*

Le 10 décembre 1957, à Stockholm, Albert Camus reçoit le prix Nobel de littérature des mains du roi de Suède. Dans le discours qu'il prononce à la fin du banquet, ses mots sont ceux d'un homme assailli par le doute face aux tensions qui traversent l'Europe et l'Algérie. Et face à ses doutes, l'écrivain se raccroche à son art, la littérature, qui est sa façon d'être au monde. L'art n'est pas la solitude, dit Camus, c'est au contraire un moyen d'être relié à ses contemporains en puisant dans les souffrances et les joies communes. Et c'est pourquoi l'écrivain a un rôle : le service de la vérité et celui de la liberté sont les deux charges, poursuit-il, qui font la grandeur du métier d'écrivain. « Par définition, dit-il à la tribune, l'écrivain ne peut se mettre aujourd'hui au service de ceux qui font l'histoire : il est au service de ceux qui la subissent. Ou, sinon, le voici seul et privé de son art. »

Le trouble de Gary est grand, lorsqu'il lit les paroles prononcées par son ami Camus. Dès qu'il arrive à Mexico, où son épouse et lui ont décidé de passer les fêtes de Noël pour échapper à l'emprise d'Outpost Drive, Romain s'enferme dans sa chambre d'hôtel et écrit dans la fureur. Lesley n'a pas le temps de défaire les valises que l'écrivain s'est déjà installé dos à la fenêtre et qu'il écrit frénétiquement. Son épouse sort, seule, le laissant à la tâche. Lorsqu'elle revient après dîner, elle découvre un homme possédé, aux cheveux hérissés, qui a déjà écrit vingt-sept pages, les vingt-sept premières pages de *La Promesse de l'aube*. Sur la base du scénario esquissé au cours de l'automne pour Hollywood, Romain Gary s'attelle au roman. Au fil de ces deux semaines au Mexique, il ne sort pas de l'hôtel. Dans le huis clos de leur chambre, il rembobine le film de son histoire, de son enfance dans les faubourgs de Wilno aux rangs de la France libre, de ces années de pauvreté et d'humiliation. Les yeux emplis de ces images douloureuses, il couche sur le papier la vision de sa mère qui dit ne pas aimer la viande mais sauce le jus de cuisson dans la poêle pour laisser le bifteck à son fils. Les images se brouillent dans sa tête avant de se mettre dans le bon ordre tandis que, pour se couper du monde et écrire, l'écrivain s'est bouché les oreilles avec de la mie de pain imprégnée de pulque.

De retour à Los Angeles, il y a cassure. Écrire est un devoir, une raison d'être, sa raison d'être. Face aux contraintes que lui impose la diplomatie, Gary doit se délier, prendre du champ, se consacrer à son œuvre, encore en chantier. Le 31 décembre 1957, il écrit une lettre qu'il adresse aussitôt au ministre des Affaires étrangères, Christian Pineau, dans laquelle il déclare souhaiter « rentrer définitivement à Paris et ne pas recevoir d'affectation pour le moment ». Car le diplomate éprouve, écrit-il, « le besoin de "faire retraite" et de réexaminer ma situation tant dans la Carrière que dans la vie en général ».

Au mois de mars 1957, Romain Gary avait écrit dans *Preuves* : « La vérité ? Quelle vérité ? La vérité est peut-être que je n'existe pas. Ce qui existe, ce qui commencera à exister un jour, si j'ai beaucoup de chance, ce sont mes livres, quelques romans, une œuvre, si j'ose employer ce mot. Tout le reste, c'est de la littérature. » En réalité, Gary est tiraillé par une dualité. Celle de l'écrivain-diplomate, partagé entre ses aspirations littéraires et la charge de sa fonction. Jusqu'à présent, il avait su maintenir ensemble ces deux parts de lui-même, en se disant que la diplomatie l'aidait à structurer son œuvre en cours de formation et en constituait aussi le sel. Mais la Carrière corsète l'écrivain, qui est loin de Paris, où paraissent ses romans. Et du Quai, qu'attend-il du reste ? Alors désormais, en ce 31 décembre 1957, la littérature est plus que jamais le refuge dont il attend sa renaissance. « L'écrivain ne peut se mettre au service de ceux qui font l'histoire, disait Camus à Stockholm, il est au service de ceux qui la subissent. »

Le roman en CinémaScope

Aux premiers jours de janvier 1958, Darryl F. Zanuck appelle au consulat et demande à Romain Gary son aide de toute urgence alors que le tournage doit débuter un mois plus tard. « Venez passer une semaine à Paris avec Fermor et moi, l'implore-t-il, la production s'occupera de tout. »

À la veille de Noël, tandis que Fermor venait de mettre la dernière main au scénario dont les dernières pages lui résistaient encore, un membre d'équipage d'Air France avait déposé le script final au bureau de la Fox à Tokyo. La réponse de John Huston était arrivée le 30 décembre 1957 : « Félicitations pour ce superbe scénario, je pourrais louer ses nombreuses subtilités mais je sais que vous êtes avant tout intéressés par mes critiques... » Elles concernent le personnage de Waïtari, qui attise les mouvements indépendantistes en Afrique, et qui apparaît trop en retrait dans le scénario, alors qu'il joue un rôle essentiel dans le suspense du roman. Après avoir demandé à la production de revoir sa copie, Huston concluait ainsi son télégramme : « La prochaine version sera celle d'un chef-d'œuvre monumental. » Désemparé, Zanuck ne pouvait que se tourner vers Romain Gary pour réinsuffler à l'œuvre sa dimension politique.

Le 10 janvier 1958, l'écrivain arrive incognito en France. Une limousine l'attend à l'aéroport et le dépose au George-V, où réside Zanuck. Romain Gary s'installe dans une suite mitoyenne et se met aussitôt au travail. Le texte lui convient à quatre-vingts pour cent, déclare-t-il au producteur, avant de s'atteler aux pans restants. Après trois jours et trois nuits de travail acharné, dans une chambre jonchée de papiers, il apporte une première contribution au scénario, que Zanuck juge déjà très bonne, ainsi qu'il l'écrit aussitôt à Huston : « Gary a une connaissance incroyable des techniques cinématographiques et un réel style dans la dramatisation des scènes individuelles STOP nous avons utilisé le même matériau de base et dans les quarante premières pages que nous avons réécrites Gary a arrangé cela de façon beaucoup plus efficace STOP nous allons donner plus de place aux rôles de Waïtari, Saint-Denis et Habib dans la section centrale mais Gary est tellement satisfait de notre dernier acte qu'il ne veut presque pas le toucher et est en fait furieux contre lui-même de ne pas avoir pensé à la même chute dans son livre STOP il va rester avec nous environ dix jours et je crois véritablement que mon idée de le faire venir ici était la meilleure décision que j'aie jamais prise STOP nous travaillons ensemble le matin puis Gary fait lui-même les modifications l'après-midi même avant que nous ne les relisions ensemble puis que nous passions à la séquence suivante STOP... »

À la lecture des premières corrections apportées par Gary, John Huston se dira en complet accord avec l'écrivain.

Le réalisateur ne le sait pas encore mais, au cours de ce séjour parisien qui va durer quatorze jours, Romain Gary va en réalité considérablement réécrire le scénario, de la première à la dernière page, tout en gardant la structure élaborée par les studios. Zanuck en est ébahi. Dans les télégrammes qu'il envoie chaque jour à Huston, il décrit les modifications apportées au scénario, la façon dont Gary développe « de manière très belle » la relation entre Morel et Minna et « fait revenir à la vie tous les autres personnages ». « Je suis fou de joie d'avoir enfin un script fini », s'exclame-t-il, avant d'ajouter : « Je crois qu'il s'agit là du meilleur script que j'aie jamais lu et quiconque a aimé la première version n'en croira pas ses yeux à la lecture de celle-ci. » Pour lui, l'écrivain vient de composer un véritable chef-d'œuvre alors que les studios s'apprêtent à tourner « le film de la décennie ».

Mais, au-delà de la réécriture du scénario, Romain Gary s'intéresse également au choix des acteurs. Lorsque Zanuck lui présente le casting, il se montre enthousiaste et acquiesce aux noms d'Errol Flynn dans le rôle du Major Forsythe et d'Eddie Albert dans celui d'Abe Fields. Toutefois, un certain nombre de seconds rôles restent encore à attribuer. Les deux hommes arrêtent leur choix sur l'Autrichien Friedrich von Ledebur pour interpréter le naturaliste suédois Peer Qvist, sur l'acteur caribéen Edric Connor pour jouer l'activiste africain Waïtari et sur l'acteur français André Luguet pour incarner le gouverneur de Fort-Lamy. Reste un détail d'importance : trouver Morel. Jusqu'à la dernière minute, Burt Lancaster tient la corde pour le premier rôle, tandis que Romain

Gary préconise William Holden qui incarne mieux, à ses yeux, la complexité du personnage. Mais Holden a déjà un engagement avec la Paramount et semble trop anglo-saxon tandis que John Huston veut un Morel qui ressemble à un écrivain français, à l'image d'un Antoine de Saint-Exupéry. À la dernière seconde, et alors qu'il avait été écarté dès le début des tractations au motif qu'il faisait trop *british* et qu'il ne comptait pas parmi les têtes d'affiche hollywoodiennes, Trevor Howard est finalement choisi pour incarner le rôle-titre, non sans que Zanuck ait pensé à Romain Gary lui-même pour jouer Morel.

À Paris, l'influence de l'écrivain est telle qu'il aide Juliette Gréco à s'approprier le personnage de Minna en lui faisant répéter des scènes du film lors de séances de travail dans sa suite du George-V. Après l'avoir vue jouer, Gary est convaincu que Gréco sera parfaite dans le rôle de Minna, un rôle, va-t-il jusqu'à dire, qui a été écrit pour elle. Découvrant l'envers du décor, l'écrivain prend peu à peu goût au cinéma.

Mission accomplie, se félicite un Zanuck reconnaissant et admiratif, qui sait combien Hollywood doit à présent à l'écrivain Romain Gary. Au cours de ces deux semaines passées ensemble, les deux hommes ont appris à se connaître et à s'apprécier, alors que tout semblait les séparer. Leurs séances de travail ont laissé place à quelques moments de relâche au « Cinq », le restaurant Art déco du palace, au cours desquels Zanuck conte comme nul autre les aventures et anecdotes vécues dans les coulisses des tournages. Surtout, en côtoyant ainsi l'écrivain, Zanuck – que Gary surnomme « le gorille » – a mieux saisi le roman qu'il s'apprête à produire pour Hollywood, son inspiration humaniste et son opposition au nationalisme. Au détour d'une conversation, le producteur fera même cette confidence : « Tous les hommes de cinéma sont légèrement fous, je me le dis souvent. Mais je dois vous avouer que j'ai été comme possédé par une quasi-obsession dès l'instant où j'ai lu votre roman. J'étais éveillé au beau milieu de la nuit en pensant à cet homme étrange, Morel, et à la femme qui le rejoint au milieu de la jungle, Minna. C'était pour moi l'unique film que je devais faire. » Reste, désormais, à le tourner.

*

À son retour au consulat à la fin du mois de janvier 1958, Romain Gary constate combien la revue de presse est fantastique. Aux États-Unis, les critiques littéraires viennent de recevoir le service de presse de *The Roots of Heaven*, la traduction des *Racines du ciel*. Si l'accueil était mitigé en France lors de la sortie du roman, en Amérique c'est véritablement un triomphe. Le *New York Times* qualifie le livre de « *the most intellectually stimulating novel of 1958* ». *Time Magazine*, *Newsweek*, *Herald Tribune* et *The Times* l'ont lu et y ont vu « *the book of the year* » sinon « *the book of the last three years* ». Le roman figure déjà parmi les best-sellers, dans la catégorie « fiction », alors que le film n'est attendu que pour la fin de l'année.

Passant en revue les photographies faites de lui pour le compte de son éditeur new-yorkais, Romain Gary déclare à son épouse face à son portrait : « C'est un visage d'une incroyable beauté. » Peu à peu, l'homme se détache de lui-même pour construire sa légende.

*

Au cours de son séjour en France, Romain Gary n'a vu l'avenue George-V qu'à travers les fenêtres du palace parisien. Il n'a pas vu la Sorbonne transformée en arène politique ni les bagarres éclater à tous les coins de rue du Quartier latin. Mais il a lu dans la presse les nouvelles d'Algérie : la liste des tués, dans les deux camps, égrenée chaque jour, au gré des embuscades et des opérations de « pacification ». Face à cette tragédie, l'écrivain avait adressé un chèque de six mille trois cents francs à la Fondation Maréchal-de-Lattre en faveur de la campagne nationale d'aide aux soldats d'Algérie. Cette modeste contribution trahissait son désarroi.

À son retour à Outpost Drive, lorsque l'armée française bombarde le village tunisien de Sakiet Sidi Youssef en pensant atteindre des troupes du F.L.N., les répercussions se font directement sentir jusqu'au bureau du diplomate. Soixante-dix morts et deux fois plus de blessés. L'opinion publique mondiale condamne sévèrement les actions contraires au droit international commises par la France. Aux États-Unis, germe alors l'idée d'une mission de bons offices anglo-américaine, entre la France et le F.L.N., contre laquelle Gary fulmine. « Je ne supporte plus cette attitude pragmatique américaine selon laquelle les problèmes dorment dans le même lit que les solutions et qu'il suffit d'un peu de bonne volonté et de compréhension de la part de la famille pour légaliser cette union et délivrer la mère de tous ses soucis, écrit-il dans une dépêche. Mais je n'ai jamais été non plus disciple de Charles Maurras et je n'ai jamais cru que le cri de guerre "La France, la France seule" pût nous mener ailleurs que vers le tombeau. »

Contre vents et marées, le diplomate va continuer à défendre l'image de la France, y compris lorsqu'elle est mise à mal par les studios. Quelques semaines auparavant, après avoir assisté à la projection à Hollywood du film réalisé par Stanley Kubrick, *Paths of Glory*, le consul général avait écrit à l'ambassadeur à Washington, en mettant en copie le cabinet du ministre et la sous-direction d'Amérique : « Je sors indigné d'une présentation du film *Paths of Glory* de mon ami Kirk Douglas, producteur et acteur principal. Ce film, inspiré par les mutineries dans l'armée française au moment de l'offensive Nivelle au cours de la Première Guerre mondiale, décrit l'armée française sous un jour que je ne saurais accepter et qui est particulièrement scandaleux venant de la part d'un soi-disant ami de la France, marié à une soi-disant Française, ayant de très nombreux amis dans les milieux cinématographiques de notre pays. L'armée française n'a pas besoin en ce moment de calomnies supplémentaires et gratuites. Je ne connais pas les détails des mutineries de 1917 et je laisse à un juge plus compétent que moi le soin de décider si l'offensive Nivelle avait vraiment pour seul motif la soif d'avancement d'un général commandant, et s'il est exact que nos soldats aient été fusillés non pour mutinerie, mais simplement par vengeance de leurs officiers. J'estime tout simplement que si les Français faisaient un film pareil sur l'armée américaine, ce serait un beau scandale. »

Tandis que le service d'information de l'ambassade avait adressé au Quai d'Orsay une note circonstanciée relayant l'opinion selon laquelle le film de Stanley Kubrick altérait l'image de la France, en Europe, dans le même temps, la projection du film suscitait des manifestations de colère de la part de militaires et d'anciens combattants.

À Paris, l'affaire avait aussitôt été prise au sérieux. Ce film américain, d'une qualité cinématographique certaine, faisait œuvre de propagande en prenant fait et cause pour le camp de l'antimilitarisme. Or, Hollywood faisait preuve d'un grand manque de tact en fustigeant un pays allié pour servir une cause politique à l'intérieur des frontières américaines alors que prendre un exemple étranger visait ni plus ni moins, pour les studios, à ne pas contredire le code de leur propre industrie cinématographique.

Dans ces conditions, l'ambassadeur à Washington avait été prié d'exprimer le courroux du gouvernement français auprès du Département d'État et des instances professionnelles du secteur. Mais au-delà de ces contre-mesures, lorsque la production demanderait une autorisation de diffusion en France, il conviendrait d'interdire le film, avait soutenu le ministère. Des instructions avaient été données en ce sens au directeur général du Centre national de la cinématographie, qui n'avait pas tardé à dissuader la société de production de diffuser son film en Europe. Et il lui avait même été demandé d'interdire de sortie tous les films de cette société au cours des trois mois suivants. Dans le même temps, le Quai d'Orsay avait saisi tous ses ambassadeurs pour qu'ils interviennent auprès de leurs autorités locales, afin d'obtenir dans tous les pays l'interdiction de diffusion du film. Dans les semaines qui avaient suivi, des câbles étaient arrivés d'Israël, du Costa Rica, du Pérou, du Honduras, de Bolivie, du Canada, faisant état des interventions des chefs de ces missions diplomatiques, qui avaient obtenu la censure du film.

*

Après avoir quitté le Japon à la mi-février 1958, John Huston est invité à dîner à Outpost Drive. À l'entendre parler du script et de son projet d'adaptation, tant Romain que Lesley sont convaincus qu'il est l'homme de la situation tandis que le réalisateur s'apprête à rejoindre l'Afrique-Équatoriale française, où l'équipe de tournage est déjà à pied d'œuvre. Dans une course au plus gros budget, la 20th Century Fox a engagé des moyens considérables pour la réalisation de *The Roots of Heaven*. La production s'enorgueillit d'avoir rassemblé « la meilleure équipe technique jamais réunie ». Un véritable camp a été construit à Fort-Archambault pour accueillir les cent vingt techniciens qui vont travailler sur le tournage. Et surtout, tout le matériel nécessaire – des Land Rover jusqu'aux caméras – a été acheminé jusqu'au cœur de l'Afrique, après quatorze jours en mer puis une semaine par la route et deux gros camions, affrétés spécialement des États-Unis, ont dû être convoyés en avion-cargo de Douala jusqu'au camp de base.

Débuté le 15 mars, le tournage en Afrique doit durer six semaines avant que la production ne se délocalise à Paris pour enregistrer les scènes d'intérieur aux studios de Boulogne-Billancourt où le décor du night-club « Le Tchadien » a été reconstitué. Loin de Hollywood, la production trompe son dépaysement en donnant le nom de

Sunset Boulevard à l'artère principale du camp, lui-même baptisé « Zanuckville ». Mais pour l'heure, tous découvrent la dureté de la vie en Afrique. Si loin des projecteurs auxquels ils sont habitués, les acteurs souffrent rapidement des conditions de tournage, sous une chaleur accablante qui frôle les cent trente-quatre degrés Fahrenheit le jour et les quatre-vingt-quinze la nuit.

Dès 5 heures du matin, on les réveille pour les préparer à jouer, après une intense séance de maquillage. Alors que des bouteilles d'eau sont livrées par avion depuis la France, à deux mille *miles* du lieu de tournage, le soir venu, whisky et vodka coulent à flots. « Ce film est le plus gros budget alcool de ma carrière », se plaint Zanuck, qui peine à avoir prise sur le tournage, et écrit à Gary : « Vous n'auriez pas pu situer votre histoire dans le Nebraska ? », dans un télégramme qu'il adresse au consulat et qu'il signe d'un « *Love* » exubérant et très hollywoodien.

À Los Angeles, Romain Gary lit dans la presse californienne le compte rendu du tournage fait par le correspondant de *United Press*. « Au plus profond de l'Afrique, écrit-il, la production lutte contre les maladies et le soleil brûlant. » Il décrit une Juliette Gréco souffrant d'une douloureuse piqûre d'insecte à l'œil et des acteurs – Eddie Albert, Errol Flynn et Trevor Howard – affaiblis par la dysenterie et épuisés par la chaleur.

Mais après avoir refermé le journal, une nouvelle bien plus accablante lui parvient. Pendant que Claude Hettier de Boislambert part à la recherche des troupeaux d'éléphants au Congo belge et dans le nord du Cameroun, John Huston s'absente pour des safaris et met un point d'honneur à abattre un éléphant pendant le tournage. Le réalisateur qu'a choisi Hollywood chasse bel et bien pour le trophée. Nul n'ignore cette passion macabre depuis que l'écrivain Peter Viertel en a fait un livre, *Chasseur blanc, cœur noir*, après avoir suivi Huston sur le tournage de *L'Odyssée de l'African Queen*. Cette faute de goût n'a pas réfréné la production.

De Outpost Drive, d'où Gary lit les câbles qui lui sont envoyés par Hettier de Boislambert, l'écrivain fulmine contre Hollywood et comprend que le tournage est un naufrage. « Tu parles d'une usine à rêves, se lamente-t-il en faisant les cent pas dans son bureau, c'est plutôt la trahison de l'idéal. Quelle bêtise humaine ! »

*

Face au drame qui se joue en Algérie, Romain Gary, d'humeur sombre, se retire un peu plus du monde. Hollywood le déçoit et Outpost Drive l'ennuie. À Lesley, il annonce qu'il souhaite quitter Los Angeles d'ici à un mois ou deux pour s'établir à Paris. Puis quelques heures plus tard, après s'être radouci, il revient vers elle et lui déclare qu'il attendra finalement l'automne... De désespoir, son épouse exprime son mal-être dans les lettres qu'elle adresse à John Murray, son éditeur à Londres. Et, face à l'incertitude, elle se replonge dans l'histoire caucasienne qu'elle écrit alors tandis que Gary retourne au manuscrit de son autobiographie. Dès que le consulat est fermé au public, Outpost Drive devient la thébaïde de l'écrivain. Il s'enferme, en robe de chambre, dans son bureau ou dans le salon aux fourrures, et écrit, seul, en fumant des Montecristo n° 4. À mesure qu'il compose ses pages, qu'il donne à lire à Lesley, elle les trouve bouleversantes et encore brûlantes d'émotion. Ce rituel va durer près de trois mois, au cours desquels l'écrivain va se délivrer d'une vérité enfouie en lui, une vérité jusqu'alors occultée, qu'il exprime enfin dans un mouvement libératoire.

*

En ce jour d'avril 1958, au premier étage du consulat, Romain Gary reçoit un député français de passage en Californie. Il se plaint du fait que le programme organisé par le Département d'État est mené tambour battant pendant plusieurs semaines à travers le continent américain. Les visites, les conférences, les exposés, les circuits d'études sont trop massifs, trop continus. En vérité, il ne s'agit nullement d'un voyage d'agrément mais bel et bien d'un voyage d'études harassant, avec des journées de travail de huit heures, pendant lesquelles il lui est demandé de se conformer très exactement au programme et de suivre le guide comme on suit le sergent instructeur. Au sortir de ce circuit, il a davantage l'impression d'avoir effectué une période militaire à l'étranger. Lui, pourtant, sait ce qu'est la diplomatie d'influence, puisque, à l'Assemblée nationale, il est vice-président de la commission des Affaires étrangères.

Tapotant du bout des doigts après l'avoir écouté depuis maintenant une demi-heure, le consul général hâte la fin de la conversation en proposant de faire passer quelques messages aux autorités américaines. Il suggère l'idée que, sur un circuit de trois semaines, plusieurs jours soient réservés à la détente ou que, dans chaque ville, des alternatives puissent permettre aux visiteurs de choisir entre deux programmes, l'un intensif, l'autre plus détendu. « Savez-vous, lui dit-il, que la Californie dispose d'une industrie de pointe, non pas seulement dans l'aéronautique, mais également dans la lingerie notamment féminine ? La prochaine fois, voici ma carte, vous n'aurez qu'à prendre contact avec ce consulat et un voyage sur mesure sera prévu pour vous.

« N'y voyez pas malice, ajoute Romain Gary, les Américains ont le souci de bien faire et ils oublient parfois que leurs invités ne sont pas des écoliers mais presque toujours des personnalités de tout premier plan. » Flatté, le parlementaire rétropédale, nuance, se ravise : l'intention des Américains est louable puisqu'elle vise à servir la compréhension mutuelle entre les deux pays, et il va sans dire qu'il fait ces remarques uniquement dans l'intérêt de l'amitié franco-américaine, n'est-ce pas ?

En se levant du fauteuil, le député remarque le livre posé sur le bureau du consul général, *L'Homme à la colombe*, dont la couverture représente un cow-boy au pied d'un gratte-ciel. C'est un roman sur l'O.N.U., écrit par un certain Fosco Sinibaldi, lui précise le diplomate. « Sinibaldi ? Connais pas », répond le parlementaire. « C'est une fable satirique fort bien menée, lisez plutôt la première page : “Par une belle journée de septembre 195., vers les 11 heures du matin, la grande cage de verre du gratte-ciel de l'Organisation des Nations unies étincelait dans le soleil d'automne, s'acquittant de sa mission pacifique, celle d'un grand centre d'attractions touristique américain.” Tenez, prenez-le, je viens de le lire, il vous sera plus utile à vous qu'à moi », conclut Gary.

Après avoir raccompagné le parlementaire jusqu'à son cortège, Romain Gary retrouve son bureau et appelle sa secrétaire. « Ça marche ! s'écrie-t-il, l'entourloupe fonctionne. » Fosco Sinibaldi, c'est le pseudonyme de Romain Gary. C'est lui qui a écrit *L'Homme à la colombe*, d'une seule traite, en marge des éléphants. Il a demandé à un ami de tenir le rôle de l'écrivain et il n'y a que Gallimard qui est au courant. Au Quai d'Orsay, bien évidemment, personne ne le sait. Le diplomate ne pouvait pas publier cette satire bien trop féroce en son nom. En France, si le livre n'est en librairie que depuis peu, il est certain qu'il va trouver son public. Pas pour l'instant mais le moment venu il en reconnaîtra la paternité. Pour l'heure, il savoure sa ruse dans le secret de son bureau de Outpost Drive.

L'attente

« Gary s'emmerde à Los Angeles et aimerait revenir à Paris. » En ce printemps 1958, François-Régis Bastide rentre des États-Unis après une tournée de promotion de son roman, *Les Adieux*, qui a obtenu le prix Femina 1956. De passage en Californie, il a vu Romain Gary et, à son retour à Paris, il raconte dans les dîners en ville la lassitude du consul général vis-à-vis du travail administratif et de la vie à Los Angeles. « Alors, connard ! Je vous ai chargé de gérer ma vie ? lui hurle Gary au téléphone, après avoir appris qu'il avait rapporté et amplifié ses propos. De quoi vous mêlez-vous ? Je suis assez grand pour m'occuper de mes affaires, salut ! »

Au cours des derniers mois, l'inquiétude et l'ironie exprimées par le public américain à l'égard des problèmes français ont curieusement laissé place à l'indifférence et au manque d'intérêt. Alors que les sollicitations se font moins nombreuses, Romain Gary fixe le mur de son bureau où le calendrier déroule les semaines. Il regarde les cases avec le sentiment de perdre son temps. Quelques mois auparavant, il avait demandé à quitter son poste avant la fin avril 1958. Mais, devant la lourde procédure de mise en disponibilité pour convenances personnelles, il avait renoncé. Désormais, en ce printemps 1958, le diplomate attend. Il attend qu'advienne un événement. Un événement inconnu et qui n'arrive pas.

*

Le mercredi 9 avril, Pujot se rend comme chaque matin dans le bureau de l'archiviste pour y récupérer la presse du jour. En ouvrant le *Los Angeles Times*, qu'il déplie méticuleusement sur la table devant lui, le consul adjoint sursaute à la vue de la photo du patron avec ce titre : « Romain Gary a foi en la survie de l'humanité ». Quoi, le consul général a donné une interview sans en avoir informé l'ambassade ? Après avoir parcouru l'article, il constate qu'aucun propos ne semble concerner la situation française, l'instabilité gouvernementale ou l'affaire algérienne. Non, dans ce grand papier qui s'étend sur huit colonnes, c'est l'écrivain qui parle. Et en ce printemps 1958, face à des temps particulièrement sombres, il développe une vision optimiste de l'humanité.

Que risque l'humanité ? l'interroge le journaliste. La bombe nucléaire ? « Une blague de science-fiction, répond Gary. Alors que cette faculté d'autodestruction massive est totalement nouvelle et même si trente millions d'entre nous pourraient bien être effacés par la bombe H, c'est une philosophie d'évasion que de croire que la race humaine elle-même prendrait fin. » Alors le déclin de l'humanité par la chute des naissances ? « Le problème du taux de natalité sera *in fine* contrôlé par les processus de mutation et d'évolution. Une race améliorée proviendra de la biologie, plutôt que de l'évolution des modèles sociaux. » Et l'extension du communisme, ne pourrait-elle pas mettre à mal notre modèle ? « Cela semble tellement insensé que les dirigeants russes actuels prophétisent l'avenir du communisme... », rétorque-t-il. « La force du changement est presque inévitable, mais l'homme se dirige vers un point où il peut imposer des changements pour le mieux. » En fin de compte, demande le journaliste, quelle est la préoccupation principale de l'écrivain Romain Gary ? « Que notre civilisation mécanique puisse mettre fin à la lecture et ce serait catastrophique. »

En reposant le journal, Pujot se dit que le langage rompt quelque peu avec celui du Quai, avant que cette photo n'attire son regard : Romain Gary penché sur une de ses secrétaires, avec une légende le présentant dans sa « journée officielle », bordée le matin et le soir par l'écriture. « Ce n'est pas vrai, s'emporte Pujot, il ne fait qu'écrire ! Je vais appeler l'ambassade. »

*

Pendant que les hommes se dévorent entre eux, le monde, lui, court à sa perte. Après l'enlisement de la situation en Algérie, la valse des gouvernements a repris avec d'autant plus de vigueur. Félix Gaillard, qui a succédé à Bourgès-Maunoury au mois de septembre, vient de présenter sa démission à l'issue d'un débat sur l'affaire algérienne. C'est le troisième gouvernement qui tombe depuis les élections législatives du 2 janvier 1956.

Lorsque la presse américaine se fait l'écho de l'instabilité gouvernementale française, le diplomate se trouve dans son bureau de Outpost Drive. Romain Gary ouvre aussitôt un tiroir et en extrait le portrait dédicacé du général de Gaulle. Il le suit depuis son premier poste en Bulgarie, après que le Général le lui a adressé, car celui qu'il lui avait remis à Bangui, pendant la guerre, lui avait été volé. « Dommage que le Général n'ait pas dix ans de moins... », avait-il écrit à André Malraux, le 12 mai 1956, au début à la crise algérienne.

Face à ce portrait un peu jauni, son sang ne fait qu'un tour. Tant pis pour le devoir de réserve, songe-t-il en décrochant l'intercom, être Français libre, c'est être insoumis. « Odette, venez prendre note, le Général a besoin de ses Compagnons ! » L'ayant invitée à s'asseoir, il s'apprête à lui dicter une dépêche : « Vous êtes prête ? Allez-y, notez. "La crise ministérielle française a été accueillie ici avec l'ironie et la colère habituelles", point, à la ligne. "Devant les sarcasmes, les haussements d'épaules et les quolibets, on ne peut qu'inviter nos véhéments critiques... – attendez un peu – on ne peut qu'inviter nos véhéments critiques à contempler la cathédrale de Chartres et la statue du général de Gaulle, opposant ainsi le permanent au temporaire, ce que je fais quotidiennement, en puisant ainsi dans un patrimoine fort heureusement inépuisable." Stop. Vous me mettez tout ça en page, vous me le datez d'aujourd'hui – 21 avril 1958 – et vous me l'envoyez à Alphand, à Washington. Et mettez en copie Vimont, à la sous-direction d'Amérique. Je ne peux tout de même pas rester inerte, alors que l'Histoire est en train de s'écrire. »

*

Paradoxalement, ces jours d'avril et de mai 1958 au cours desquels l'Histoire emprunte la voie d'un fil tendu au-dessus du vide, prête à basculer à chaque instant dans un camp ou dans un autre, ces jours incertains pour la France sont pour Romain Gary ceux de l'espoir. Abandonnant son esprit sombre des jours ordinaires, il fait preuve, dans le drame, d'un inébranlable optimisme. Car lui, l'anxieux chronique face aux moindres événements de la vie, est désormais conforté dans ses appréhensions, alors que la IVe République est en train de mourir de sa belle mort.

À Paris, depuis que Félix Gaillard a présenté la démission de son gouvernement, les réseaux gaullistes s'activent en coulisse. Le 10 mai 1958, deux cent vingt-trois compagnons de la Libération en appellent au chef de la France libre : « Devant l'extrême péril qui menace le pays, et le désarroi des esprits comme des institutions, [...] ils font confiance à celui qui a libéré la patrie et rétabli la République pour définir et appliquer la politique qui permettra à la France de restaurer son autorité et son prestige. »

Quelques jours auparavant, Romain Gary avait reçu un coup de fil à Outpost Drive.

« Barberot, espèce de vieille canaille, ça fait combien de temps qu'on ne s'est pas parlé ?

— Depuis 1941 et la campagne d'Afrique, Gary. Ça ne nous rajeunit pas.

— Où es-tu à présent ?
— Je reviens d'Algérie où j'ai servi ces dernières années, au beau milieu de l'Atlas, mais j'ai été démobilisé il y a quelques mois... tu connais l'histoire : les officiers qui ont dit non à la torture ont été sanctionnés.
— Quel bon vent t'amène ?
— Le Général a besoin de nous.
— À la vie, à la mort.
— Tiens-toi prêt, on te fera signe », lui avait-il dit, avant de raccrocher.

*

Le 15 mai 1958, l'Histoire bascule. Il est 8:15 a.m., heure de Los Angeles, lorsque Odette de Benedictis conduit sa fille à l'école avant d'aller au consulat. Sur la route, l'enfant s'accroche au cou de sa mère, criant : « *Mummy, I don't want to go, I don't want to go ! The girls... they smell bad !* » Dans le même temps, Pujot pleure au volant de sa voiture à cause du smog qui couvre *downtown*. L'archiviste, Eva Owens, quitte sa belle maison de Beverly Hills après avoir embrassé son mari, Bill. Le vice-consul, Jean Dimanchin, monte dans un tramway sur Hollywood Boulevard. Et Théo Duval, le jeune réceptionniste, rate son autobus dans le quartier noir de Watts. À Outpost Drive, Romain Gary écoute, les larmes aux yeux, les informations données sur C.B.S. : le général de Gaulle vient de se dire « prêt à assumer les pouvoirs de la République » tandis que la gauche intellectuelle crie déjà au coup d'État.

« Croit-on qu'à soixante-sept ans je vais commencer une carrière de dictateur? » Les paroles prononcées par le Général ne suffisent pas à faire taire les critiques alors que l'Assemblée nationale lui accorde les pleins pouvoirs pour une durée de six mois et un mandat pour préparer une nouvelle Constitution.

Outre-Atlantique, certains éditorialistes crient à leur tour à la dictature. À Los Angeles, le consul général multiplie les contacts pour expliquer la situation à Paris. À plusieurs reprises, il se déplace au siège du *Los Angeles Herald Examiner* et dans les locaux du *Los Angeles Times*. Face au magnat de la presse Bill Hearst et au caricaturiste Milton Caniff, le diplomate s'emploie à rassurer ses interlocuteurs en leur disant qui est, selon lui, le général de Gaulle. Mais les journalistes demeurent sur leurs gardes. Et tout au plus, petit à petit, les critiques font-elles place à un silence gêné, alors que quelques semaines auparavant elles qualifiaient la France de « fille entretenue ». Si l'Amérique se méfie, c'est que les Américains se souviennent du bon mot de Churchill, disant que la plus lourde croix qu'il ait eu à porter pendant la guerre fut la croix de Lorraine...

Cherchant à retourner l'opinion publique à l'avantage du général de Gaulle, Romain Gary va jouer sa carte maîtresse. Une carte jusque-là gardée dans sa manche qu'il va abattre avec habileté sur le tapis du jeu politique. Robert G. Neumann est la cible idéale, se dit-il en préparant son coup. Ce juif autrichien, qui a acquis la nationalité américaine et s'est converti au catholicisme, est un membre influent du Parti républicain; il joue actuellement les

« consultants » pour le *State Secretary* à la Défense et il se dit qu'il murmure à l'oreille du vice-président, Richard Nixon ; bref, il écrit beaucoup, notamment dans le journal le plus important de la côte Ouest, apparaît souvent à la télévision et ne recule pas devant les conférences. Banco !, c'est l'homme de la situation.

« Odette, je pars à U.C.L.A., annonce-t-il à sa secrétaire en sortant du bureau.

— Pour faire votre footing ? lui demande-t-elle.

— Non, pour sauver la France ! »

Au volant de la Oldsmobile, Gary roule le long des vastes pelouses du campus universitaire, en aiguisant les arguments qu'il va dérouler devant son interlocuteur. Arrivé devant l'International Institute, il coupe le moteur. Neumann ne va pas être surpris de le voir arriver car cet universitaire est l'un des très rares Américains de Californie qui connaissent bien la France et les troubles qu'elle traverse. Il a bien fait de le prendre en main en le faisant inviter par le ministre résidant en Algérie et en lui remettant la Légion d'honneur l'an dernier, se félicite le diplomate en descendant de voiture.

« Le professeur Neumann n'est pas dans son bureau, indique-t-on à Romain Gary, mais vous pourrez le trouver dans l'amphithéâtre 1256 du Kaufman Hall, il va bientôt finir son cours. » Après avoir arpenté les longs couloirs du bâtiment, en s'interrogeant sur cette curieuse tradition américaine qui consiste à donner son nom à un building en échange de quelques milliers de dollars, le diplomate reconnaît l'accent autrichien de l'universitaire. Gary s'assoit au dernier rang et écoute l'exposé sur le panarabisme et la situation politique dans le monde arabe, que Neumann déroule devant les étudiants, avant d'être interrompu par la sonnerie annonçant la fin du cours.

« Ah, Romain, quel bon vent vous amène ?

— J'ai lu vos articles – pondérés dans le ton, impartiaux dans les faits –, je tenais à vous remercier.

— C'est plutôt moi qui dois vous remercier de m'avoir donné les moyens d'accomplir ce voyage. Rien ne vaut un déplacement sur le terrain. Et je dois bien dire que j'ai été surpris de constater à quel point la réalité était différente de l'image que l'on s'en fait en Amérique.

— Tant mieux si cela vous a été utile.

— D'ailleurs, j'ai promis d'établir un rapport spécial pour le vice-président Nixon, il faut que je m'y attelle, dit-il en glissant son cours dans sa serviette.

— Je suis venu vous parler de De Gaulle, l'interrompt Gary.

— Très bien. Vous avez déjeuné ? »

La Oldsmobile a traversé West Hollywood sur six *miles*, en contournant Beverly Hills par le nord, avant de déboucher sur Sunset Boulevard et de s'arrêter à la hauteur du numéro 8024. Durant le trajet d'une vingtaine de minutes, le consul général a livré ses premiers arguments à Neumann : l'âge du Général ? Soixante-sept ans, comme Eisenhower, dont le mandat à la Maison-Blanche court jusqu'en 1961. Le risque d'une dictature ? C'est oublier que de Gaulle est celui qui a incarné la résistance au nazisme. D'ailleurs, lui qui est attentif aux symboles, ni la main tendue ni les mots de sympathie du président des États-Unis n'ont dû lui échapper.

Le diplomate et l'universitaire sont à présent attablés au comptoir de chez Schwab's Drugstore et la discussion se poursuit avec ferveur. Le général de Gaulle s'est donné six mois pour rétablir la situation, développe Gary, que ce soit sur la question algérienne, sur le plan des réformes économiques ou sur la révision constitutionnelle qui doit donner plus de stabilité au gouvernement. La tâche ne sera pas facile mais il est dans l'intérêt de tous, Européens comme Américains, qu'il y parvienne, car s'il échoue l'alternative sera probablement une dictature de droite ou, plus probablement encore, une prise du pouvoir par les communistes. La discussion continue sur les atouts dont dispose la France pour redresser la barre et sur le libéralisme qu'incarne de Gaulle.

« Très bien, Romain, vous m'avez convaincu. Je pars à Washington, où je dois être entendu par la commission des Affaires étrangères de la Chambre des représentants, mais, dès mon retour, je vous promets que j'écrirai un papier sur votre de Gaulle. Je le proposerai pour l'édition de dimanche prochain du *Los Angeles Times*, qui tire à plus d'un million d'exemplaires, ce qui n'aura que plus de retentissement.

— Merci, Robert. Je vous raccompagne. »

*

À Outpost Drive, Romain Gary peine à croire ce qu'il lit dans la presse américaine. Penché sur les pages du *L.A. Times*, il retrouve dans le miroir américain le portrait de la France qui ne lui paraissait plus exister que dans les livres, songe-t-il alors. Sous le titre « Une tâche considérable attend de Gaulle », Neumann reprend les arguments du diplomate sur une pleine page. « Même les pires adversaires du Premier ministre de Gaulle devront admettre qu'il a mené les affaires du gouvernement avec une habileté consommée et la perfection d'un virtuose », attaque d'emblée l'universitaire, avant de poursuivre, dans un clin d'œil adressé à Gary : « Presque tout ce qui aurait pu être fait a été accompli en quelques jours et la croyance de ceux qui voient en de Gaulle l'unificateur et l'ouvrier des miracles peut désormais être fortifiée. »

« Au fond, écrit le diplomate dans son rapport rendant compte du retournement de la situation, pour l'essentiel, il ne nous est rien arrivé. Ce qu'il y a de plus frappant et de loin de plus remarquable dans tout cela, c'est que notre pays est brusquement traité avec respect et qu'il a suffi d'un simple arrêt de nos querelles intestines pour que le mot "France" retrouve tout son accent. La preuve est faite que nos divisions ont été pour nous, à l'étranger, une défaite quotidienne toujours recommencée, et que, en dehors de toute question d'opinion, de programme ou de conception de l'histoire, une France tout simplement assurée d'un gouvernement et d'une politique retrouve immédiatement cette attention et cette curiosité que le monde lui avait pendant si longtemps prêtées. »

*

À Paris, le pouvoir s'organise. Dans le gouvernement formé par le général de Gaulle, André Malraux reçoit le portefeuille de ministre délégué auprès du président du Conseil. Alors qu'il s'était publiquement opposé, quelques mois auparavant, à la saisie du livre d'Henri Alleg, *La Question*, Malraux souhaite dès son entrée au gouvernement constituer une commission d'écrivains pour enquêter sur les tortures dénoncées par Alleg. Ses condisciples ne sont pas séduits par l'idée. Malraux multiplie les coups de fil. Il pense à Romain Gary, qu'il appelle à Outpost Drive. La famille gaulliste a besoin de lui, lui dit-il, et de toute urgence. Mais face aux nombreuses réticences des gens de lettres, Malraux doit finalement renoncer à embarquer la littérature dans l'aventure politique.

Si Romain Gary a montré peu d'enthousiasme à l'idée de rejoindre, à Paris, les réseaux qui s'activent autour du général de Gaulle, c'est que son gaullisme est avant tout historique. C'est celui de la France libre. La politique, du reste, il s'en méfie profondément. L'écrivain garde un souvenir encore douloureux d'une précédente expérience avec Pierre Mendès France. Lorsque ce dernier avait été nommé à Matignon, s'il avait pu former quelques espoirs envers son ancien camarade d'escadrille, ils s'étaient rapidement envolés après que le président du Conseil l'avait fait longuement attendre dans une antichambre, avant de le recevoir brièvement, sans la chaleur humaine d'avant. Il est difficile d'être au sommet sans regarder de haut, s'était alors dit Gary, avant de se détourner définitivement de celui auquel il était pourtant lié par le sang versé.

Alors que l'expérience du pouvoir gaulliste ne le tente guère, à Los Angeles, Hollywood lui réserve encore quelques moments de grâce, comme cette cérémonie qui se déroule le soir du 11 juillet 1958 dans une maison cossue située sur les collines de Bel Air. « Au nom du président de la République et en vertu des pouvoirs qui nous sont conférés, dit-il à John Ford, nous vous faisons chevalier de la Légion d'honneur. » Après avoir épinglé l'insigne sur la poitrine du réalisateur des *Raisins de la colère*, Romain Gary lui donne l'accolade, devant une assemblée d'Indiens Peaux-Rouges.

Depuis le retour au pouvoir du général de Gaulle, le diplomate s'emploie à incarner la France gaullienne. Tandis que, durant cet été 1958, la ville de Los Angeles suffoque sous une chaleur caniculaire, le consul général demande à ses collaborateurs de donner du lustre à la cérémonie du 14 Juillet. Les secrétaires s'affairent à la tâche tout en prenant des douches au consulat pour ne pas s'évanouir.

Pour cette première fête nationale depuis que la France a relevé la tête, les jardins de l'Ambassador Hotel, sur Wilshire, sont tout désignés pour accueillir de manière fastueuse la colonie française à l'occasion du « Bastille Day ». Toutes les autorités, civiles et militaires, ont été invitées. Ainsi que les anciens combattants, les dirigeants des alliances françaises, etc., etc. « Invitez tout le monde », lui avait dit Gary lorsque Odette lui avait soumis des noms de personnalités. En échange d'une caisse de whisky, un orchestre de la Navy est mis à disposition par la base de Terminal Island. Le consul général, très digne, fait son entrée entouré d'une Miss habillée en Marianne et d'une autre déguisée en statue de la Liberté.

Rapidement l'émotion éprouvée par le compagnon de la Libération fait place à l'ardeur du diplomate dans la défense de son pays. Dès le lendemain de la fête, Romain Gary signale avec fermeté au Département les articles du correspondant à Paris du *Los Angeles Times*, Waldo Drake, qui « affirme que le président de Gaulle conduit la France à la dictature militaire, que la République est condamnée, et que le 14 Juillet, notamment, a été célébré à Paris dans une atmosphère déprimée et sinistre ». La sous-direction d'Amérique ne tarde pas à convoquer le journaliste. Après quoi, constate le diplomate depuis Los Angeles, ses articles sont plus mesurés, à l'instar de celui paru quelques semaines plus tard sous le titre « La solution à la révolte algérienne est proche ».

En cette fin juillet, Romain Gary reprend son souffle. Convié à Las Vegas à l'occasion de l'inauguration du Stardust, un nouveau complexe de casinos, il a demandé l'accord de l'ambassadeur de France à Washington avant de s'y rendre. « Allez-y, mais n'y allez pas trop », lui dit Hervé Alphand, alors que le diplomate justifie le déplacement par la présence de la troupe du Lido. « *We are happy and honored to have the consul general of France on this occasion* », annonce une voix dans le micro tandis qu'une poursuite lumineuse fixe le consul général au milieu des tables d'invités. Le jour même, il a dû rouler sur près de trois cents *miles*, entre le désert des Mojaves et la vallée de la Mort, avant de voir surgir au milieu de nulle part les lumières de Las Vegas. Fasciné par ce que l'homme a pu créer en plein désert, par l'apparition de cette ville de lumières en pleine nuit, il a eu l'impression d'arriver sur une autre planète. Après avoir tenu son rang pendant toute la soirée, le diplomate exténué retourne à sa chambre d'hôtel à 4 a.m. Si Romain Gary était un personnage de roman, aurait-il fait autre chose ? s'interroge-t-il, allongé sur le dos, en pensant aux superbes danseuses du Lido que l'écrivain aurait convoquées dans son lit. Ce soir-là, la littérature est bien loin, et le diplomate s'endort aussitôt en s'abandonnant à ses songes.

Un gaullisme sans ambition politique

En cet été 1958, dès que les bureaux de Outpost Drive sont fermés au public, Romain Gary descend dans le salon aux fourrures où, derrière les murs épais du consulat dont les fenêtres sont entrouvertes, il écrit dans le frais d'une légère brise. En l'espace de quelques mois, l'écrivain a mené deux manuscrits de front qu'il peaufine à présent.

Dès le mois d'avril, Gary avait mis un point final à son projet autobiographique, dont l'écriture avait été entreprise au Mexique, durant les fêtes de Noël 1957. À son retour à Los Angeles, l'écrivain avait été porté par un flux et avait écrit sans lutte pendant plusieurs mois. Car, s'était-il dit en achevant son premier jet, toutes les luttes avaient déjà été vécues. « Se rappelant que lui aussi mourra, développait alors la journaliste du *Times* qui l'interrogeait sur sa carrière littéraire, il a écrit sur lui avec transparence, guidé par un principe : ne jamais se soucier de ce que les gens pensent, seulement essayer de dire la vérité. » Mais Romain Gary n'est pas pressé et souhaite prendre son temps avant de publier. Ce manuscrit, qu'il considère comme le premier volume de ses Mémoires, est une véritable mise à nu, dans laquelle il dévoile son enfance pauvre en Europe de l'Est avant l'exil vers la France promise. De fait, lorsqu'il annonce à Claude et Gaston Gallimard qu'il va bientôt leur transmettre un manuscrit, qu'il nomme alors *La Possession du monde*, il ajoute aussitôt qu'il souhaite relire et corriger personnellement les premières épreuves de l'ouvrage. Tandis que son éditeur lui annonce que ce titre a déjà été pris par Georges Duhamel, l'écrivain griffonne de nouvelles idées dans son bureau de Outpost Drive : *Les Confessions de Big Sur* puis *La Course contre la vie*. Deux titres qui révèlent son ambition intime alors qu'il est depuis longtemps hanté par la figure de sa mère.

Le deuxième manuscrit qu'il vient d'achever, *Lady L.*, a été écrit en anglais. Romain Gary s'est inspiré de l'univers de Lesley, de sa chambre d'enfant dans la maison londonienne de ses parents, pour décrire la société victorienne. Lorsqu'en lisant ces pages, Lesley retrouve le moindre détail de son univers passé, elle est stupéfaite : « Comment diable avez-vous pu vous rappeler tout et le ressusciter ainsi ? » lui demande-t-elle. « L'immortaliser », répond-il, sans ciller. Au-delà de ce décor londonien, Gary met beaucoup de lui-même dans cette impossible histoire d'amour entre un anarchiste et une prostituée parisienne devenue duchesse anglaise. Lorsqu'il termine l'ouvrage, à l'été 1958, et qu'il envoie le manuscrit à son éditeur new-yorkais, Simon & Schuster, l'écrivain a également livré une réflexion sur l'actualité, car les attentats perpétrés à la fin du XIXe siècle par le courant nihiliste font écho à la violence politique exacerbée en Algérie.

Après avoir été, des mois durant, en lutte contre lui-même, jouant la comédie de la diplomatie et écrivant jusque tard dans la nuit, Romain Gary éprouve le besoin de se délier. Il part, seul, à Tahiti, où il va rester cinq semaines. Face à l'insularité, le contraste avec Hollywood est saisissant. Quand vient l'heure du retour, il trouve une excuse, à la dernière minute, pour ne pas rentrer immédiatement. Lorsque Hervé Alphand apprend que son consul général ne sera pas là pour l'accueillir parce qu'il est bloqué sur une île au milieu du Pacifique, sans moyen de transport, les invectives fusent. Souhaitant se rendre à Los Angeles pour un voyage privé, l'ambassadeur de France à Washington comptait sur Gary pour appréhender cette ville lointaine et pleine de mirages. À la descente de l'avion, il faut toute l'habileté de Lesley Blanch pour l'amadouer. Mais rapidement et avec tact, Lesley prend la situation en main en lui faisant visiter les studios et rencontrer des personnalités du cinéma. Tout ce qui, vu de Washington, constitue l'exotisme de la Californie du Sud contribue à faire retomber la tension. « *Is it the same Mme Alphand? Because she has a different chassis* », demande un invité à Odette lors de la réception donnée à Outpost Drive. Un an auparavant, à l'été 1957, après vingt-sept ans de mariage, Hervé Alphand a divorcé de son épouse et s'est remarié avec Nicole Merenda, qui a dix ans de moins que lui et qui vient de quitter le pionnier de l'aviation Étienne Bunau-Varilla de vingt-huit ans son aîné. À Washington, le couple Alphand apparaît dans toutes les chroniques mondaines. À L.A., l'ambassadeur ne pouvait qu'être séduit par Hollywood et par la beauté de Lauren Bacall.

Après un mois passé dans l'hémisphère Sud, si Romain Gary ressemble plus que jamais à Gauguin, ainsi que Lesley l'écrit dans ses correspondances, il n'empêche que le dépaysement ne sera que de courte durée. Dès son retour à L.A., le diplomate se fait sermonner par Hervé Alphand qui aurait voulu que son consul général l'accueille en personne. Gary demeure impassible face aux réprimandes. Car pendant cet été 1958, il n'a pas subi qu'une transformation physique. Il est décidé à rentrer en France, ce qui est le dessein que sa mère formait pour lui, et dont il est éloigné depuis trop de temps déjà. Il pense rejoindre Paris à la fin de l'année et y rester une année ou deux, avant de repartir à l'étranger. Pourquoi pas à Moscou ? Il s'imagine y vivre, alors qu'il vient d'accepter la proposition du producteur Raoul Lévy de réaliser sur l'U.R.S.S. un documentaire de long-métrage en couleurs et en CinémaScope.

C'est un fait, Romain Gary ne compte pas sur le retour du général de Gaulle pour se rapprocher du pouvoir. Tandis que son collègue Robert Luc, qui occupe le poste de San Francisco, se porte candidat aux élections législatives à Nancy sous l'étiquette des gaullistes de gauche, Gary ne tient absolument pas à faire partie du marigot politique. « J'écris à Malraux pour éviter les plans pour moi qui ignorent le fait que je suis sans ambition politique », annonce-t-il à Jacques Vimont, qui vient d'être nommé directeur général du personnel, avant d'ajouter : « Je suis beaucoup trop ambitieux pour cela. »

Il en a désormais la certitude, sa seule ambition passe par la littérature. Pendant l'été, la Metro-Goldwyn-Mayer a acheté les droits de *Lady L.* pour cent mille dollars en pensant à Audrey Hepburn pour le rôle-titre. Mais surtout, le 4 septembre 1958, Gary a écrit à Gallimard : « J'ai relu le manuscrit attentivement et j'ai enfin trouvé un titre. Voulez-vous me dire si, à votre connaissance, il est libre ou si là encore, c'est bouché : "LA PROMESSE DE L'AUBE". » Le romancier souhaite une réponse rapide, afin de donner du sens à ces mots, en les glissant dans le roman. Il lui faudra encore plusieurs semaines de corrections avant d'adresser son texte à son éditeur. L'écrivain souhaite prendre son temps avant de publier, lui rappelle-t-il, et n'envisage une parution qu'au printemps 1959.

*

Alors que la nécessité d'expliquer les thèses françaises au public américain apparaît de nouveau très pressante, le diplomate reprend du service à la fin de l'été 1958. Dès la rentrée, il donne des conférences, se rend dans les médias, est interviewé à la télévision. Tandis que le samedi 27 septembre, Outpost Drive se transforme, de 12 a.m. à 7 p.m., en bureau de vote pour la colonie française de la Californie du Sud, tous les regards sont tournés vers la France. C'est le premier test démocratique pour le général de Gaulle, qui fera commettre une entorse à la neutralité que doit observer le diplomate. Lorsque le compagnon de la Libération et militant de gauche Claude Bourdet fait une tournée de conférences aux États-Unis au cours de laquelle il soutient que la majorité gaulliste à l'Assemblée nationale aura pour ligne directrice « le fascisme par la loi », Romain Gary refuse tout net de le recevoir au consulat.

Le 28 septembre, les Français ratifient la Constitution de la Ve République à près de quatre-vingts pour cent.

Le lendemain du référendum, le consul général est invité dans le talk-show *Small World* que suivent en *prime time* plusieurs dizaines de millions de téléspectateurs. Avant de rejoindre les locaux de C.B.S., il s'est arrêté chez Druckers, sur Wilshire Boulevard, où la coiffure est toute une cérémonie. Puis à son arrivée aux studios de télévision, il a été pris en main par de nombreux techniciens qui s'agitent autour de l'invité pour préparer son image. « Pourquoi trois ? demande-t-il, en toute connaissance de cause.

— Un maquilleur pour le visage, un pour le corps et un pour les mains », répond-on au diplomate tandis qu'il affiche un sourire de satisfaction. Comme chaque fois, Romain Gary adore passer à la télévision. Il aime ce côté théâtral lorsqu'on le prépare, dans une loge, avant son entrée en scène. Et les producteurs raffolent de ce diplomate français qui parle un parfait anglais, trahi par un léger accent slave qui séduit tant de femmes, et dont l'image devant les caméras est si télégénique.

À 3 p.m. précises, Romain Gary est en duplex depuis Los Angeles. Pendant quarante-cinq minutes, il va débattre face aux journalistes Edward R. Murrow, à New York, et Malcolm Muggeridge, à Londres, pour expliquer les intentions du général de Gaulle vis-à-vis de la politique française et des « événements d'Algérie ». À l'issue de l'enregistrement, le diplomate regagne Outpost Drive et demande à l'employée de maison de lui apporter à manger car il n'a pas eu le temps de déjeuner. Pendant qu'il avale un steak, Jack Beck, le *vice president of News* de C.B.S., appelle au consulat.

« J'ai parlé assez longuement avec mes associés à New York. Dire qu'ils sont enthousiastes est un euphémisme.

Votre interview est, de loin, notre meilleur travail à ce jour et c'est grâce à vous.

— Merci, Jack, vous savez que l'on est d'autant plus convaincant que l'on croit ce qu'on dit.

— Je connais votre *pedigree*, Romain. Il n'y a pas un plus grand fan du général de Gaulle sur toute la côte Ouest. Quoi qu'il en soit, mes associés aimeraient vous rencontrer à l'occasion de votre prochaine venue à New York.

— Je ne manquerai pas de leur faire part de mon prochain déplacement.

— Parfait, Romain. Je voulais aussi vous demander un service. Mes associés aimeraient inviter votre ministre de l'Information pour un prochain plateau.

— Jacques Soustelle ?Mais il est à Paris.

— Je sais mais notre chaîne bat des records d'audience...

— Écoutez, je vais voir cela avec le service de presse de notre ambassade.

— Merci, Romain. Et si le ministre ne vient pas, nous serions très heureux de vous accueillir de nouveau. Qui sait ? Peut-être êtes-vous destiné à devenir la prochaine star de la télévision américaine ?

— Je ne sais pas s'il faut vous le souhaiter, Jack.

— Nous verrons, nous verrons... Encore une fois, merci pour votre aide. En tant qu'ami, je suis heureux que tant de gens aient la chance de découvrir le Gary que j'admire. »

Sitôt le combiné raccroché, Romain Gary coupe une large tranche de steak qu'il engloutit aussitôt. Mais le morceau de viande ne passe pas. Il reste bloqué dans sa gorge. Les yeux exorbités, Gary se lève, atteint la porte de son bureau, a le temps d'appeler Odette en poussant un cri étouffé et tombe aussitôt, inconscient, dans le couloir.

À Outpost Drive, c'est la panique. Lorsque l'ambulance arrive, le consul général est inanimé, le visage bleu. On cherche partout Lesley Blanch, en vain. Après lui avoir prodigué les premiers secours, on transporte le diplomate en direction de l'hôpital. Dans l'ambulance qui traverse les collines de Hollywood toutes sirènes hurlantes, Odette répond tant bien que mal aux questions qui lui sont posées : son âge, son poids, sa taille ; a-t-il des problèmes de santé ? des antécédents familiaux ? est-il marié ? quel âge a son épouse ? Sitôt arrivé à la faculté de médecine de U.C.L.A., Gary est ausculté par un médecin. Quinze minutes plus tard, tandis qu'il vient de retrouver ses esprits, il lance à Odette : « Sortez-moi d'ici. »

Dès le lendemain, l'accident devient un fait divers relayé par les journaux de Los Angeles. Lesley Blanch, furieuse, appelle Odette. « Non mais ça ne va pas ! Vous faites de moi sa grand-mère ! » lui lance-t-elle après que les journalistes lui ont donné soixante ans, au lieu de cinquante-quatre. Odette se souvenait qu'elle avait une dizaine d'années de plus que Gary mais, dans la précipitation, s'excuse-t-elle, elle lui en a donné davantage. Alors qu'elle se fait réprimander par Lesley, elle pense en elle-même : « Ma vieille, si tu avais été là, je n'aurais pas été obligée de m'occuper de tout cela... »

*

En ce mercredi 15 octobre 1958, Romain Gary s'apprête à rejoindre New York où, le soir même, sera projetée la première de *The Roots of Heaven*. Dans le « Mercury », il appréhende ce que va donner le film réalisé par John Huston et, face à cette angoisse grandissante, pour ne pas voir passer les cinq heures de vol, il se plonge dans la lecture de la presse. En ouvrant le *Times*, il tombe aussitôt sur l'interview de Zanuck accordée pour la sortie du film : « Si le public accroche à l'histoire d'un homme amoureux d'un pont, pourquoi n'accrocherait-il pas à celle d'un homme amoureux des éléphants ? » déclare-t-il au journaliste, en référence au *Pont de la rivière Kwaï* quc Columbia Pictures a produit un an auparavant. « Quel con ! » se dit Gary alors qu'à la lecture de ces mots son anxiété ne cesse de croître.

The Roots of Heaven est pourtant le film que tout le monde attend. À la fin du mois d'août, au cours d'un voyage en Afrique, le général de Gaulle a ouvert la voie à la décolonisation en proposant la création d'une Communauté d'États indépendants. Dès lors, le thème du roman apparaît plus que jamais d'actualité. Trois semaines avant la sortie du film, la population du Tchad s'est prononcée en faveur de l'indépendance. Les mouvements indépendantistes ont eu raison de la présence coloniale française. Encore une fois, l'écrivain a vu juste. Mais, à présent, il cherche à chasser ces images de son esprit et songe plutôt à celles de sa vie new-yorkaise, entre 1952 et 1954, lorsqu'il débutait à peine le manuscrit des *Racines du ciel*... avant de s'assoupir.

À son arrivée devant le RKO Palace de Broadway, Romain Gary découvre le tumulte et l'effervescence des soirs de première. Sur l'affiche hollywoodienne du film, un bandeau annonce la couleur : « Tourné là où aucune caméra n'a jamais pénétré ! L'aventure gigantesque qui a besoin de toute l'immensité de l'écran pour la contenir ! »

Puis, dans le bas de l'affiche, des cartouches décrivent ce qui n'a « jamais été vu » : « Des danseurs exotiques représentant des rites interdits ! », « Le mystère éternel de la terre Mbassi en Afrique, point de non-retour ! » ou encore : « Le troupeau d'éléphants le plus gigantesque jamais rassemblé ». À la vue de ces slogans, Gary constate, le regard triste, que les publicitaires des studios s'en sont donné à cœur joie, mais, admet-il avec ironie, au moins sa cause sera entendue : « Morel peut être fier ! » Devant le cinéma, l'écrivain est alpagué par les groupies venues apercevoir les stars hollywoodiennes et signe quelques autographes avant de monter les marches et d'entrer dans la salle de projection.

En regardant autour de lui, Romain Gary constate que le Tout-Hollywood a fait le déplacement jusqu'à New York pour l'événement. Il salue les deux vedettes, Juliette Gréco et Trevor Howard, le producteur, Daryl Zanuck, ainsi que son collègue Jacques Baeyens, qui assure pour quelques semaines encore les fonctions de consul général de France à New York. Gary aperçoit Huston avant que le noir ne se fasse et que les projecteurs n'illuminent le ciel frappé des lettres « 20th Century Fox » dans un mythique roulement de tambour.

Dès le début de la projection, l'écrivain fulmine contre le réalisateur, assis à quelques mètres de lui. Il n'avait pas voulu le croire mais, pendant le tournage, désertant le plateau pour abattre des éléphants, John Huston s'était bel et bien adonné à sa grande passion : la chasse. Visionnant le film, Gary en a la confirmation. « Comment Huston peut-il avoir mis du cœur à filmer des animaux sauvages alors qu'il ne voit en eux que de vulgaires trophées ? » se lamente-t-il en serrant les poings. Devant les journalistes, il va devoir contenir sa colère.

À mesure que les bobines tournent, l'écrivain ne retrouve pas l'âme de son roman. Ni dans ses yeux, ni dans sa peau, ni dans ses nerfs. Il comprend que John Huston a écrit lui-même le scénario à mesure qu'il tournait le film. « Quatre millions de dollars pour ça ! Pour filmer les paysages d'Afrique et les couper au montage. Quel génie ! » se dit-il pendant la projection. Au bout de cent vingt et une interminables minutes, le rideau tombe et l'écrivain, profondément déçu, fixe du regard l'issue de secours en se disant que le film est complètement raté.

★

En sortant de Broadway, le baron Jacques Baeyens – qui se fait appeler James aux États-Unis – prend la direction du 934 Fifth Avenue. Il est tard mais il tient à mettre par écrit ce à quoi il vient d'assister sur grand écran. Dans quelques jours, ce sera trop tard, il sera rentré à Paris, où il aura pris ses fonctions de sous-directeur d'Amérique au Quai d'Orsay en succédant à Jacques Vimont. Après avoir pénétré dans son bureau, situé au deuxième étage de ce bel hôtel particulier de Manhattan, le consul général se met aussitôt au travail.

« Le film adapté » – est-il inspiré ou seulement adapté ?, il ne sait pas puisqu'il n'a pas lu le livre – « optons pour le bénéfice du doute », convient-il, ajoutant un point d'interrogation après adapté – « le film adapté (?) du roman de Romain Gary intitulé *Les Racines du ciel* a été présenté ce soir à New York devant une salle comble qui comprenait toutes les notabilités de la ville –, là encore, soyons prudent, ne discutons pas des choix artistiques, relevons seulement leur caractère, disons... antifrançais. – Il n'entre pas dans mes attributions de juger la valeur artistique de ce film mais je dois signaler que l'administration française des territoires d'outre-mer y est présentée sous un jour toujours fâcheux et parfois ridicule. – Voilà, fâcheux et ridicule, chacun comprendra. Maintenant, comment résumer les charges ? – C'est la ville de Fort-Lamy qui a été choisie comme centre de la région où se déroule l'action. Le gouverneur est un pauvre homme vieilli et semi-gâteux qui fuit toutes ses responsabilités : ses subordonnés sont autant de pantins timorés ; enfin, le fait que des bandes armées puissent circuler librement dans tout le pays et s'y livrer à des actes caractérisés de guérilla donne à penser aux Américains que la plus belle anarchie règne dans l'Afrique noire française. – Bien vu, James, rattacher cela à l'opinion publique américaine. Et pour conclure, faire le lien avec la récente consultation sur l'indépendance du Tchad. – Je dois avouer que si j'avais été un indigène de Fort-Lamy appelé à participer au récent référendum, après avoir assisté à cette projection, je n'aurais pas hésité à voter "non" plutôt que de rester attaché à une communauté dotée d'une administration aussi lamentable./. Signé : Baeyens. »

Alors qu'il vient de terminer sa dépêche et s'apprête à l'envoyer à l'ambassadeur Alphand, à Washington, il décide d'en adresser une copie à l'administration centrale. Par avion, se dit-il, cela arrivera plus vite. Le secrétaire général du ministère, Louis Joxe, doit être informé au plus vite, ainsi que le ministre des Affaires étrangères, Maurice Couve de

Murville. Et, tant qu'à faire, autant inclure la sous-direction d'Amérique, la sous-direction d'Afrique et la direction des Relations culturelles, comme ça l'information circulera plus rapidement à Paris.

Avant d'éteindre la lumière, Baeyens goûte encore un peu à l'atmosphère des lieux, avec le sentiment du devoir accompli.

*

Dès son retour de New York, à peine Romain Gary a-t-il accroché sa veste au portemanteau qu'Odette entre sans frapper dans son bureau. Matignon a appelé trois fois sur la ligne sécurisée. Une communication de la plus haute importance. « Quelle heure est-il à Paris ? 9 p.m. ? Rappelez-les tout de suite. »

« Monsieur le consul général ?

— Lui-même, bonjour Madame.

— Bonjour, ici le secrétariat du directeur de cabinet du président du Conseil. Je peux vous passer M. Pompidou ?

— Oui, bien entendu, merci à vous.

— Allô, Romain ? Ici Georges, comment allez-vous, mon cher ?

— Très bien, Georges, je reviens de New York où...

— Ah, vous êtes toujours en vadrouille, vous, les diplomates, c'est vrai.

— Et vous, comment vont les affaires à Paris ?

— Vous n'imaginez pas la masse de travail à laquelle nous faisons face, c'est à se demander qui était aux affaires ces dix dernières années...

— Je suis cela au jour le jour, depuis Los Angeles. Que puis-je faire pour vous ?

— Eh bien, nous-mêmes, nous suivons avec beaucoup d'attention ce qui se passe outre-Atlantique. L'attitude de nos alliés américains est de la plus haute importance, à l'approche des levées de fonds que nous devons faire auprès des institutions internationales.

— La tâche n'est pas aisée, les Américains sont à présent bienveillants envers le Général, mais ils veillent avant tout sur leurs propres intérêts.

— Oui, et la bataille se joue dans l'opinion. Nous en avons discuté avec Malraux et il est du même avis que moi. Il nous faut mener une opération de grande ampleur auprès du public américain. Et nous avons pensé à vous.

— À moi ?

— Vous êtes le plus talentueux et le meilleur propagandiste que nous ayons. Et le seul qui sache parler aux médias. Vous pourriez signer un grand reportage sur le Général : son parcours, ses convictions, ce qu'il met en œuvre. Bref, un portrait du Général.

— Je vois. Décrire de Gaulle, non seulement en général, mais également en président du Conseil.

— Si vous voulez, oui. Le service de presse de Matignon est déjà en contact avec la rédaction de *Life Magazine* pour arranger cela. Le Général est d'accord, naturellement, à condition que ce soit vous.

— Très bien, je m'y emploie sur-le-champ.

— Merci, Romain. Vous avez carte blanche. »

Ayant vu s'éteindre le voyant lumineux, Odette passe une tête dans l'entrebâillement de la porte. « Rien de grave, j'espère ?

— Non, rien de grave », lui répond Gary, avant d'ajouter : « Je pars à Paris, réservez-moi un billet sur la prochaine liaison transatlantique. Et à mes frais. »

*

Lorsqu'en cet automne 1958 Romain Gary arrive en France, l'atmosphère est électrique. Les élections législatives doivent se tenir les 23 et 30 novembre tandis que Michel Debré conduit la liste des candidats gaullistes. Lors de son séjour, Gary retrouve d'anciens compagnons, comme Georges Pompidou et André Malraux, tous deux au service du Général. Auprès d'eux, il recueille des anecdotes sur les premiers mois du gaullisme de gouvernement, sur le ton des confidences faites à la sortie du Conseil des ministres. Mais l'écrivain n'apprécie guère l'ambiance des cabinets. Il n'a jamais recherché la proximité du pouvoir. Tant et si bien que lorsqu'il s'attelle à la rédaction de l'article, Gary plonge surtout dans ses souvenirs pour restituer au plus près la personnalité du Général. Il se souvient de ce que racontait son frère aîné, Xavier de Gaulle, alors consul général à Genève, lorsqu'il était invité à la table de l'ambassadeur de France à Berne, Henri Hoppenot. Il décrivait la construction du personnage Charles de Gaulle qui, dès l'enfance, voulait se faire appeler « Charles de France » et côtoyait les grands noms de l'Histoire plus que sa propre fratrie. C'est ce portrait que l'écrivain retient, décrivant un personnage qu'il qualifie de « chevalier du Moyen Âge ». Face au mystère qui entoure de Gaulle, Gary revient sur son itinéraire de la IIIe à la IVe République en passant par la Seconde Guerre mondiale. Il décrit le Général comme

« un homme d'État du milieu du XXe siècle, profondément imprégné de la tradition occidentale libérale et humaniste ». Et s'attache à définir la grandeur gaullienne comme une grandeur spirituelle, qui « exclut toute idée d'impérialisme, de colonialisme et de fascisme ; elle ne peut pas non plus cautionner les injustices sociales ni les discriminations raciales ».

*

Pendant que Romain Gary est à Paris pour *Life*, son adjoint assure à Outpost Drive l'intérim du poste. Le consul général n'est certes pas en vacances, mais puisqu'il n'est pas là, il faut bien un patron, soutient Pujot, qui a fait cela dans les règles de l'art : avant son départ, il a préparé tous les procès-verbaux prévus par les instructions pour la passation de la comptabilité, des registres d'état civil, etc., et comme à son habitude avec les tracasseries administratives, Gary les a signés les yeux fermés. Lorsque les documents parviennent au Quai d'Orsay, Jacques Vimont, le directeur général du personnel décroche son téléphone et appelle directement l'ambassade à Washington. Non seulement Romain Gary a payé lui-même son billet mais en plus son adjoint veut faire opérer une retenue sur son traitement, alors que son voyage touche de si près à un motif de service ? « Dites à Pujot d'oublier pour une fois les instructions réglementaires et de considérer que Gary est présent à son poste », dit-il dans le combiné. Face à la rancune tenace de son adjoint, Gary tranchera lui-même à son retour : sur les deux mille dollars que *Life* lui paiera au titre de ses droits d'auteur, il demandera à l'administration de dédommager Pujot et de verser le reste aux œuvres de charité de la France libre.

*

Le 8 décembre 1958, *Life Magazine* publie le grand reportage sous le titre « *De Gaulle, the man who stayed lonely to save France* ». Dans son bureau de Washington, l'ambassadeur Hervé Alphand feuillette le magazine sur papier glacé et constate combien, du point de vue des *public relations*, l'article signé par l'écrivain fait entendre la cause de la France. Sur neuf pages, le texte est illustré de photos mettant en scène le Général, dans une esthétique très hollywoodienne : le chef de la France libre passant en revue ses troupes durant la Seconde Guerre mondiale ; de Gaulle seul face à la Méditerranée ; une vue aérienne de son jardin à Colombey-les-Deux-Églises durant sa traversée du désert ; de Gaulle en costume croisé à la sortie de sa conférence de presse pendant la crise de mai ; la foule en liesse l'accueillant à Alger ; le Général présentant sa réforme constitutionnelle place de la République...

Une page en couleurs dans *Life* coûte quarante-six mille dollars, croit savoir Alphand. Après un bref calcul, cet article aurait pu coûter plus de quatre cent mille dollars au gouvernement français si l'ambassade avait acheté ces encarts publicitaires, se dit-il. Et là, il marque d'autant plus les esprits qu'il est le fait d'un écrivain, non d'un diplomate. L'ambassadeur doit bien le reconnaître, ce ne sont pas les quelques milliers d'exemplaires de la Constitution de la Ve République que son service de presse a fait imprimer en anglais qui auront eu une telle vertu pédagogique.

Du parapheur qu'il a sous les yeux, Alphand extrait la feuille de notation de son consul général, sur laquelle il inscrit aussitôt à la plume : « La culture et le talent de M. Romain Gary, ses grands succès littéraires l'ont rendu populaire dans toute l'Amérique. Il a su, par ses conférences, à la radio et à la télévision, imposer de façon convaincante la cause française. Il n'est pas douteux que le prestige dont il jouit à Los Angeles sert bien les intérêts de sa mission et de notre pays. » Après tout, se dit-il, ce n'est pas si courant d'avoir un consul général qui obtient le prix Goncourt pendant qu'il est en poste et dont les films sont tournés dans le même temps. Note chiffrée : dix-huit sur vingt.

TROISIÈME PARTIE

Une fusée dans le ciel

En ce mois de décembre 1958, Romain Gary déjeune chez Romanoff, sur Rodeo Drive. Avec Orson Welles, son invité, ils parlent de l'adaptation de *The Roots of Heaven*, lorsque soudain une personne s'avance et les interrompt : « *Mr Gary, how are you? I am Mike Romanoff. It's a pleasure to meet you.* » L'homme qui a vu Romain Gary à la télévision n'est autre que cette icône de Hollywood qui prétend être descendant du tsar et qui n'est pas plus prince qu'*anybody*, tout le monde le sait à Los Angeles. Ce qui est notable ce jour-là, c'est qu'il ne s'adresse pas au colosse mondialement connu assis à sa table mais à l'écrivain-diplomate, réputé proche du général de Gaulle, dont les livres sont alors dans toutes les librairies, de part et d'autre de l'Atlantique.

À son retour à Outpost Drive, Gary interrompt Odette, qui est en train de taper une dépêche :

« Vous n'êtes toujours pas impressionnée?

— Toujours pas, lui répond-elle en riant.

— Vous savez, Odette, un jour lorsque je ne serai plus consul général, vous vous direz : c'est incroyable, j'ai travaillé pour lui. »

*

Regardant, assis derrière son bureau, la une du *Time* qui vient de sacrer de Gaulle *man of the year*, Romain Gary se dit que l'année 1958 a bouleversé bien des choses. Un an auparavant, la France aurait pu basculer dans le camp des ultras ou dans celui des communistes, si le général de Gaulle n'était pas revenu au pouvoir. Au cours des derniers mois, la charge de travail du diplomate a été particulièrement intense pour expliquer le gaullisme de gouvernement. Après l'adoption de la Constitution de la Ve République, qui a complètement redessiné l'équilibre des pouvoirs ; les élections législatives de fin novembre, qui ont vu une victoire relative des gaullistes de l'U.N.R. à l'Assemblée nationale et l'effondrement du P.C.F. ; et l'élection présidentielle du 21 décembre, qui a mobilisé un collège de quatre-vingt mille grands électeurs ; le général de Gaulle est désormais le président de la République française.

Pour autant, le diplomate ne compte pas sur le retour du Général pour se voir confier de plus grandes responsabilités. À Henri Hoppenot, il écrit le 29 décembre 1958 : « J'espère que vous ne vous étonnez pas de mon silence. J'ai pour principe de couper immédiatement tout rapport avec les personnalités qui deviennent trop éminentes politiquement, afin de ne pas leur donner l'impression que je recherche les faveurs des grands de ce monde. [...] À part ça, je poursuis avec ferveur une Carrière dont j'attends tout, comme vous le savez. » Puis le 13 janvier 1959, dans une référence à Saint-John Perse, il admet auprès d'Hoppenot qu'il n'a « aucune envie de la direction de la Presse, ni d'aucune autre direction. Votre serviteur a dépassé la Carrière, écrit-il, un peu comme, selon vos propos, Leger a dépassé la littérature. »

En effet, la carte de vœux dessinée par Lesley pour la nouvelle année 1959 représente Romain sous les traits d'une fusée qui brille dans le ciel hollywoodien, auréolée de trois bandeaux : *Les Racines du ciel*, *Lady L.* et *La Promesse de l'aube*. À ses côtés, son épouse s'accroche à son aile pour le suivre sur sa lancée.

Début janvier, *The Roots of Heaven* est à l'affiche des onze Fox West Coast Theaters et des huit Pacific Drive-in que compte Los Angeles. De *downtown* à la côte Pacifique, il est impossible d'échapper à la superproduction hollywoodienne. Le public est au rendez-vous et ce que Romain Gary redoutait ne s'est pas produit : si le film est un peu malmené, il n'est pas étrillé par la critique. Certes, au sujet du casting, le *Los Angeles Times* estime que Huston a recueilli tous les excentriques que compte Hollywood ; mais après tout, se demande Gary, n'est-ce pas le cas de Morel ? Surtout, au sujet de la réalisation elle-même, le critique Philip K. Scheuer se montre indulgent : « John Huston a peut-être mordu plus qu'il ne pouvait mâcher dans *The Roots of Heaven* mais cela permet une mastication réfléchie. Il y a maintenant une tendance à raconter des histoires centrées sur un individu, se consacrant à une cause idéaliste et ne reculant devant rien pour la faire triompher. Peut-être est-ce un signe des temps, une révolte contre le conformisme, peut-être est-ce aussi, plus simplement, le résultat de la recherche par l'écrivain ou le cinéaste du différent ou du décalé. » Dans le même temps, au moment de la sortie du film, l'éditeur Simon & Schuster réalise un coup commercial en publiant le livre au format poche. Après avoir été un best-seller dès sa parution au printemps 1958, le roman se vend désormais dans toutes les librairies au prix de cinquante *cents*. Seulement deux ans auparavant, à l'annonce de sa nomination à L.A., le libraire Joseph Plauzoles, ayant découvert que le nouveau consul général était aussi écrivain, avait dû faire venir les exemplaires d'*Éducation européenne* depuis la France pour achalander sa boutique de Pelham Avenue, à West Los Angeles.

En ce début d'année, un autre Gary apparaît sur les rayonnages de toutes les librairies américaines : *Lady L.*, son premier roman écrit en anglais, dont Lesley a dessiné la couverture et qui lui est dédié. D'emblée, les critiques y lisent l'influence de Pouchkine. Dans le *Times* du 2 janvier 1959, le chroniqueur littéraire Robert R. Kirsch s'enthousiasme pour le livre : « *Lady L.* marque un changement de rythme par rapport à son dernier roman, cet excellent écrivain parvient à poursuivre un thème qui intrigue d'une manière pleine d'esprit et concise. » Pour la première fois depuis trois ans, la presse ne présente plus Romain Gary comme le consul général de France à Los Angeles mais comme un « auteur résidant en Californie du Sud ». L'écrivain a dépassé le diplomate. Son roman est dans toutes les librairies non seulement de Los Angeles mais partout aux États-Unis. Le 18 janvier, le présentateur vedette Ed Murrow invite de nouveau Romain Gary dans son émission *Small World* pour parler de *Lady L.* Dans les semaines qui suivent, le roman figure dans le classement des best-sellers aux côtés de *Lolita* de Nabokov. Alors que, du côté des studios, la 20th Century Fox a commencé à travailler sur l'adaptation des *Couleurs du jour*, Romain Gary sera à tous égards l'écrivain de l'année 1959.

L'année qui vient de s'écouler a été vouée avant tout à l'écriture de *La Promesse de l'aube*. « J'ai fini la première correction des épreuves et je me rends brusquement compte que je suis peut-être à deux doigts de laisser derrière moi une marque indélébile », écrit Romain Gary à son éditeur Claude Gallimard le 8 décembre 1958. « Il manque peu de chose, poursuit-il : une ligne générale plus nette entre le voulu et le vécu, un contraste plus souligné entre la dimension de l'âme et celle des mains, et l'humour l'emporte un peu trop sur la poésie, qui est pour moi – la poésie – la seule façon possible de transcender notre condition, et la seule philosophie. Je suis donc à vous dire que je ne considère pas l'ouvrage comme entièrement terminé et je vais passer dessus encore de nombreuses semaines, peut-être des mois. Après, il faudra refaire les placards, pour que je puisse juger le dessin clairement avant d'aborder le marbre. » L'écrivain n'aura besoin, en fin de compte, que de quelques semaines pour achever l'ouvrage car le 13 janvier 1959 Romain Gary annonce à son « cher patron », Henri Hoppenot, qu'il vient de corriger les épreuves de son « chef-d'œuvre » et de les adresser à son éditeur. Tandis que la parution du livre est prévue au printemps 1959, le diplomate pense quitter son poste à cet horizon afin de participer, plus librement et plus pleinement, à la construction de sa légende.

*

« Quel Romain vais-je retrouver ce matin ? » se demande Lesley, chaque jour, à mesure que l'écrivain s'épuise à la tâche. « Celui détesté ou celui passionnément aimé ? » Pour s'échapper de ce quotidien difficile à vivre, l'épouse de Gary parachève, de son côté, le manuscrit auquel elle travaille avec acharnement depuis 1955. Dans de rares moments de distraction, elle apprend la guitare ou joue avec ses chats. Mais comme toutes ses pensées s'envolent vers le Caucase et le Moyen-Orient, la littérature occulte la solitude qu'elle éprouve à Outpost Drive, celle d'une épouse de diplomate qui a connu onze déménagements en quinze ans et, chaque fois, une vie sans cesse recommencée. Le personnel du consulat sait que Lesley travaille de longues heures durant à son manuscrit lorsque émerge jusqu'à leurs bureaux le murmure d'une musique orientale. Dans cette vie d'ascèse et d'écriture, son réconfort vient du *cheesecake* que lui confectionne, chaque après-midi, Katoucha – l'employée russe qu'elle a recrutée pour s'occuper de la maison –, que les agents du consulat refusent de manger, au risque de se voir demander des services par la suite.

*

En ces premiers jours de l'année 1959, une tension plane dans l'air à Outpost Drive. Tous les agents du consulat sont réunis dans la chancellerie où ils écoutent, à la radio, le cours du Dow Jones. À Paris, le général de Gaulle vient d'annoncer un nouveau franc, résultant d'une énième dévaluation de la monnaie nationale. « La septième depuis la Libération ! » se plaint Jean Dimanchin. Les employés du consulat, qui sont payés en francs, ne savent pas combien ils vont toucher en dollars à la fin du mois, avec les taux de chancellerie qui changent constamment. « C'est à la hausse ou à la baisse ? » demande l'archiviste qui se souvient avoir déjà perdu un cinquième de son salaire en 1957. Écoutant les nouvelles de la Bourse, tous retiennent leur souffle.

Ayant à peine prêté attention à l'agitation qui règne dans la chancellerie, Romain Gary, qui vient de nouer sa cravate et d'endosser sa veste, se dirige vers le placard où sont rangées ses chaussures. « *Don't go there, she is having babies !* » crie Lesley en accourant vers lui. Sa chatte Norman est en train de mettre bas dans le placard. « Vous n'allez pas la déranger au moment le plus important de sa vie ? » lui dit-elle, d'un air offensif. Gary, en chaussettes, parcourt le couloir en long, en large et en travers. « C'est quand même le comble, peste-t-il, le représentant du gouvernement français qui ne peut pas aller à sa conférence parce qu'une chatte est en train d'avoir des petits ! »

Ce jour-là, Romain Gary est l'invité d'honneur du prestigieux Town Hall de Los Angeles. Le diplomate doit s'exprimer autour d'un déjeuner de travail, au Biltmore Hotel, sur le thème : « *Colonialism – past, present and future* ». Le sujet paraît éculé : hormis au Congo belge et dans les territoires portugais, les puissances coloniales ont quitté l'Afrique. Mais en ce début d'année, tous les billets ont été vendus et le déjeuner va se tenir à guichets fermés. « Odette, dit-il à sa secrétaire, appelez le Biltmore pour dire que je serai en retard. »

En demandant le « *Madison 8-8141* », elle s'interroge sur le prétexte qu'elle va bien pouvoir trouver pour faire patienter l'élite de la ville. Car Town Hall réunit bel et bien tous les hommes d'affaires, universitaires, industriels et fonctionnaires qui comptent en Californie du Sud. Y être invité n'est pas donné à tous les consuls généraux, se dit-elle, de mémoire, son prédécesseur n'y est jamais allé.

Au volant de la Oldsmobile, Romain Gary roule en direction de Downtown L.A. et accélère dès qu'il le peut pour rattraper son retard. En pénétrant dans les salons d'honneur du Biltmore, il remarque d'emblée que l'assemblée est mixte. D'ordinaire, les réunions du Town Hall sont masculines sauf... sauf lorsque la réunion est de grande importance, constate le diplomate, qui est aussitôt invité à prendre la parole.

Au bout de quelques minutes, les membres du club applaudissent à tout rompre. Le président de l'association remercie l'orateur de sa prestation « extrêmement intéressante » et ajoute : « Nous sommes tellement enclins à céder aux idées reçues sur ce sujet que la nouvelle perspective que vous avez ouverte est des plus utiles. » Puis il annonce l'orateur de la semaine suivante, le maire de L.A., Norris Poulson, qui s'exprimera sur le thème « *The city of Los Angeles : goals for 1959* ».

Lors du déjeuner qui s'ensuit, Romain Gary recueille auprès des invités des informations qui se révéleront extrêmement intéressantes pour le Quai d'Orsay. Car parmi les membres présents figurent quelques industriels californiens qui sont aussi certains des principaux donateurs du Parti républicain. Et à ce titre, ces mêmes industriels sont régulièrement consultés par le vice-président des États-Unis, Richard Nixon, qui a été sénateur de la Californie entre 1950 et 1953 et dont l'ascension a été soutenue par la famille Chandler, propriétaire du *Los Angeles Times*.

L'un d'eux revient justement de Washington, où il a rencontré Nixon, qui lui a rendu compte de son entretien avec le vice-premier ministre de l'U.R.S.S., Anastase Mikoyan. Sans préjuger que ces informations puissent nuire aux intérêts américains, son voisin de table raconte au diplomate leurs discussions, en pleine guerre froide, au sujet de la crise de Berlin.

À son retour à Outpost Drive, et alors que sa masseuse s'affaire sur ses lombaires, Romain Gary fait appeler Odette. Étendu sur la table de massage, il lui dicte une dépêche avec une mémoire d'appareil enregistreur. Après avoir exposé le contexte et rapporté la nature des propos, le diplomate narre, avec précision, l'échange entre les représentants des deux grandes puissances : « M. Nixon a immédiatement déclaré à M. Mikoyan qu'à la première manifestation de blocus ou de contrôle par l'Allemagne de l'Est des convois occidentaux, les États-Unis emploieront les chars blindés sans hésiter. M. Mikoyan a répondu alors d'une voix calme et mesurée en regardant M. Nixon dans les yeux : "Dans ce cas, ce sera la guerre" », conclut-il en théâtralisant la scène, ce qui fait glisser la serviette posée sur ses fesses.

Aussitôt après avoir expédié les affaires courantes, Romain Gary retourne à ses manuscrits. Car s'il a adressé à son éditeur les épreuves corrigées de *La Promesse de l'aube*, l'écrivain souhaite prendre son temps. Tandis que le texte circule déjà rue Sébastien-Bottin, il a été contrarié d'apprendre que « certaines personnes le commentent en ville et en citent les meilleurs morceaux », écrit-il à Claude

Gallimard. « J'espère que vous réalisez que la décision de publier mon autobiographie est pour moi très lourde de conséquences, poursuit-il, que je la prends, contrairement à certains de mes "intérêts", par souci de liberté artistique. Je ne veux pas que les mondains, les gandins et les dandins s'en servent comme tremplin de caracolade entre la poire et le fromage. »

En réalité, l'écrivain est encore en plein travail. Chaque jour, il passe trois à quatre heures sur son texte, depuis qu'il a décidé de le remanier en profondeur. Alors qu'il n'a rien publié en France sous son nom depuis *Les Racines du ciel*, il met une véritable ambition littéraire dans *La Promesse de l'aube*. « Avec ce livre, soutient-il, je vais effacer définitivement les calomnies dont j'ai été l'objet sur la pureté de mon style. » De fait, la crainte qu'il éprouve, sachant que son texte circule déjà, n'est pas de révéler trop tôt les circonstances de sa naissance, mais bien que les défauts du manuscrit soient l'objet de fuites. La réponse de Claude Gallimard sera compréhensive : « Malgré les frais très considérables de remaniement que nous aurons, il est, en effet, indispensable que votre livre soit exactement ce que vous le sentez et que sa ligne générale soit la plus nette possible. Je vous ai déjà dit de vive voix combien cette œuvre m'avait touché et tout ce qui pourra la mettre à sa vraie place la perfectionnera, mais c'est un travail difficile et je comprends qu'il vous faille encore plusieurs semaines. » De fait, à Outpost Drive, l'écrivain en robe de chambre réécrit patiemment chaque page de son livre, son Meisterstück dans la main droite et un cigare dans la main gauche.

Lorsqu'il sort de son bureau – rarement dans la journée –, il lui arrive de parler russe avec l'employée de maison,

Katoucha. « Je lui corrige son russe », dit-elle fièrement aux agents du consulat. Car si Gary est né à Wilno, il a quitté la Lituanie à l'âge de un an, alors que les Allemands marchaient vers l'est. Sa mère l'a amené avec elle à Moscou, où ils ont vécu jusqu'aux sept ans de l'enfant. Et ce n'est qu'en 1921 qu'ils sont retournés à Wilno, où Gary a vécu jusqu'à leur départ, en 1926, pour Varsovie puis, en 1928, pour la France, qu'il découvre à l'âge de quatorze ans. Mais plus que dans des dates et dans des lieux, Romain Gary va se replonger dans son enfance, dans ses conditions de vie, sinon de survie, ne faisant aucune impasse sur la réalité de son histoire.

*

À la réception annuelle précédant le Festival de Cannes et alors que les voitures stationnent en double file sur Outpost Drive, un hôte de marque se présente au consulat. « *Do you know who I am ?* » dit-il à Odette de sa voix grave. « *Yes, Sir,* lui répond-elle en cochant son nom sur la liste des invités, *Hitchcock.* » Trois ans après son arrivée à Los Angeles, Romain Gary fait désormais partie du club qui s'appelle Hollywood. Lui qui a grandi dans l'atmosphère des théâtres russes s'est lié d'amitié avec Gary Cooper, dont il apprécie la gentillesse et la douceur ; fréquente John Ford, avec qui il fume des cigares ; admire Groucho Marx, dont il a découvert le vrai visage, loin du public, et du masque de comique. Il a noté la beauté des actrices Ava Gardner, Rosalind Russell, Claudette Colbert, Olivia de Havilland, qu'il a côtoyées lors de dîners et de réceptions. Ceux qu'il voit le plus régulièrement sont les acteurs français Maurice

Chevalier, Charles Boyer, Louis Jourdan, Marcel Dalio. Avec eux, il cultive cette ambiance européenne qui lui manque tant en Amérique. Comme ce soir où Marlene Dietrich, faisant une halte à L.A., l'invite avec Lesley, dans sa suite du Beverly Hills Hotel, pour leur cuisiner une omelette et discuter jusque tard dans la nuit.

Peu à peu, Romain Gary a réussi à tisser sa toile dans la ville des illusions. Son nom figure dans les pages de *Variety*, le journal de Hollywood qui tient la chronique de tous les potins des studios. Il foule le tapis rouge du Pantages Theatre, sur Hollywood Boulevard, à l'occasion de la remise des Oscars. Il a franchi le seuil symbolique des maisons modernistes de L.A., cachées dans les collines de Bel Air ou de Beverly Hills, et dont l'eau des piscines est translucide. Cependant, il en est bien conscient, tout cela n'est qu'éphémère. Ça ne tient qu'à des instants de convergence, autour d'intérêts communs. Dans les studios, les relations sont horizontales, jamais verticales : on ne s'invite qu'entre personnes de même rang. Lorsque Frank Sinatra le convie à une réception chez lui, son propre agent, Irving Lazar, dit à Gary, quand il entre dans la pièce : « Comment se fait-il qu'il vous ait invité ? »

Vu de Outpost Drive, tout cela n'est que du spectacle. Romain Gary n'est pas dupe et a compris le jeu depuis sa première visite aux studios. Il avait trouvé ce décor de stuc et de carton-pâte à la fois réaliste et irréel. D'emblée, il avait pris conscience de ce qu'était Hollywood : une fabrique à rêves fonctionnant grâce à l'entregent des services de presse et aux dollars des producteurs. À l'image des plateaux de tournage dont les immeubles ne sont que des façades vides, il avait compris que les vedettes, grandes ou petites, ne sont que des mythes fabriqués, utilisés puis jetés. C'est pour cela qu'il y a tant de personnes qui sombrent dans l'alcool ou dans la dépression, s'était-il dit. « Et vous, vous avez un bon psychanalyste ? » lui demande un jour un producteur, lors d'un dîner. Devant la réponse négative de Gary, les autres convives marquent un silence gêné. Il faut avoir un psy, lui explique-t-on, si l'on veut être quelqu'un. Hollywood est une toile d'araignée dans laquelle les stars sont reliées entre elles par des analystes en vogue à l'instar de Ralph Greenson, le psychanalyste de Marilyn Monroe et de Frank Sinatra. Alors que le Miltown fait son apparition et que les vedettes en prennent comme des bonbons pour apaiser leurs angoisses, Gary comprend que ce n'est alors déjà plus la grande époque de Hollywood. C'est un monde qui sombre, tandis que la télévision se développe à vitesse grand V.

Certaines illusions ont la vie longue, déplore néanmoins le diplomate, voyant arriver dans son bureau de jeunes actrices perdues. Celles qui viennent de débuter doivent coucher avec le producteur et avant cela avec l'assistant du producteur. Celles qui n'acceptent pas ce droit de cuissage avec les potentats du cinéma déchantent vite et se retrouvent coincées et désargentées. « Je ne connais rien de plus dégueulasse que l'exploitation du rêve », s'emporte alors le consul général, avant d'appeler l'agent ou le producteur en question pour qu'il finance le billet de retour, en le menaçant d'alerter la presse, car dans le même temps une commission veille hypocritement sur la morale, la famille, la religion.

À présent, Gary évite les pièges de Hollywood et a juré qu'on ne l'y reprendrait plus depuis que l'écrivain a perdu sa liberté avec cette adaptation du roman de Scott Fitzgerald, *Tendre est la nuit*, à laquelle il a travaillé au printemps 1958. À la demande du producteur de la 20th Century Fox, David O. Selznick, Romain Gary s'était lancé dans l'élaboration d'un scénario. Ce roman est une tâche très difficile, l'avait mis en garde Selznick. « Des écrivains très compétents s'y sont cassé les dents, lui avait-il écrit. Ce serait croire aux miracles d'imaginer que vous pourrez en venir à bout en une semaine ou deux. » Après plusieurs échanges avec lui, Gary avait compris que, pour certains producteurs, un écrivain n'était qu'un instrument, un stylo, pour aller dans leur sens, en bridant leur liberté de création. Pour s'en libérer, il avait dû rembourser ses avances. Mais en vérité, dans la jungle de Hollywood, c'est son statut de diplomate qui lui permet de tirer son épingle du jeu en n'étant pas sous la coupe des studios.

Inévitablement, après avoir attendu un poste qui ne lui a pas été proposé, Romain Gary se détache encore un peu plus de la Carrière. Il est désormais un homme riche, grâce au succès de ses romans, tant en librairie qu'au cinéma. Après avoir payé ses impôts et son agent, il a placé une partie de ses droits dans des mines d'argent au Mexique. Avec l'autre partie, il voyage et finance les recherches de Lesley. Toutefois, cet homme riche demeure possédé par ses vieux démons et, sans cesse, il éprouve le besoin de s'entretenir avec son banquier, son courtier, son agent, au sujet de la gestion de ses droits d'auteur. Peu à peu, sa fortune devient son infortune.

*

Ce printemps 1959, Romain Gary se rend à Paris. Il emprunte pour la première fois le vol direct New York-Orly opéré par la Pan Am. Quatorze heures en Boeing 707, contre cinq jours par la mer, cette nouvelle ligne aérienne révolutionne déjà la façon de voyager et de parcourir le monde. À Paris, l'écrivain renoue avec un milieu qui lui manque. Grand prince, il invite ses amis au Grand Véfour, le restaurant du Palais-Royal. Auprès de son éditeur, il s'ouvre du trouble qu'il ressent depuis qu'il a appris, au début de l'année, la mort de Raphaël Matta, le garde-chasse de la réserve de Bouna, en Côte d'Ivoire, tué par une tribu primitive qu'il voulait empêcher de chasser les éléphants. « Les événements décrits dans ce roman n'ont jamais eu lieu. Les personnages qui y apparaissent n'ont jamais existé », avait-il écrit en 1956 en préambule des *Racines du ciel.* Depuis la mort de Matta, cet autre Morel, il a l'intention de s'occuper de sa veuve et de ses deux enfants. Mais lors de son passage à Paris, Romain Gary se sent surtout éloigné des combats livrés par les intellectuels de sa génération. Face à Camus, qui s'engage avec passion contre la peine de mort, Gary se dit « usé, cynique et complètement indifférent », car, lui écrit-il, il n'arrive pas à se « passionner pour l'affaire » : « la peine de mort me paraît une goutte minuscule d'un vase de merde et de sang qui ne débordera jamais ». Entre la France et l'Amérique, entre la diplomatie et la littérature, entre ses multiples vies, il va devoir choisir.

Tel un mouvement de balancier, pendant que Gary est en route pour Los Angeles, Lesley fait le chemin inverse, en direction de l'Europe. À Paris, elle fait dactylographier son manuscrit, qu'elle intitule *The Time of the Shariat* et qui prend la forme d'un texte-fleuve qui s'étire sur près de cinq cents pages. Puis elle se rend à Roquebrune, pour profiter du printemps au bord de la Méditerranée, avant d'entreprendre un grand voyage en Turquie. Leurs vies sont désormais faites de voyages en solitaire, dans des mondes parallèles. Mais si ses périples en Orient constituent son espace de liberté, l'échappée qui lui permet des jours enivrants et de retrouver son mari avec indulgence, la mauvaise humeur de Romain va bientôt la rattraper. « J'ai reçu une facture pour six serviettes de bain et quatre paires de draps et de taies d'oreiller, et quelque chose comme une bouilloire électrique. Est-ce que vous êtes devenue folle ? Comment pourrai-je m'en sortir si vous jetez l'argent par les fenêtres ? Payer, payer, payer ! Qu'avons-nous besoin de nouvelles serviettes de bain, voulez-vous me le dire... Vous n'avez pas la moindre conscience. Vous me ruinerez... » Lorsqu'elle lit la lettre de Romain, Lesley fond en larmes. Elle ne reconnaît plus son mari qui est capable pendant des années de financer ses recherches et ses voyages mais qui, dans le même temps, peut aussi s'emporter avec fureur contre des vétilles. Alors qu'il n'a aucune inquiétude matérielle, pourquoi tant de colère ? Est-ce contre elle ? À ses yeux, il est devenu une autre personne. S'étant enfin délivré de ce qu'il avait en lui, son caractère a complètement changé, croit-elle comprendre, assise au pied de son lit, dans la chambre de son hôtel d'Istanbul.

*

À Outpost Drive, Romain Gary s'est replongé dans le manuscrit de *La Promesse de l'aube*. L'écrivain s'apprête à endosser publiquement sa judéité en évoquant son enfance dans la Jérusalem du Nord qu'est Wilno, avec sa centaine de synagogues. Quelques semaines avant leur mariage, en avril 1945, il avait dit à Lesley, la mine sombre : « Il y a une chose que je dois vous dire. Je crois qu'il faut que vous le sachiez, je suis juif. Vous allez donc être ma femme goy. » Quinze ans plus tard, pendant que l'écrivain peaufine le récit de son enfance, de ses origines familiales, prises dans la tourmente antisémite du XXe siècle, Lesley observe en lui le retour d'une rêverie sombre. Elle qui avait été habituée à son spleen slave perçoit à présent une tristesse secrète.

Le 26 avril 1959, le consul général de France à Los Angeles revêt une kippa avant de pousser la porte du Temple Beth Zion, sur Olympic Boulevard. Seize ans après le soulèvement du ghetto de Varsovie, la communauté juive de L.A. rend hommage à la résistance héroïque de ses aïeuls. « Ça s'est passé aujourd'hui », déclare le rabbin, avant de lire des textes de survivants et de réciter les prières du Kaddish.

Dès son retour au consulat, Odette lui annonce fièrement qu'elle a rempli sa mission : « Voilà, bien juteux et croquants, comme vous les aimez », lui dit-elle en lui tendant le bocal de cornichons. Après avoir parcouru toutes les épiceries casher de la ville, elle les a trouvés chez Greenblatt's sur Sunset Boulevard. Depuis quelque temps, Gary lui dresse une liste de courses – *pastrami*, *corned-beef* et autres *pickles* – qu'il lui demande de ramener discrètement. Le voyant manger ses « trucs juifs », comme elle les appelle, Odette lui demande pourquoi il a caché ses origines juives à son arrivée à Los Angeles.

La première impression est importante, lui dit-il, et il a dès le début évité d'être en quelque sorte fiché et marqué. Si, au Quai d'Orsay, plusieurs diplomates cachent leur judéité, c'est que le ministère a compté bien peu de démissionnaires sous Vichy, poursuit-il. Et en vérité, à plus de six mille *miles* de Paris, Romain Gary se méfie tout autant de la bonne société de Los Angeles. « Vous savez, Odette, la Californie du Sud est avant tout un *wasp country*, pensé et fait pour les *white anglo-saxon protestants*. Étant exclus des cercles du pouvoir, les juifs en ont longtemps fait les frais. Et c'est pourquoi de nombreux juifs, en particulier d'Europe de l'Est, se sont repliés sur Hollywood. Mais, en dépit de leur réussite, de leur prestige, ils n'étaient toujours pas admis au sein des clubs de la bonne société de Los Angeles. Il y a trente ans à peine, on préférait y admettre un minable vendeur de voitures d'occasion, pourvu qu'il soit *wasp*, plutôt qu'un producteur ou un réalisateur juif. » Tandis que sa main plonge dans le bocal pour s'emparer d'un autre cornichon, Gary ajoute : « Des juifs d'Europe de l'Est, des ashkénazes, comme moi, qui ont fui le nazisme et qui, grâce à leur talent, ont contribué à faire de cette petite ville de l'Ouest La Mecque du cinéma. Eh bien, ces artistes et ces intellectuels juifs, ils sont détestés par les conservateurs qui détiennent aujourd'hui encore le pouvoir dans cette ville et qui les ont toujours mis au ban. »

En l'écoutant parler, Odette comprend mieux pourquoi le consul général ajoute lui-même certains noms parmi les propositions de décoration qui sont envoyées au Département. Comme ce violoniste, Jascha Heifetz, un juif de Wilno comme lui, à qui il a remis les insignes de commandeur de la Légion d'honneur ; ou Dimitri Tiomkin, ce compositeur russe d'origine juive, qui doit faire partie de la prochaine promotion.

« Mais, à présent, après mes succès littéraires, je suis intouchable », déclare Gary, en croquant machinalement, le regard dans le vide. « Intouchable. »

Khrouchtchev à Hollywood

« Visite historique ! » noircissent les éditorialistes, aux derniers jours de l'été 1959, tandis qu'une visite singulière est annoncée aux studios. En lisant la presse de la côte Ouest, Romain Gary ne peut que constater combien les journalistes piaffent d'impatience à l'approche de l'événement et lui accordent une couverture médiatique sans précédent. Dans une dépêche envoyée le 25 août à Washington, le diplomate note en effet que le battage médiatique qui se fait autour de la visite de Khrouchtchev prend des proportions publicitaires exceptionnelles : « L'inclusion de Los Angeles dans l'itinéraire de "Nikita" – c'est ainsi que les journaux l'appellent ici – a tenu dans la presse du soir la même place, en mêmes caractères, que la nouvelle de la crise cardiaque du président Eisenhower, il y a quelques années. »

En questionnant de nombreuses personnalités californiennes, le diplomate a été frappé de constater l'attrait suscité par la visite du leader soviétique, son « aspect spectacle », et surtout par le caractère profondément influençable de l'opinion publique américaine, qui résiste très difficilement à « un article bien enveloppé ». De fait, en pleine guerre froide, et alors que l'actualité des dernières années a été dominée par le blocus de Berlin, la guerre de Corée et la course aux armements, le diplomate prédit un rapprochement entre l'U.R.S.S. et l'Amérique auquel, ajoute-t-il, « les Russes me paraissent travailler avec une extraordinaire habileté ».

*

Un an et demi auparavant, en janvier 1958, lors d'une réunion publique au cours de laquelle assistait l'évêque de Los Angeles, le magnat de la presse à la tête du groupe Hearst, William Randolph Hearst Jr, avait adressé « une véritable et solennelle déclaration de paix à la Russie soviétique », prétendant que l'existence de Dieu avait été évoquée entre Khrouchtchev et lui, et que Khrouchtchev avait paru « profondément troublé ».

De retour à Outpost Drive, Romain Gary avait aussitôt adressé une dépêche à l'ambassade et à Paris pour les informer de ces prises de position en pleine guerre froide : « Il y a plusieurs mois que je médite à voix haute dans ma correspondance sur le renversement de vapeur psychologique que je pressens, en ce qui concerne l'attitude de patrons américains envers l'U.R.S.S. Je dois dire cependant que j'étais loin de m'attendre à cette extraordinaire manifestation, d'où il ressort principalement, à en croire le cardinal McIntyre et M. Hearst, que la principale chose qui sépare le capitalisme américain et le communisme soviétique est le problème de la "reconnaissance" de Dieu, et que là encore, ça peut peut-être s'arranger au cours d'une négociation. »

Lorsqu'elle avait tapé la dépêche après avoir relu ses notes, Odette avait trouvé que son patron avait tout de même le sens de la formule. « Il sait écrire », avait également pensé l'archiviste, en enregistrant le document dans le tableau à quatre colonnes. Le vice-consul avait quant à lui souri en chiffrant le texte. Mais, après être allé chercher le classeur à trois anneaux recensant les dépêches au départ, le consul adjoint avait laissé éclater sa colère dans le local des archives : « Qu'est-ce que c'est que ça ? » s'était dit Pujot en parcourant la « copie bleue » du document. « Ça ne correspond pas au style du Quai. » Une fois l'enveloppe pesée et timbrée, elle était partie par avion en direction de Washington. Après avoir transité par le sous-sol de l'ambassade, elle avait été ouverte le lendemain matin par le service du courrier. Elle avait aussitôt été confiée aux agents du chiffre qui avaient décrypté la dépêche, avant de la porter à l'ambassadeur. « Sacré Gary ! » avait-il lâché, opinant de la tête. Une semaine plus tard, elle était parvenue à Paris par la valise diplomatique où, au terme d'un long circuit administratif, elle avait atterri sur le bureau du rédacteur chargé des questions d'Amérique, Paul Marie, qui l'avait aussitôt classée. « C'est plus fin que cela », s'était-il dit, en montant sur l'escabeau.

*

Le matin du samedi 19 septembre 1959, à 9:42 a.m., un avion de l'US Air Force quitte New York en direction de L.A., avec à son bord le président du Conseil des ministres de l'U.R.S.S., Nikita Khrouchtchev, et sa délégation. Parti de Moscou, le leader soviétique entreprend une tournée de dix jours à travers les États-Unis, dans un périlleux exercice de séduction vis-à-vis du peuple américain. À New York, les slogans ont laissé transparaître la haine des Américains à son encontre : « *Khrushchev not welcome here* », « *Danger!!! Evil at work* » ou encore, en écho à l'envoi réussi, la veille, d'une sonde soviétique sur la Lune : « *Freedom for the moon* ».

Mais dans une formidable ironie de l'Histoire, pour l'accueillir lors de son escale d'à peine vingt heures à Los Angeles, Hollywood déroule le tapis rouge. Y voyant une publicité extraordinaire par-delà le « rideau de fer », les studios mobilisent un parterre de stars pour un déjeuner-spectacle. À sa descente de l'avion, Khrouchtchev est mis en garde par le maire de L.A., Norris Poulson : « À Los Angeles, la Cité des Anges, l'impossible arrive toujours. »

Lorsque les sirènes du cortège, parti d'une zone sécurisée de l'aéroport LAX et ayant traversé la ville à toute allure, toutes vitres fermées, parviennent au sommet des collines de Hollywood, la tension est à son comble. Il y a là Gary Cooper qui portait le matin même un costume de cow-boy sur le tournage d'un dernier western ; Cary Grant, qui vient de survivre à Hitchcock et à *La Mort aux trousses* ; ou encore Marilyn Monroe, arrivée parmi les tout derniers invités.

Autant de célébrités du monde du cinéma, réunies en un même lieu, pour un même événement, les journalistes présents n'ont jamais rien vu de pareil. Elles sont plus de quatre cents à se presser dans les salons d'honneur du Café de Paris, plus habitués aux producteurs de la 20th Century Fox qu'aux chefs d'État en visite officielle. Sur les plateaux situés à proximité, encombrés de décors, des écrans ont été installés pour diffuser, en circuit fermé, les images du leader soviétique aux personnes n'ayant pu rentrer.

À l'intérieur du restaurant, il règne une atmosphère d'attente, partagée entre curiosité et angoisse, à l'approche du lever de rideau. Par petites tables, les conversations s'animent. « Pensez-vous qu'il y ait des agents secrets parmi nous ? » demande le directeur artistique des studios, Mark Robinson, à ses voisins de table avant de déclarer, pour détendre l'atmosphère : « Je parie que certains serveurs le sont. » Puis d'ajouter, dans un accès de conscience professionnelle : « Du moins, c'est ce que nous aurions fait si nous étions dans un film. » Balayant du regard l'assemblée d'acteurs en costume de ville et d'actrices en tenue de soirée, Eva Marie Saint, sa voisine, déclare : « C'est un événement très social.

— Très social, n'est-ce pas, répète le directeur artistique en grimaçant face à une mise en scène qui lui semble imparfaite. Toutes les dames auraient dû être mises juste en bas, devant, face à Khrouchtchev, suggère-t-il, en les pointant de son cigare.

— Je suis tellement excitée, dit Shelley Winters. Est-ce que le président des États-Unis est déjà venu aux studios ? »

Personne ne semble se souvenir d'une telle visite et quand bien même elle aurait eu lieu, elle aurait été occultée par l'événement qui se trame.

« Je ne suis pas certain que le président soit déjà venu. En revanche, ce dont je suis sûr, c'est que certains acteurs ont décliné l'invitation d'aujourd'hui. Ronald Reagan notamment.

— Vraiment ? et pour quels motifs ?

— Par anticommunisme primaire, pardi !

— En faisant cela, il passe tout simplement à côté de l'Histoire. N'oubliez pas que c'est un acteur de seconde zone... »

À l'arrivée d'Eddie Fisher et d'Elizabeth Taylor, les propos tournent autour de leur récent mariage en Finlande et, de fait, de la séparation d'Eddie d'avec Debbie Reynolds, assise à trois tables du couple. Dans l'Amérique puritaine, se demande un juriste présent à la réception, peuvent-ils légalement vivre ensemble tant que le divorce n'est pas prononcé ? Mais l'attention est aussitôt détournée lorsque apparaît Mike Romanoff, qui a quitté son restaurant de Rodeo Drive pour la venue de Khrouchtchev. Des voix se demandent alors si le leader soviétique ne serait pas venu jusqu'à Los Angeles pour dénoncer le faux héritier du tsar...

Soudain, un brouhaha s'empare de la salle. « Qu'est-ce que vous apercevez ? » demande un convive. « Il arrive », crie un autre... « Comment est-il ? » s'empresse de demander quelqu'un. « Il est plutôt rond, avec un visage de clown, je ne l'imaginais pas comme ça », lui répond sa voisine. Devancé par Eric Johnston, le président de la Motion Picture Producers and Distributors Association, Khrouchtchev fait son entrée dans la vaste salle et suscite d'emblée un accueil chaleureux de la bonne société de Los Angeles venue l'écouter. Les invités applaudissent le leader soviétique, vêtu d'un costume beige qui a tout d'un uniforme militaire, qui rejoint la table d'honneur en affichant un large sourire, suivi par une horde de photographes.

L'objectif de la caméra qui filme son arrivée ne s'y attarde pas, mais un symbole s'est glissé dans cette mise en scène ; aux murs du restaurant, de vastes fresques aux motifs naïfs symbolisent les capitales européennes et internationales ; référence cryptique ou hasard du plan de salle, derrière la table d'honneur, apparaissent les contours de la Hongrie ; or, c'est à Budapest, trois ans auparavant, qu'une insurrection populaire a éclaté contre le régime communiste hongrois, avant d'être réprimée dans le sang par l'Armée rouge.

Pour l'heure, si Hollywood est coutumier des coups de théâtre, le temps semble étrangement suspendu l'instant d'un déjeuner frugal. Le président du Conseil des ministres soviétique, qui n'a quitté Moscou que depuis six jours, engage une conversation poussive avec les autres invités, membres du Département d'État ou représentants des studios, à mesure que son interprète, Alexander Akaïovsky, lui livre leurs propos. Si les coupes ont bien été entrecroisées, lorsque Johnston, le représentant des studios, a porté un toast aux deux blocs, l'ambiance apparaît encore un peu terne.

À plusieurs reprises, le regard de Khrouchtchev se perd dans la vaste assemblée venue pour lui. Interloqué, il semble leur dire : « Tout cela n'est qu'une mascarade, du show business ! » alors que Marilyn Monroe a été placée face à lui, dans l'axe de la table d'honneur. Vêtue d'une robe noire échancrée, elle anime sa cour, à quelques encablures de la délégation soviétique. Le bruit court que les studios l'ont fait venir de New York à Los Angeles pour une escale d'une journée, le temps de la visite officielle. Du fond de la salle, certains se plaignent de ne voir la star américaine que de dos. « Oh, j'espère que Marilyn se retournera, pour que je puisse la voir de face », souffle Susan Strasberg à sa voisine, qui lui répond : « Non, ma chère. C'est plus important que Khrouchtchev la voie de face. »

Dans la salle du restaurant, une blague circule de table en table : combien de convives savent épeler le nom de « *Khrushchev* » ? Car si l'Amérique se représente l'U.R.S.S. par l'image d'un communiste le couteau entre les dents, elle n'a jamais observé le visage de son dirigeant d'aussi près. De fait, certains invités scrutent ses manières, la façon dont il se tient à table, salue la foule ou s'exprime en anglais. Peu à peu, la tension retombe, les conversations tournent en refrain, et Hollywood s'adonne à son sport favori : voir et être vu.

Après le cocktail de crevettes servi en entrée, des convives débattent de la volaille farcie qui semble du poulet pour certains et du pigeon pour d'autres, qu'accompagne du vin californien (« *Wente Bros. Pinot Chardonnay 1957* »). Les plus avisés cherchent à savoir qui compose la délégation soviétique et quel est le rôle attribué à chacun. À propos de l'épouse du dirigeant soviétique, Eva Marie Saint déclare : « Je suppose que c'est la femme derrière l'homme car elle a un visage très doux. »

En effet, la seconde épouse du leader rouge, Nina, semble davantage se divertir en conversant avec ses voisins de table, Frank Sinatra, Bob Hope et David Niven. En signe de dégel dans les relations diplomatiques, l'épouse du maire de Los Angeles lui a offert un bouquet de fleurs. Plutôt que parler de la botanique californienne et des plantes exotiques, sa conversation se fait plus intime et chaleureuse.

À David Niven, qui vient de se produire dans le film *Bonjour tristesse* d'Otto Preminger, elle montre des photos de ses petits-enfants. Au moment de la salade de fruits, les clichés circulent parmi les convives qui découvrent derrière le dictateur soviétique un grand-père attentionné. À l'issue du déjeuner, tous seront unanimes, décrivant en Nina Khrouchtchev une femme « absolument charmante » : « Nous avons parlé de mes enfants et de ses petits-enfants », déclarera Sinatra en évoquant les photos passées de main en main ; « honnêtement, c'est une femme charmante... et d'une grande sagesse », ajoutera Niven, tout en se défendant d'avoir un discours convenu. L'opération de propagande soviétique fonctionne à merveille.

Alors que Shelley Winters pointe ses jumelles de théâtre vers la table d'honneur et vient de s'écrier : « Je suis furieuse, il y a de la vodka ! », soudain, le président de la 20th Century Fox, Spyros Skouras, fait signe aux serveurs qui, aussitôt, débarrassent sa table en un claquement de doigts. L'instant d'après, un pupitre y est posé, face à une forêt de micros. La scène qui va se jouer est sérieuse, historique. Skouras apparaît tendu. Il redresse ses lunettes, regarde autour de lui, rassemble les pages de son discours, demande un verre d'eau. À sa droite, Khrouchtchev anticipe déjà les prises de position, il s'attend à une référence détournée à ses propos, sinon à leur caricature ; à devoir une fois de plus justifier la phrase lancée au peuple américain peu de temps auparavant : « Nous vous enterrerons. » Il s'attend au coup venu en traître, de la part de son plus vieil ennemi et, pour le parer, tourne légèrement le dos au pupitre, tendant l'oreille vers son interprète.

Mais sitôt le verre reposé sur la table, les feuillets rassemblés sur le pupitre, les lunettes ajustées, Skouras donne une vigoureuse tape sur l'épaule de Khrouchtchev qui, pris par surprise, sursaute aussitôt. Skouras lui tend la main en affichant un large sourire rieur. Percevant d'emblée la symbolique de la scène, Khrouchtchev la saisit fermement avant de se lever de sa chaise. S'ensuit une longue poignée de main – dix secondes ! – entre les deux hommes, hilares, face à un public qui se réjouit du coup de théâtre auquel il vient d'assister et qui donne le ton du spectacle qui va suivre. Skouras, satisfait de l'effet produit sur le leader soviétique et sur le public, lance en russe : *spasiba !*, merci, avant de laisser retomber la tension, en posant sa main sur l'épaule de Khrouchtchev, qui vient de se rasseoir.

« Monsieur le Premier secrétaire, cela ne faisait pas partie de mon discours, mais... votre pays est la plus grande corporation, la plus grande société, la plus grande entreprise capitaliste, le plus grand monopole du monde entier ! »

L'assemblée est hilare, Khrouchtchev aussi, qui invite la salle à applaudir davantage et réplique en anglais :

« *A very good monopoly !*

— *Very good, very good* », acquiesce Skouras.

Pour ne rien perdre de la réaction de Hollywood aux premières prises de parole du leader soviétique, la caméra seize millimètres fait un tour sur elle-même, quittant de l'objectif la tribune officielle. Parmi les silhouettes captées par C.B.S., celle d'un homme attire le regard. Il plisse les yeux en observant la scène. Romain Gary se tient là, à une table non loin du chef d'État. Il s'apprête à écouter le représentant de l'Union soviétique, d'un des pays où il a vécu et qu'il a dû quitter, voilà plus de trente ans. Un pays où il n'est plus jamais retourné depuis son adolescence. Mais de ses postes successifs à Sofia et à Berne ou à la direction d'Europe, le diplomate n'a rien perdu du basculement de l'U.R.S.S. dans le camp du totalitarisme. Et, ironie de l'Histoire, en ce 19 septembre 1959, il se trouve dans la même pièce que Khrouchtchev, à six mille *miles* de Moscou. Tandis qu'il s'apprête à écouter attentivement le leader soviétique livrer sa vision du capitalisme et de l'Amérique, il n'a rien perdu de la scène qui se déroule sous les yeux du public, de la fascination de l'U.R.S.S. envers l'Amérique, et réciproquement, ni des tics de Khrouchtchev qui traduisent son malaise face à une situation qu'il ne maîtrise pas totalement. Si surréaliste que cela puisse paraître, il vient d'entendre le président de la 20th Century Fox discourir devant le leader soviétique de l'exportation des productions hollywoodiennes en U.R.S.S., des clauses des contrats et de leur territorialité. Derrière l'humour et en dépit des idéologies, les intérêts financiers demeurent, pense Gary avec lucidité, en allumant un cigare, désormais confectionné par un exilé cubain, dans le bas de la ville, depuis la prise de pouvoir de Castro et les restrictions américaines.

Approchant de la fin du discours, Skouras prend soudain un air de gravité :

« En toute modestie, déclare-t-il la main sur le cœur en s'adressant à Khrouchtchev, je vous demande de me regarder. Mes deux frères et moi avons grandi dans un minuscule village grec, nous venons d'une famille très pauvre. En 1910, nous sommes venus vivre ici, je suis devenu commis-serveur. Grâce au système américain d'égalité des chances, j'ai aujourd'hui le bonheur d'être président de la 20th Century Fox. »

Tandis que le public applaudit l'orateur qui vient de se faire le chantre des valeurs matérielles et spirituelles de l'Amérique, Khrouchtchev le salue chaleureusement des deux mains, avant de prendre possession du pupitre et de s'adresser à celui qu'il nomme son « cher frère grec » :

« Vous me faites une excellente impression et je tiens à vous exprimer tout mon respect. Mais cela ne m'épate pas tant que cela. Vous voulez savoir qui je suis ? J'ai commencé à travailler dès que j'ai su marcher. Avant mes quinze ans, j'avais déjà une longue liste de métiers : j'ai gardé les veaux, moutons et vaches des capitalistes. Puis j'ai travaillé à l'usine et à la mine. Et regardez-moi aujourd'hui, je suis le président du Conseil des ministres de l'U.R.S.S. ! » lance-t-il en levant le poing pour scander son propos.

Devant les nombreuses personnalités venues assister au spectacle, Skouras apostrophe le leader soviétique qui vient d'écorner le mythe du self-made-man américain :

« Combien y a-t-il de Premiers ministres en Russie ?

— Combien y a-t-il de présidents des États-Unis ? répond Khrouchtchev.

— Nous avons deux millions de présidents de sociétés américaines ! » réplique Skouras.

Le public rit aux éclats. Eddie Fisher et Elizabeth Taylor sont montés sur une table pour mieux voir la joute verbale et Marilyn, prenant une posture pensive, vient de lever les yeux d'un scénario pour prêter attention à ce qui se noue. Dans un numéro d'équilibriste, le leader soviétique va chercher à maintenir une certaine tension dans la salle en alternant des propos élogieux et des critiques menaçantes, brandissant tantôt une main gantée de velours, tantôt un poing nu et offensif.

En écho aux propos du président de la 20th Century Fox, il va d'abord faire l'éloge des réalisations soviétiques, dans le domaine du ballet, du théâtre et du cinéma, toutes financées par les subventions d'État, ce qui n'empêche pas les films russes d'être primés et les acteurs d'être plus décorés que certains généraux, développe-t-il, dans une référence très soviétique aux héros de la nation. Et il ajoute aussitôt que l'U.R.S.S. va rapidement dépasser les États-Unis dans la culture et dans les arts autant que dans l'économie et les questions sociales : « Il nous reste un long chemin à parcourir mais nous allons l'entreprendre et surprendre l'Amérique ; vous pouvez en rire maintenant, nous allons vous dépasser, vous doubler, vous saluer de la main et vous dire : "Au revoir, notre train passe devant, rattrapez-le". »

Après être redevenu flatteur envers son auditoire, il va susciter l'étonnement jusque dans les rangs de sa propre délégation, en prenant un ton belliqueux, accusant les États-Unis de s'allier à d'autres « pays capitalistes » dans le but d'anéantir la révolution soviétique. « Les troupes américaines, ainsi que celles du Japon, de la Grande-Bretagne, de la France, de l'Allemagne et de la Pologne, développe-t-il, ont marché sur nous pour étrangler notre révolution », ajoutant : « Aucun de nos soldats n'a jamais été sur le sol américain, mais des soldats américains ont foulé le sol russe. »

À la fin de son discours, soufflant le chaud et le froid, il va jusqu'à aborder un thème cher aux États-Unis, les libertés fondamentales, avec un air martial :

« L'Amérique est un beau pays. Les Américains sont formidables. Cependant, avant mon discours, on m'a dit : "Non, vous ne pourrez pas visiter cette ville-là..." Cette petite ville... Comment s'appelle-t-elle déjà ?

— Disneyland », lui souffle son traducteur, provoquant les rires du public qui croit à une plaisanterie.

« Oui, c'est cela, Disneyland. Et pourquoi ne puis-je pas y aller ? Y aurait-il là-bas une base de lancement de missiles ? » questionne-t-il, provoquant de nouveau les rires du public tandis que le maire de Los Angeles, assis à la table d'honneur, affiche un visage fermé. « J'ai demandé pourquoi, développe Khrouchtchev, et on m'a répondu : "C'est impossible, parce que nous, les autorités américaines, nous ne pouvons y garantir votre sécurité." Mais qu'est-ce qu'il y a là-bas ? Y a-t-il une épidémie de peste ou de choléra et on craint que je ne l'attrape ? Ou bien la ville est-elle entre les mains de gangsters qui pourraient me supprimer ? »

Pendant que l'orateur martèle l'air avec son poing et que sa voix sardonique résonne dans les couloirs, le public, qui, l'instant d'avant, riait aux éclats, comprend à présent à ses intonations et à ses gestes que le dirigeant soviétique ne plaisante pas. Et comme le dirigeant soviétique détient l'arme atomique, le public présent dans la salle est interloqué par la virulence de ses propos qui sonnent comme une mise en garde.

« Je le redis, poursuit Khrouchtchev, j'avais très envie de voir cet endroit et je ne peux pas. Cela me dépasse. Moi qui croyais que votre pays était bien organisé. Je ne pensais pas que ma sécurité impliquerait d'être enfermé pendant des heures dans une voiture blindée, sous un soleil de plomb, jusqu'à ce que je sois complètement desséché. Je croyais pouvoir me balader librement, parmi les citoyens libres de cette démocratie, mais non, c'est impossible, scande-t-il en frappant son poing contre le pupitre. C'est grand dommage. Je suis très déçu et très mécontent. *Spasibo za vnimanie*, merci de votre attention. »

Dans le champ de la caméra, qui balaie un parterre de stars qui croisent les bras – assommées pour certaines, ne parvenant pas à cacher leur colère pour d'autres, et toutes médusées –, Romain Gary demeure flegmatique. Accoudé au dossier de sa chaise, sa main gauche soutenant son menton, il n'a rien manqué des quarante-cinq minutes du discours du leader soviétique, qu'il a écouté directement en russe. C'est un conteur très rusé, roublard et habile, se dit-il en songeant au proverbe que Khrouchtchev vient de citer : « Mange ton pain et ton sel mais dis franchement la vérité. » Fasciné par son talent dramatique, le diplomate se remémore le jeu de l'acteur soviétique. C'est un paysan russe prodigieusement malin, songe-t-il, en pensant à sa colère forcée et à son ton menaçant, qui alternent entre plaisanteries et véhémence. Car ce qui semble être des sautes d'humeur est en réalité une stratégie mûrement réfléchie. Soucieux de ne pas troubler outre mesure son adversaire, Khrouchtchev ne vient-il pas en quittant la tribune de s'excuser d'avoir été un « hôte indiscipliné » et de justifier ses incartades par la chaleur dégagée par les projecteurs ? Un prodigieux exemple d'art théâtral au service d'une idéologie, convient Gary, Hollywood ne fait pas mieux.

Alors que cette mascarade dure depuis maintenant plus de deux heures, le consul général se dirige vers les toilettes du Café de Paris. Derrière les portes battantes, les personnalités débriefent la scène à laquelle elles viennent d'assister. « Je me demande s'il n'a pas oublié qu'il y avait des assassins potentiels dans tous les pays... et que, dans un pays libre, un suspect n'est pas privé de sa liberté simplement parce qu'il est soupçonné ! » remarque une voix. « Son discours était trop long, dit une autre, il était bon au début et puis il a été trop long à la fin. » Tandis que vient le tour de Gary, surgit un homme en civil avec un compteur Geiger. Un agent russe, pense-t-il au premier coup d'œil. L'homme s'affaire à vérifier que les sanitaires n'ont pas été irradiés, avant de sortir aussitôt, dans un battement de portes. La paranoïa s'est emparée de cette ville, songe alors le diplomate tandis que, dans son dos, les portes claquent de nouveau. Khrouchtchev entre et se dirige vers les urinoirs. Par un jeu de hasard, un de ces hasards incongrus qui peuvent faire basculer l'Histoire, il se poste à la gauche de Gary. Le silence s'installe lorsque les deux hommes se retrouvent seuls.

« Belle performance, lui dit Gary en russe, faisant sursauter le leader soviétique.

— Un camarade ? demande Khrouchtchev, en le dévisageant du coin de l'œil.

— Disons, un ancien compatriote. Vous avez réussi un sacré pari, réunir tout le gratin de Hollywood en un seul lieu, même le sénateur Kennedy n'aurait pas osé en rêver.

— Vraiment ? Ils sont venus malgré moi. J'ai l'impression d'être un ours en cage. Les invités derrière cette porte sont venus au théâtre. Ils paieraient presque pour assister à ce spectacle.

— Les Américains aiment les shows, dit le diplomate.

— Tout cela me fait penser que lorsque j'étais enfant, tous les ans, il y avait une fête foraine dans la ville d'à côté, raconte Khrouchtchev. Pour un demi-rouble, on pouvait y voir un éléphant. Tous ceux que je connaissais allaient le voir, ils se bousculaient au portillon. Eh bien, aux États-Unis, c'est pareil sauf qu'au lieu de venir voir un éléphant, les gens viennent me voir moi, l'ours russe. Ils se demandent sûrement : à quoi ressemble-t-il en vrai ? sait-il se tenir en société ? et ses manières à table, sait-il au moins se servir d'une fourchette et d'un couteau ?

— Prenez-vous au jeu, lui répond Gary. Pour côtoyer le public américain depuis maintenant quelques années, je suis frappé une fois de plus, pour la millième fois devrais-je dire, par le caractère profondément influençable de l'opinion publique américaine, à tous les échelons.

— Conditionnée par l'usine à rêves, si ce n'est pas un village Potemkine, ça !

— Conditionnée depuis plusieurs générations par les slogans publicitaires, surtout. Ce peuple que l'on force à changer de voiture chaque année et pour qui l'art de présenter la marchandise est au moins aussi important que la qualité du produit lui-même résiste très difficilement à la vue d'un article bien emballé.

— Mais qui êtes-vous au juste ? l'interroge enfin Khrouchtchev, ne comprenant pas ce que ce Slave fait à Hollywood.

— Romain Gary, consul général de France.

— Dans quel film ? »

Le diplomate n'a pas le temps de répondre que surgit un aide de camp : « Monsieur le Premier secrétaire, vous êtes attendu pour la suite de la visite.

— Bon, bon, désolé, mes obligations m'attendent. Merci du conseil, en tout cas. Monsieur Gary, c'est bien ça ? »

*

Alors que Romain Gary se retrouve dans le vaste hall des studios, l'envoyé spécial du *Monde* lui demande ce qu'il a pensé de la prestation de Khrouchtchev : « Il parlait un peu comme le héros d'un roman russe, avec gravité, quelquefois avec sarcasme, faisant la leçon à ses hôtes », déclare le consul général, avant d'ajouter en souriant que la traduction enlevait toute saveur aux déclarations d'« un personnage typiquement russe, que seuls les Russes peuvent comprendre ».

Lorsque Marilyn apparaît, les journalistes se précipitent sur elle.

« Qu'avez-vous pensé du show d'aujourd'hui ?

— C'était une après-midi très intéressante.

— Qu'avez-vous trouvé intéressant ?

— *Oww*, presque tout.

— Et les improvisations ?

— *Interesting. Very interesting.*

— Vous vous attendiez à cela ? » Devant la seconde d'hésitation marquée par la star, un journaliste reprend : « À quoi vous attendiez-vous ?

— À du *rosbif* ! lance quelqu'un dans l'assistance, provoquant des éclats de rire.

— À ce que ce soit intéressant », conclut-elle, avant de tourner les talons au bras de son producteur et, l'instant d'après, de lancer à l'assistance : « Je pense avoir perçu un signe d'espoir et d'amitié et peut-être d'avenir pacifique. »

*

Il est 3:35 p.m. et dans les studios tout est prêt pour montrer à Khrouchtchev le talent de Hollywood. La délégation chemine dans les coulisses, où des panneaux signalent – dans les deux langues, en russe et en anglais – qu'il est interdit de fumer. Après avoir vu les décors et la régie, les invités sont escortés jusqu'à une loge qui domine le plateau numéro huit. Sous leurs yeux, des acteurs, emmenés par Frank Sinatra, s'apprêtent à interpréter une scène de la comédie musicale *Can-Can*, en cours de tournage sous la direction de Walter Lang. Au-delà des quarante-cinq mille dollars de cachets qui font débat, les choix artistiques interrogent : pourquoi les studios ont-ils choisi une scène de *french cancan* pour illustrer la visite officielle du dirigeant soviétique ? se demandent les journalistes couvrant l'événement.

Pendant que les interprètes dansent et chantent avec une allégresse digne d'un music-hall, le Tout-Hollywood resté en coulisse semble davantage fasciné par les réactions de Khrouchtchev que par ce qui se passe sur le plateau devant les caméras. Les vedettes ressemblent à s'y méprendre à de jeunes groupies venues assister à la première d'un film, fait remarquer un producteur, tandis que les danseuses soulevant leurs jupons laissent Khrouchtchev imperturbable. Sans doute repense-t-il à la conversation qu'il vient d'avoir l'instant d'avant avec cet étrange personnage croisé dans les toilettes.

À l'issue de la scène, Frank Sinatra joue les maîtres de cérémonie en présentant au dirigeant soviétique le duo Louis Jourdan-Maurice Chevalier. L'interprète peine à traduire tous les termes propres à « Sunset Strip » mais peu importe, Khrouchtchev parvient à échanger quelques amabilités pour montrer qu'il s'intéresse à ce que l'Amérique produit de meilleur. Face à Shirley MacLaine, Mr K. – ainsi qu'on le surnomme désormais à Hollywood – s'étonne de la chaleur sur le plateau et de l'intensité des lumières. Puis, devant une autre danseuse, il demande combien parmi elles sont françaises avant de souhaiter à la troupe beaucoup de succès.

Avant de quitter les studios, tout ce petit monde est réuni pour une photo officielle. Le leader soviétique est invité sur scène où, entouré de danseuses, il prend la pose. Un photographe lance à l'une d'elles : « Soulève ton jupon, plus haut, plus haut, plus haut ! » avant de mitrailler Khrouchtchev, qui prend conscience que son peuple n'a pas l'habitude de voir de telles images. « Ils cherchent à me discréditer », pense-t-il en maugréant contre ce geste qu'il juge délibérément antisoviétique, mais ne se départ pas de son air jovial et continue de distribuer des propos élogieux.

Le lendemain dans le train l'emmenant de Los Angeles à San Francisco, Khrouchtchev jugera « immorale » la répétition à laquelle il a assisté aux studios. « Scoop publicitaire international », titreront alors les journaux qui demanderont une réaction des studios. Ni Frank Sinatra ni Spyros Skouras ne souhaiteront commenter la charge soviétique.

Cependant, le bureau de la publicité de la 20th Century Fox se frottera les mains en constatant l'écho suscité par les photos de l'événement. Le directeur du service de presse, Harry Brand, ayant demandé à ses collaborateurs de lui préparer la nécrologie de Khrouchtchev, ils lui proposeront une citation à mettre en exergue, qualifiant le communiste d'« agent de louanges numéro un de *Can-Can* ». À San Francisco où se poursuit la visite officielle, on demandera à Foy Kohler, le secrétaire d'État adjoint aux Affaires européennes, si la scène à laquelle a assisté le dirigeant soviétique était typiquement américaine. « Non, répondra-t-il, je dirais que c'était typiquement Hollywood. »

★

Alors que le Tupolev-114 de la délégation soviétique vole au-dessus de l'Atlantique, en direction de Moscou, dans son bureau de Outpost Drive, Romain Gary demande à ce que soit ressortie des télégrammes au départ la dépêche qu'il a envoyée quatre semaines plus tôt à la sous-direction d'Amérique. Elle avait pour titre : « Le "challenger" soviétique en tournée-exhibition aux États-Unis ». De façon prémonitoire, le diplomate y avait décrit le match auquel les deux grands allaient se livrer : « Je ne méconnais pas l'aspect spectacle, le côté attraction, et simple, de cette visite. Le numéro sensationnel est après tout quelque chose à quoi les Américains ont été de tout temps extrêmement sensibles, et il serait imprudent de ne pas faire dans cet extraordinaire déchaînement d'intérêt la part d'excitation dont sont entourés ici les "grands jeux" de toute nature, les champions du monde, baleines apprivoisées, éléphants danseurs, etc., et qui font aussi bien la fortune de Disneyland que de Marilyn Monroe. Le côté "spectacle" tient dans tout cela pour le moment une place bien plus grande que le côté politique. Il n'en reste pas moins que M. Khrouchtchev est attendu ici comme un "challenger", poids lourd, d'une catégorie de championnat du monde où le titre, jusqu'à présent, a toujours été, dans l'esprit des citoyens de ce pays, réservé à l'Amérique. Il s'agit, bien sûr, d'un match qui sera uniquement un *match exhibition*, au cours duquel il ne sera nullement question de désigner un nouveau champion du monde. »

Envies d'ailleurs

« Alors, vous êtes contente ? lui demande Gary tout en relisant un courrier.

— *No, you can stick it where I think !*[1] » lui répond sèchement Odette.

À Outpost Drive, le consulat ayant reçu un reliquat budgétaire permettant d'octroyer une prime aux agents, le consul général a demandé à son adjoint de s'en occuper, comme pour toutes les tâches administratives. « Pujot a octroyé cinquante dollars à tout le monde sauf à moi », se plaint Odette auprès des autres agents.

En fin d'après-midi, ayant découvert les dessous de l'affaire, Romain Gary appelle sa secrétaire dans son bureau. Odette s'attend à une sévère réprimande pour la façon dont elle lui a répondu mais au lieu de cela il lui dit posément : « Qu'est-ce que vous m'avez dit tout à l'heure quand je vous ai demandé si j'avais des appels ? » Après qu'Odette lui a redonné la liste des appels, il ajoute : « Il n'y avait pas quelque chose d'autre ?

1. « Vous pouvez vous le fourrer là où je pense. »

— Non, je ne m'en souviens pas, répond-elle.

— Je ne m'en souviens pas non plus », conclut Gary, avant d'ajouter : « *Just as well* ».

Tandis qu'elle vient de tourner les talons pour retourner au secrétariat, Gary lui lance un document de l'autre bout de la pièce en disant : « Tenez, Odette, gardez ça, un jour ça vaudra de l'or. » Ouvrant le petit cahier relié sur lequel est inscrit le titre *Je mange une galoche*, la secrétaire découvre une nouvelle écrite de la plume de l'écrivain.

*

« Je peux enfin respirer, écrit Gary au directeur général du personnel, Jacques Vimont. J'ai failli être étouffé par la petitesse. » Le consul général a dû adresser une dizaine de lettres au Département au cours des deux dernières années pour qu'on lui envoie enfin un autre adjoint. En marge de son départ, Pujot avait lâché au personnel : « Mlle Pétrement va sortir Odette de sa tour d'ivoire ! » Au mois de septembre 1959, le nouveau consul adjoint s'appelle en effet Yvonne Pétrement. Âgée de quarante-huit ans, sans enfant ni mari, Pétrement est issue comme Gary du cadre complémentaire. En 1943, elle est arrivée à Londres sur un bateau de pêcheurs parti de son Finistère natal. C'est au quartier général de la France libre qu'elle rencontre un jeune capitaine d'aviation nommé Roman Kacew et qu'elle va retrouver quinze ans plus tard à Los Angeles en tant que consul général. Entre eux, la confiance et l'estime sont réciproques. Après une longue expérience dans les consulats et un premier passage en Californie du Sud entre 1951 et 1952, Yvonne Pétrement va prendre en main Outpost Drive.

« Les gens ont de curieuses idées au sujet des Françaises, déclare-t-elle à la journaliste du *Los Angeles Times* impressionnée par sa personnalité. Ils pensent qu'elles s'intéressent seulement aux vêtements et aux parfums. C'est ridicule ! Elles s'intéressent à cela. Mais également aux choses du monde. Pourquoi seraient-elles superficielles ? »

*

Dans les derniers jours de septembre 1959, alors que Lesley est à Londres après son grand voyage en Turquie et dans le Caucase, Romain l'appelle pour lui annoncer sa volonté de quitter Los Angeles et de retourner en Europe. Songeant à un poste à Venise, il demande à son épouse de se rendre sur place : « Allez voir si le consulat est confortable, de combien de place on dispose. J'ai besoin d'une grande pièce claire pour travailler, très loin des bureaux. Voyez quels sont les avantages, tâtez le terrain, et revenez aussi vite que possible, parce que j'ai oublié de vous dire que l'ambassadeur et... comment s'appelle-t-elle déjà ? vont sans doute venir d'un jour à l'autre de Washington. Vous devrez faire en sorte qu'ils rencontrent toutes les grandes vedettes – vous savez que c'est toujours ce qu'ils veulent. »

À Venise qu'elle rejoint depuis Londres, Lesley découvre la lumière de la lagune dans l'ambiance brumeuse de l'automne. Au cours de brefs appels longue distance entrecoupés de nombreux grésillements, elle décrit à son mari les bureaux du consulat dont les fenêtres donnent sur le canal de la Giudecca. Décidé à se rapprocher de l'Europe pour ne pas se laisser complètement américaniser, Gary sollicite aussitôt Jacques Vimont, le directeur général du personnel : « Je serais infiniment soulagé, lui écrit-il, de me retremper dans la latinité. Car l'anglo-saxomanie finit un peu trop par envahir jusqu'à ma langue, et il ne faut tout de même pas que je me laisse aller à changer de culture comme de chemise. Il est temps pour moi de me retrouver à ma source, la Méditerranée. » Le consul général ne s'en cache pas, l'ambition qui le pousse à poser sa candidature au poste de Venise est uniquement littéraire. Cela fait longtemps que le diplomate ne rêve plus des ambassades et des cercles du pouvoir.

Dès le retour de Lesley à Los Angeles, après avoir fait escale à New York pour préparer avec son éditeur américain la promotion de son livre, Romain lui annonce qu'il a renoncé à Venise et songe désormais à Athènes. Rêvant du Moyen-Orient, son épouse lui suggère plutôt Tunis ou Damas. Mais Gary met un veto : « Je ne veux pas aller dans un endroit où je ne pourrai pas avoir de contacts faciles avec les femmes. Pour vous, c'est différent. » En dépit de la liberté mutuelle qu'ils s'étaient promise lors de leur mariage, quinze ans auparavant, les paroles de son mari la font souffrir.

Toutefois si Romain Gary rêve d'ailleurs, le diplomate n'est pas prêt à intriguer pour obtenir un nouveau poste. Même si c'est une pratique bien ancrée, il ne s'est jamais résigné à faire la cour pour obtenir quoi que ce soit. Ses états de service et son engagement parlent pour lui, il n'est pas besoin de faire le pied de grue dans les antichambres du ministère. Tandis que l'ambassadeur de France à Washington a annoncé sa venue à Los Angeles, le consul général s'affranchit un peu plus des règles. Prétextant un état de fatigue nerveuse, il part une semaine dans le Pacifique, laissant Lesley s'occuper seule de la visite officielle.

« Il ne fait rien et ne tient même pas son rang ! » Quelques mois plus tôt, la réplique de l'ambassadeur avait été cinglante. Romain Gary avait quitté Outpost Drive pour quelques jours. À son épouse, il avait dit que l'ambassade de France l'avait appelé, qu'il devait se rendre de toute urgence à Washington et qu'il ne savait pas quand il reviendrait. À Hervé Alphand, son supérieur hiérarchique, il n'avait rien dit. Seule Odette était dans la confidence car c'est elle qui avait dû faire la réservation. Profitant de l'ouverture de la liaison aérienne sans escale vers l'Europe, Romain Gary s'était rendu à Londres, où il avait retrouvé l'une de ses maîtresses. Ayant besoin de le joindre de toute urgence, Lesley avait appelé l'ambassade où personne n'avait vu le consul général. Après avoir passé quelques coups de fil, tout le monde savait qu'il avait été vu en train de monter dans un avion pour Londres, faisant s'évaporer tous ses secrets. Pourtant, à son retour à Los Angeles, Romain Gary avait fait bonne figure en narrant par le détail tout ce qu'il avait vu à Washington, avec l'aplomb d'un arracheur de dents.

*

Lorsque, le 22 octobre 1959, Hervé Alphand arrive à Los Angeles, l'ambassadeur n'est pas surpris de voir pour la deuxième fois Lesley, seule, sur le tarmac de l'aéroport. Pendant deux jours, elle fait bonne figure devant les membres de la délégation et de la colonie française. Grâce à la notoriété de la nouvelle épouse de l'ambassadeur, Nicole Alphand – à qui *Life Magazine* a consacré quatre pages en couleurs au mois de juillet –, l'ambiance est à la fête et aux mondanités. Les journalistes sont au rendez-vous ainsi que les membres du World Affairs Council devant lesquels l'ambassadeur est invité à s'exprimer. Los Angeles a tenu ses promesses tandis que le couple Alphand est déjà sur le chemin du retour. Mais quelques jours plus tard, après être rentré à Outpost Drive, Romain Gary reçoit un coup de fil de Washington au cours duquel Alphand le sermonne vertement, laissant le diplomate imperturbable.

Sitôt refermé le chapitre de cette visite protocolaire, Lesley se replonge dans son livre, aidée par son mari qui lui traduit les archives russes ramenées de son voyage dans le Caucase. Elle doit travailler les transitions, alléger des passages, insuffler l'esprit de l'Orient à des archives encore trop sèches pour inspirer le lecteur. De son côté, Romain, qui a accepté des invitations à Palm Spring et Miami au cours de cet été 1959, s'enferme de nouveau dans son bureau.

À Outpost Drive, le consul général s'ennuie et désormais il ne le cache plus. Pendant que les petits-fours circulent sur des plateaux et que les convives s'égosillent en sirotant des gins ou des whisky-sodas servis en *long drinks*, lui ne boit pas et les conversations l'intéressent peu. S'il a toujours fait bonne figure, il lui arrive à présent de s'éclipser, après avoir parlé aux uns et aux autres, pour ne pas endurer trop longtemps le jeu social et les ronds de jambe qui le détournent de l'écriture.

Peu à peu et irrémédiablement, Romain Gary se détache du personnage du diplomate devenu un pensum pour l'écrivain. Lorsqu'elle le surprend en train de dicter une dépêche depuis sa baignoire, Lesley se dit que son diplomate de mari est de plus en plus désinvolte vis-à-vis de la moindre tâche administrative. Il arrive également à Odette de penser de même comme ce soir où, s'apprêtant à rentrer chez elle, Gary lui dit qu'il a un télégramme urgent à faire partir. De bonne grâce, sa secrétaire s'assied à son bureau et commence à déchiffrer l'écriture manuscrite du consul général, dont les lettres se confondent mais qu'elle a appris à lire. Lorsqu'elle commence à taper le texte, elle se rend compte que les touches de la machine à écrire n'arrivent pas jusqu'au papier. « *Shit!* Qu'est-ce qui se passe encore ? » peste-t-elle en glissant la main derrière le rouleau avant de sentir le contact d'une matière molle et de pousser un cri d'effroi en découvrant le corps d'un serpent. « Ça vous a fait peur, hein ! » lui lance Gary dans un rire malicieux, avant de lui révéler qu'il était en caoutchouc.

★

En cet automne 1959, Romain Gary se détache. Il se détache de la diplomatie et il se détache de Hollywood. Après *Les Racines du ciel*, c'est un autre de ses romans que les studios viennent de porter à l'écran. *The Man Who Understood Women*, cette adaptation des *Couleurs du jour*, roman paru en 1952 qui met en scène les mœurs incestueuses du couple vedette-producteur, entre amour et argent, est une production de la 20th Century Fox. Contrairement à *The Roots of Heaven*, l'écrivain n'a pas collaboré au scénario. C'est le réalisateur lui-même, Nunnally Johnson, qui l'a entièrement écrit à partir du roman.

Les deux Oscars que Johnson avait obtenus pour *Les Raisins de la colère* avaient inspiré confiance à Gary mais, le soir de la première, l'écrivain se dit de nouveau affligé par Hollywood. Ce qu'il voit à l'écran n'est pas ce qu'a vu le romancier en écrivant le livre. Rien n'est de lui. Le verdict tombe : avec les studios, on ne peut se fier à personne. Il en est convaincu, un film doit être une entreprise individuelle. L'écrivain est décidé à ne plus vendre les droits de ses romans, à moins qu'il n'en écrive lui-même le scénario et qu'il ne réalise lui-même le film. « Si quelqu'un flingue le livre, explique-t-il à son agent, alors ça sera de ma faute. » Face aux journalistes qui l'interrogent, ce soir-là, pour savoir s'il est tenté d'écrire à nouveau sur Hollywood, Gary balaie cette idée du revers de la main, soutenant qu'en tant qu'écrivain il n'écrit que sur ce qu'il ne connaît pas. « Je crois aux inventions », déclare-t-il, avant de développer sa vision de la vie, construite comme une fiction : « La réalité n'est pas une source d'inspiration pour la littérature. À son meilleur, la littérature est une inspiration pour la réalité. » Irrémédiablement, la fiction prend le pas sur le réel tandis que l'écrivain se rêve à présent en réalisateur.

Dans son bureau, le consul général s'impatiente. Sans nouvelles de Venise, il écrit, le 18 novembre, à Jacques Vimont pour lui annoncer qu'il a changé d'avis et qu'il souhaite finalement être envoyé à Naples. Le diplomate se ravise dès le lendemain : « C'est toujours Venise que je préfère », lui annonce-t-il, avant d'insister dans une quatrième lettre, quelques jours plus tard. Entre-temps, le Département lui a fait miroiter un poste à Paris : la direction du Tourisme. Le poste lui plaît mais un caillou s'est trouvé sur sa route. La volonté de Couve de Murville est inflexible, lui fait-on comprendre. Sa nomination qui a été soumise à son ancien ambassadeur à Washington a été rayée par celui qui est désormais le ministre des Affaires étrangères du général de Gaulle. « La diplomatie moderne a-t-elle besoin de nommer des vedettes ? La réponse est non ! » a tranché Couve.

*

« Serrez bien les ficelles pour que ça ne soit pas ouvert avant que ça parvienne à Gallimard. » En ce mois de décembre 1959, l'écrivain vient d'achever le manuscrit définitif de *La Promesse de l'aube* « avec chaque virgule à sa place ». Pendant que sa secrétaire réalise plusieurs copies du tapuscrit et assemble les exemplaires avec les reliures destinées aux registres de l'état civil, l'écrivain redouble de précaution en rédigeant une lettre d'accompagnement. Le livre recèle l'histoire de sa vie et nul ne doit en prendre connaissance avant ses éditeurs, Jacques Lemarchand et Albert Camus, ni avant la famille Gallimard. L'écriture lui ayant fait prendre quelques libertés avec les faits, il souhaite qu'il n'y ait aucune ambiguïté pour le lecteur, le livre doit être présenté comme un récit et non comme une autobiographie : « Il s'agit simplement de reconnaître ce fait que lorsqu'on évoque à trente ans de distance des détails, des expressions, des regards, des scènes et des événements, il faut tout de même préciser qu'il s'agit avant tout d'une vérité artistique. » Enfin délivré de ce passé qui le hantait, Gary peut se réinventer.

*

« Vieillir est affreux ! » se dit-il en ajustant sa cravate avant que son regard ne s'attarde, dans le reflet du miroir, sur la cicatrice que lui ont laissée les éclats du Plexiglas de son cockpit, lors d'un vol en rase-mottes dans la campagne africaine. Depuis dix ans, cette trace indélébile marque son visage que la postérité associera à un rictus ironique mais qui n'est pas autre chose que les stigmates de la guerre. Tandis qu'il tire sur le tissu pour amincir le nœud, la voix de son épouse retentit. Elle lui demande ce qu'il fait depuis un quart d'heure, que ses invités sont arrivés et que la France mériterait un meilleur diplomate qu'un consul général constamment en retard et voué à la fréquentation de sa seule personne. Irrité par l'esprit de provocation de Lesley, Gary défait le nœud qu'il vient de composer patiemment et décide qu'il restera finalement dans sa chambre. Puisque c'est ainsi, il ne daignera pas même saluer ce jeune Français qui lui a été recommandé par son ami Jean de Lipkowski. Las des mondanités, après quatre années passées à Los Angeles, il souhaite désormais se replier sur lui-même et ne se consacrer qu'aux livres.

D'ordinaire tolérante face à la lassitude de son mari, Lesley, ce jour-là, insiste. Elle lui murmure, de l'autre côté de la porte, qu'il devrait venir, que son visiteur est accompagné de sa très charmante épouse américaine, tout droit sortie d'un film de Jean-Luc Godard. « Venez », insiste-t-elle, ajoutant, avec un brin de malice, « au moins pour elle ».

Au rez-de-chaussée du consulat, François Moreuil est venu présenter sa carte de visite au consul général. Issu de la bourgeoisie parisienne, François, qui n'a que vingt-cinq ans, travaille à New York dans un cabinet d'avocats et rêve de cinéma. Il est venu en Californie pour accompagner sa jeune épouse, Jean Seberg, qui joue actuellement dans un film réalisé à Hollywood.

François Moreuil parle mais Romain Gary ne l'écoute pas. Il est subjugué par la beauté de Jean. Une beauté singulière, presque androgyne, avec cette coupe à la garçonne. Si elle n'a que vingt et un ans et Gary quarante-cinq, se noue ce jour-là, dès le premier instant, une fascination mutuelle entre la jeune vedette de cinéma et l'écrivain-diplomate à succès qui appartiendra bientôt à l'éternité.

« Comment une jeune fille comme vous arrive-t-elle à Hollywood ? lui demande-t-il.

— Je viens des Grandes Plaines des États-Unis, répond-elle, de l'Iowa. J'ai reçu une éducation religieuse très stricte alors, pour s'émanciper de tout cela, on devient acteur... ou écrivain », ajoute-t-elle, en baissant ses yeux bleus devant la notoriété de celui à qui elle s'adresse.

Romain Gary est sous le charme. Dès l'âge de douze ans, elle a voulu être actrice après avoir vu un film avec Marlon Brando. À la veille de ses dix-huit ans, elle gagne un concours international pour interpréter le rôle de Jeanne d'Arc dans le film d'Otto Preminger. Le réalisateur l'a choisie au premier coup d'œil, après l'audition de dix-huit mille candidates. Quittant sa ville natale de Marshalltown et sa famille, elle s'envole aussitôt pour Londres pour tenter l'aventure. Le tournage est une première épreuve. Le film un demi-succès ou plutôt, disons-le, un demi-échec. La critique est mauvaise et son jeu est critiqué. Cependant, Preminger la réengage pour jouer le personnage de Cécile dans l'adaptation du roman de Françoise Sagan *Bonjour tristesse*. Elle trouve en elle la volonté de tourner à nouveau devant les caméras. Et ce, même si l'homme est un tank, déclare-t-elle. Preminger est remarquablement doué, intelligent, astucieux, mais il écrase et terrifie les gens. Romain Gary écoute, sans jamais l'interrompre, la jeune femme évoquer sa carrière, ses infortunes avec le cinéma américain et la passion qu'elle voue au septième art français. Car seul un certain François Truffaut lui a consacré un article élogieux, dont elle connaît les mots par cœur, qu'elle déclame avec son accent américain : « En corsage – et encore sage – mais plus pour longtemps, Jean Seberg, avec ses petits cheveux blond cendré sur son crâne de pharaon, ses yeux bleus grands ouverts et ses éclairs de malice garçonnière, porte sur ses petites épaules tout ce film qui n'est d'ailleurs qu'un poème d'amour que lui dédie Otto Preminger... »

Après cette première expérience, elle s'est installée à Nice – « Nice ? là où j'ai grandi », lui dit Gary d'un air émerveillé – où elle a appris le français et a rencontré François, ici présent, avec qui elle s'est mariée voilà un an. Après avoir été remarquée par le groupe des *Cahiers du cinéma*, elle s'est vu proposer par Jean-Luc Godard voilà quelques mois de tourner avec Jean-Paul Belmondo un film intitulé *À bout de souffle* qui sortira en salle l'an prochain. Elle y joue une Américaine, comme toujours, admet-elle en riant. Le tournage a été déroutant : une petite équipe filme des scènes presque improvisées avec des dialogues qui se limitent à quelques répliques écrites la nuit même et sorties des poches du réalisateur sous l'œil de la caméra. Cela n'a rien à voir avec la façon dont on tourne à Hollywood et cette Nouvelle Vague, comme on l'appelle, apporte tellement de fraîcheur et de naturel au jeu de l'acteur qu'elle se sent libérée.

Comme elle est encore sous contrat avec la Columbia, elle a dû venir à Hollywood pour tourner *Let No Man Write My Epitaph*. Elle s'offusque de ce cinéma américain tellement cloisonné que, dans les studios, personne n'a entendu parler de Truffaut. Hollywood est lunaire, décrète-t-elle.

Le diplomate est bouleversé par le charme et la sensibilité, le talent et la poésie de cette jeune actrice américaine qui n'a rien de commun avec toutes les stars qu'il a pu rencontrer à Hollywood. Elle est belle, purement belle, se dit-il en lui-même, avant de lui offrir un exemplaire de son troisième roman, un livre qu'il a écrit voilà bien des années, et qui tourne en dérision la figure du producteur hollywoodien.

Tandis que Jean Seberg s'apprête à repartir avec François Moreuil et son exemplaire dédicacé des *Couleurs du jour* sous le bras, Lesley les interrompt. Elle n'a rien manqué de la conversation et n'a jamais vu son mari, d'habitude si taciturne, s'enthousiasmer autant. « Pourquoi ne viendriez-vous pas dîner au consulat un de ces soirs ? » propose-t-elle au jeune couple. François n'a pas eu le temps de répondre que Jean a déjà dit oui.

L'hiver du tiraillement

Voilà une semaine qu'il ne dort plus. Ce soir il va revoir Jean Seberg. Lorsque le couple arrive et prend place dans le salon aux fourrures, Gary est pris d'une vive excitation. « Est-ce que ça vous ennuierait que j'essaye vos chaussures ? » Déstabilisé, Moreuil s'exécute, sous les yeux de Lesley, qui maudit son mari et regrette déjà l'invitation. « Vos mocassins sont superbes, juge-t-il, et très confortables. » Lors du dîner, Jean veut tout savoir sur lui. Comment le diplomate trouve-t-il le temps de mener à bien son œuvre, si le gouvernement français est assez libéral ou si l'écrivain se censure. « Le Quai d'Orsay a toujours été très libéral, lui répond-il, je n'ai jamais eu aucune difficulté avec le moindre de mes livres. Bien sûr, j'emploie parfois en tant qu'écrivain une certaine verdeur de langage, mais après tout, la France que je représente est aussi celle de la Résistance. » Cependant, l'homme se fait pudique lorsqu'elle lui demande d'évoquer ses combats pendant la guerre.

Cherchant à prendre part à la conversation, François Moreuil interroge Gary sur le style de ses premiers romans, sur lesquels il s'est renseigné. « Comment se fait-il que vous, un diplomate si distingué, vous connaissiez si bien le marché noir, la prostitution et les gangsters que vous décrivez dans *Le Grand Vestiaire*? lui demande-t-il.

— C'est bien simple, répond l'écrivain qui sent poindre la question perfide, si je parle si bien comme vous le dites des prostituées et des proxénètes, c'est qu'avant d'être diplomate j'étais moi-même prostitué et proxénète. » Jean éclate de rire, conquise par l'humour de Romain Gary.

Elle lui dit qu'il lui fait penser à Conrad. Il accepte le compliment : *Lord Jim* est son livre de chevet et peut-être l'unique livre qu'il relit chaque année. Gary poursuit la conversation en évoquant ses postes diplomatiques des quinze dernières années. « J'ai vu en Bulgarie certaines des plus belles femmes au monde », glisse-t-il au détour d'une phrase, provoquant la fureur masquée de Jean et un sourire ironique de Lesley.

À présent, il manque de temps pour mener à bien son œuvre. Quels sont ses projets? Peut-être celui de tourner lui-même un film. « J'aimerais beaucoup y jouer si vous le tournez un jour », lui répond Jean.

Au moment de saluer ses hôtes, François Moreuil remercie le consul général et lui demande une faveur : « Je dois rentrer en France pour le travail, puis-je vous demander de veiller sur Jean pendant mon absence? » Romain Gary acquiesce sous le regard de son épouse. « Prenez-en soin! » ajoute Moreuil avant de prendre congé.

*

Désormais seule à Los Angeles, Jean Seberg revoit Romain Gary. Au cours de ces quatre dernières années, le diplomate a multiplié les *love affairs* avec des actrices de

Hollywood, mais chez elle il perçoit d'emblée une singularité. Contrairement aux vedettes qui savaient à peine lire et qui révisaient leur cahier de vocabulaire avant d'aller à une réception où elles posaient les questions qu'elles avaient préparées, Jean est humble et n'a pas besoin malgré son jeune âge de construire des opinions pour avoir des convictions. Dès l'adolescence, lui explique-t-elle, elle s'est investie en faveur des droits civiques et des Noirs américains en adhérant à la National Association for the Advancement of Colored People. Pendant qu'elle lui décrit Marshalltown et les paysages de l'Iowa, qui semblent tout droit sortis d'un tableau d'Edward Hopper, il découvre les cicatrices que le cinéma a déjà laissées sur la jeune actrice. Surtout, Jean le fascine. Car si elle éprouve une véritable angoisse vis-à-vis du monde, elle n'en demeure pas moins curieuse de tout et développe une énergie folle pour s'épanouir dans l'art. Elle veut apprendre et lui demande sans cesse conseil sur les livres qu'elle pourrait lire. Et c'est auprès de lui, cette figure héroïque – combattant valeureux de la Seconde Guerre mondiale, diplomate de carrière, écrivain célèbre et polyglotte – qu'elle va chercher refuge.

Lorsqu'elle lui demande comment était Camus, il lui répond en désignant la couverture du *Times* : « Comme sur cette photo, lui dit-il, avec son éternel imperméable. » Mais sa grande simplicité et sa profonde gentillesse sont les traits de son caractère qui l'ont sans nul doute le plus marqué, ajoute-t-il. En ces premiers jours de janvier 1960, Camus est mort, à quarante-six ans, au détour d'une route de campagne, sur les bords de l'Yonne, avec à ses côtés son éditeur, Michel Gallimard. Coup sur coup, Gary a perdu un frère et un ami. Alors que Malraux vient de saluer

« l'un de ceux par qui la France demeure présente dans le cœur des hommes », cette fois, Romain ne s'est pas précipité vers Lesley pour lui annoncer la nouvelle. Il a pleuré en silence, derrière la porte de sa chambre, au rez-de-chaussée du consulat, avant de remonter à son bureau et de se délivrer de sa souffrance en écrivant toute la nuit. Car la disparition brutale de Camus ravive en lui la peur de mourir, la peur de mourir avant d'avoir achevé son œuvre. Il ne le sait pas encore mais il va se jeter dans la littérature et, dans le même temps, choisir la vie.

*

Pendant que la Oldsmobile se fraie un chemin entre les buissons, sur les hauteurs de Outpost Drive, Jean exprime l'émerveillement d'un enfant sous une nuit étoilée, tandis que leur parviennent les notes d'un concert joué en contrebas depuis le Hollywood Bowls. Dans leur entourage, personne n'est au courant de ce qui se trame. Dans la plus grande clandestinité, Gary échafaude des stratagèmes pour soustraire Jean des plateaux de tournage. Les rendez-vous dans le studio de Laurel Canyon ou dans l'appartement qu'occupe Jean sont déjà trop risqués, alors que le scandale couve. Ils doivent fuir Hollywood, aller le plus loin possible, là où personne ne les reconnaîtra.

À Outpost Drive, Gary dit à Odette qu'il va partir au Mexique une dizaine de jours avec une amie et lui demande de s'occuper des visas. Le vice-consul, Jean Dimanchin, appelle son homologue pour l'informer que la secrétaire du consul général va se présenter l'après-midi même avec deux passeports, l'un diplomatique et l'autre américain. Il fait exceptionnellement frais, ce jour-là, à Los Angeles, lorsqu'elle s'acquitte de ces formalités dont son patron fait bien grand mystère. Ouvrant le passeport de cette inconnue, elle reconnaît le visage de la jeune femme venue plusieurs semaines auparavant avec son mari français.

Mais, de retour au consulat, Odette se rend compte qu'elle a perdu une de ses boucles d'oreilles en or, avec de petites perles, auxquelles elle tient tant. Tandis qu'elle sanglote dans son bureau, Gary, nerveux, lui répond sèchement : « Écoutez, Odette, ne compliquez pas les choses, allez vous faire faire une autre boucle d'oreille et on n'en parle plus. »

Pendant que Romain Gary s'envole avec Jean Seberg pour le Mexique, Yvonne Pétrement accepte de couvrir son patron. À Washington pas plus qu'ailleurs, on ne doit savoir que le consul général a fugué avec une jeune actrice, déclare-t-il à Odette. « Qu'il a abandonné son poste ! » lâchera Lesley en apprenant que son mari a quitté Los Angeles, avant d'ajouter, tel un couperet : « Autrefois, Romain ne s'intéressait qu'aux femmes belles et intelligentes, maintenant il suffit qu'elles soient jeunes et jolies. »

*

Dans les derniers jours de janvier, Jean appelle au consulat vers 7 p.m. Elle s'apprête à partir à Paris et souhaite lui dire, avant de monter dans l'avion, qu'il va lui manquer. Ses mots, prononcés dans le brouhaha d'un hall d'aéroport, bouleversent Romain.

Dans son bureau de Outpost Drive, il est perdu. Un frisson d'effroi traverse son corps en même temps qu'un sentiment de bonheur l'envahit. La femme qu'il connaît à peine et pour laquelle il sent poindre des sentiments qui le transportent s'apprête à partir à six mille *miles* de L.A., pour retrouver contre son gré son jeune époux. Il demanderait conseil à Lesley, si les choses n'étaient pas ainsi. À qui parler ? Qui pourrait comprendre cet amour si pur qu'il ressent et qu'il lui est impossible de réfréner ?

Lorsque son mari lui tend le combiné du téléphone, Odette vient de sortir de la douche.

« Allô, Odette ? Est-ce que vous pouvez me rejoindre ? lui demande-t-il.

— Mais, Monsieur, je viens de me laver les cheveux, répond-elle.

— Eh bien, séchez-les et retrouvez-moi chez Schwab's dans trois quarts d'heure. »

En parcourant les huit *miles* qui séparent, en vingt minutes de voiture, U.S.C. de Sunset Boulevard, Odette maudit ce patron qui la fait conduire après les horaires de bureau sous des trombes d'eau. Qu'a-t-il donc de si important à lui dire pour la faire venir dans le drugstore où les jeunes actrices vont prendre une glace pour se faire repérer et essayer de percer ?

« Où est votre motocyclette ? » lui lance Gary en la voyant arriver vêtue d'un pantalon d'équitation, une casquette sur la tête. Elle l'étranglerait, pense-t-elle un instant, avant de se raviser, voyant son air perdu et affolé.

Depuis leur escapade au Mexique, Odette se doutait que quelque chose se tramait avec Jean Seberg. La jeune actrice l'avait frappée par son charme et son innocence l'unique fois où elle l'avait rencontrée à Outpost Drive. Mais Gary ne lui avait jamais parlé de leur relation. Aussi pensait-elle qu'il ne s'agissait que d'une banale *affair*, d'une passade autrement dit. À mesure qu'il lui explique l'histoire qui se joue depuis plusieurs mois dans le plus grand secret, Odette comprend le dilemme qui l'assaille. Gary est tiraillé. Tiraillé face à tout ce qui les sépare, tiraillé par leur différence d'âge, de milieu, d'univers. Avec elle, il ne peut pas se montrer, lui dit-il, tant vis-à-vis de Lesley que de sa fonction. Il doit prendre une décision mais ignore encore laquelle. Doit-il divorcer et l'épouser ?

N'ayant jamais vu son patron dans un tel état, Odette lui dit :

« Écoutez, je vous dis le fond de ma pensée. Je préfère vous entendre dire des années plus tard : "*I married her, it didn't work out*", je l'ai épousée et ça n'a pas marché, plutôt que : "*I wish I had married her, I wonder what it would have been*", j'aurais voulu l'épouser et je me demande ce que ça aurait été.

— Ce n'est pas bête, répond Gary, qui se fie toujours à son raisonnement.

— Personnellement, je ne voudrais pas de la deuxième solution », ajoute-t-elle.

Alors qu'Odette pense que – tout de même ! – il aurait pu lui parler au téléphone plutôt que de lui faire faire une demi-heure de route pour lui dire ça, Gary se rend compte qu'il a devant lui la seule personne, à Los Angeles, en qui il a confiance et auprès de laquelle il sait pouvoir prendre conseil.

★

Lorsque l'opération « Gerboise bleue » est lancée au petit matin du 13 février 1960 dans le Sahara algérien, à Outpost Drive le téléphone sonne dans le vide. Tous les médias américains reprennent pourtant en boucle la nouvelle : « soixante-dix kilotonnes explosent dans l'atmosphère », « l'équivalent de quatre fois Hiroshima »... alors que la France vient d'entrer dans le « club » très restreint des puissances atomiques, le diplomate n'est plus là pour défendre la « grandeur » gaullienne.

Après avoir passé un coup de fil à son ami Robert Luc, qui a repris son poste en Californie du Nord après son échec aux élections législatives, Gary prend aussitôt la route. Au bout de quatre cents *miles*, il retrouve la baie de San Francisco dissimulée dans la brume. À son arrivée à S.F., au lieu de parcourir cette ville qui le fascine tant – la plus belle ville au monde, dit-il à Robert Luc chaque fois qu'il s'y rend –, il se plonge dans la lecture du manuscrit de *The Time of the Shariat*, dont Lesley lui a donné une copie avant qu'il ne parte. Après une nuit passée à lire le texte que son épouse porte depuis cinq années, il lui envoie un câble : « C'est un livre extraordinaire et qui restera un classique. Avec admiration. » Lorsque Lesley lit ces mots, « un livre extraordinaire et qui restera un classique », elle fond en larmes. S'il l'admire, alors pourquoi préfère-t-il des femmes plus jeunes qu'elle ?

Gary lui aussi est assailli par le doute. Sur le chemin du retour, il roule par grand vent dans un froid glacial avant de s'arrêter le long de la côte, qu'il contemple du haut des rochers. La beauté de Big Sur lui rappelle combien il aime cette atmosphère brumeuse des matins d'hiver, lorsque la lumière est encore rasante sur les récifs qui semblent flotter sur l'océan. Mais face à ce paysage à la beauté éclatante lui viennent des larmes. Les larmes ont toujours un goût iodé face à l'océan. Il est consul général, s'apprête à publier son chef-d'œuvre, côtoie des vedettes de cinéma et a l'assurance de lendemains heureux. Et pourtant, tous ces titres n'ont aucun sens. La vie n'a aucun sens. Il pleure face à l'océan, pensant à sa mère, à son passé, à Lesley. Au midi de sa vie, l'homme regarde derrière lui et c'est ce qui le fait souffrir. Alors qu'il a fermé les yeux et qu'il a ressenti quelque chose de vertigineux, une force invisible le rattrape *in extremis*. Recommencer, se dit-il. Recommencer une nouvelle vie. Après avoir fait un pas en arrière et s'être adossé aux rochers, il a essuyé ses larmes et sourit à présent face à l'océan en contemplant la lumière sur Big Sur tandis que des phoques jouent en contrebas.

Lorsqu'il est de retour à Outpost Drive, Romain ne tarit pas d'éloges sur le livre de son épouse dont il compare certains passages à ceux de *Guerre et Paix*. « Vraiment », insiste-t-il, ne surjouant pas le respect qu'il voue à son œuvre. Tandis que la littérature les réunit de nouveau, Lesley envoie une ultime correction à son éditeur. Elle souhaite changer le titre initial de son livre, *The Time of the Shariat*, qui devient *The Sabres of Paradise*, ce qui en repousse la parution du mois de juin au mois d'octobre 1960. Et demande à son éditeur d'ajouter dans les remerciements le nom de son mari « pour son enthousiasme et sa compréhension durant les années pendant lesquelles j'étais absorbée par mes recherches sur le Caucase ».

Tandis qu'un compte à rebours a été enclenché, qu'il doit choisir et qu'il le sait, le cours des choses est soudain bousculé lorsqu'un employé de la Western Union dépose un télégramme au consulat. Après avoir décacheté l'enveloppe, Odette constate qu'il est crypté et le remet à Jean Dimanchin, le vice-consul, pour le déchiffrer. Parcourant rapidement la bande de texte collée à même le pli, ce dernier constate d'emblée que la combinaison des paquets de cinq lettres lui résiste inhabituellement. Au consulat c'est pourtant lui qui chiffre et déchiffre les télégrammes. Et comme il a beaucoup de mémoire, cela ne lui prend jamais plus que quelques minutes. Cette fois-ci, étrangement, le texte lui demeure incompréhensible. C'est comme si les lettres de l'alphabet n'étaient pas à leur place. Après une deuxième lecture, il se rend compte que la clé utilisée n'est pas la plus usuelle : il s'agit sûrement d'un télégramme ultraconfidentiel. Il doit se rendre aux archives pour récupérer la table, conservée au coffre, qui correspond à ce niveau de sécurité. Ça doit être pour un voyage politique, pense-t-il alors, quelqu'un de très haut placé. Après avoir déchiffré le télégramme, il se précipite vers le bureau du consul général, où il ne se rend que lorsque c'est absolument nécessaire, et frappe à la porte : « Je m'excuse de vous déranger, l'ambassade vient d'annoncer la venue du Général. »

Au fond de lui, il a déjà choisi. Romain Gary en est conscient, constatant la cassure qui s'opère chaque jour davantage entre le rôle qu'il joue et les aspirations intérieures qu'il éprouve. Alors que la visite officielle du président de la République est annoncée pour le mois d'avril 1960, Romain annonce à Lesley qu'il doit se rendre en France, pour des raisons de santé, lui dit-il, suivre une cure thermale d'un mois à Vichy mais, il le lui assure, il sera de retour pour de Gaulle.

S'affranchissant de toutes les règles, il demande à Odette d'annuler sa présence à la réunion des consuls qui doit se tenir à Washington. « Ne pas se rendre à l'ambassade, c'est comme rater un Noël en famille, vous n'avez pas le droit », lui rétorque-t-elle pour le faire revenir à la raison. Ce sont les mêmes prises de parole, les mêmes conversations, les mêmes visages, chaque année un peu plus vieillis, se défend-il, avant de capituler et prendre la route de l'aéroport. À Washington, lorsque l'ambassadeur confirme l'avancée de l'U.R.S.S. dans les domaines scientifique et militaire, Gary se met à griffonner le portrait de ses collègues sur l'ordre du jour de leurs travaux tandis qu'à l'évocation des « points névralgiques de l'opinion » il dessine les nœuds enlacés du cortex d'un cerveau. Au terme de trois jours de débats au cours desquels il s'est ennuyé à mourir, Romain Gary prend un vol direct pour la France. Son opinion est faite. Il veut s'évader.

La fièvre parisienne

Dans ces jours et dans ces nuits de mars 1960, pendant que tout le milieu du cinéma bruisse de sa prestation dans *À bout de souffle* et qu'aux quatre coins de l'Hexagone les libraires s'apprêtent à mettre en place *La Promesse de l'aube*, Romain Gary et Jean Seberg s'aiment dans la pénombre d'une suite du Lutetia.

Dès qu'il est arrivé à Paris, Jean l'a rejoint dans le plus grand secret. Et à présent, ils doivent ruser à chaque instant pour préserver leur idylle des ravages du scandale. Car sur l'affiche du film de Godard, c'est le visage de la petite vendeuse du *New York Herald Tribune*, sur les Champs-Élysées, qui a été choisi par le réalisateur et d'emblée la presse s'en empare. Dans les rues de Paris, Jean est pourchassée par les paparazzis qui la mitraillent. À la moindre de ses sorties, Romain se croit suivi. Il les guette devant l'hôtel, boulevard Raspail, et change deux fois de taxi avant de la retrouver. Lorsqu'il marche dans les rues de Paris, il jette des coups d'œil pressés dans le reflet des vitrines pour s'assurer qu'il n'est pas pris en chasse. À quelques amis, il révèle ce qu'il a gardé secret depuis de nombreux mois. « Je suis bouleversé ! Sentimentalement...

Une femme ! Oh ! cette femme m'a bouleversé. Je ne sais pas comment faire », s'écrie-t-il face à Henri Hoppenot, avant d'ajouter, dès que son épouse Hélène a le dos tourné : « Je vais bien vous étonner, mais je voudrais que Lesley soit là pour lui demander conseil ! »

Ce huis clos dans un hôtel de luxe, leur célébrité respective, cet amour empêché par les conventions, tout cela le trouble au plus haut point. Sentant basculer sa vie, l'écrivain cherche encore à pousser ses pions, à jouer plus longtemps ce jeu de l'interdit, avant de définitivement trancher le dilemme qu'il porte depuis trop longtemps en lui. Il l'a décidé, le temps ne presse plus alors qu'en ce printemps 1960, leur romance, dans cette ville dont il a été tenu si longtemps éloigné, a le parfum enivrant de la clandestinité. Sur papier à en-tête du Lutetia, il donne des instructions à Odette, pour reporter telle conférence ou annuler tel déplacement, depuis qu'il a décidé de prolonger son séjour. Il n'est pas sûr d'être de retour pour de Gaulle, lui annonce-t-il au détour d'une phrase. « Pour le loyer du studio, ou bien imitez ma signature, ou bien envoyez-moi les chèques ici », lui écrit-il, soucieux de maintenir les apparences de sa double vie en Californie, avant d'ajouter à l'intention de sa confidente : « *Everything is just fine.* »

*

La Promesse de l'aube est dans les vitrines de toutes les librairies. Si Romain Gary a décidé de prendre son temps, remaniant et corrigeant largement le texte de son récit autobiographique, c'est que l'écrivain a voulu préparer son retour triomphal, après les douloureuses critiques du Goncourt.

Lorsqu'il se rend rue Sébastien-Bottin, Gary est informé d'une nouvelle qui le bouleverse. Il apprend qu'un dernier manuscrit de Camus a été retrouvé dans une sacoche, sur le siège arrière de la Facel-Vega accidentée. À quarante-cinq ans, Camus comptait se mettre à nu, raconter son enfance pauvre en Algérie à travers un personnage de fiction, Jacques Cormery, dans un roman intitulé *Le Premier Homme*. Gary est troublé alors que *La Promesse de l'aube* relève d'une même entreprise autobiographique.

Ses amis le savent, avec *La Promesse de l'aube*, l'écrivain s'est arrangé avec la réalité. « Rien n'est tout à fait vrai, mais rien n'est tout à fait faux », se justifie-t-il dans une lettre à son amie Christel. Contrairement à ce que l'écrivain écrit dans le récit, Gary a connu son père, qui n'est pas « mort de peur » devant la chambre à gaz. Si Arieh-Leïb Kacew de son nom d'état civil a été longtemps absent, il est revenu vivre, pendant quelques années, avec Mina et leur fils avant de se séparer définitivement d'eux. Cependant, René Agid, à qui le livre est dédié et qui constitue la famille adoptive de Gary, de même que François Bondy considèrent que l'essentiel est là, avec le portrait de sa mère Mina, et qu'il sonne juste.

Romain Gary tient à présent sa revanche sur les « dieux de la bêtise » qui l'accablent depuis sa naissance. Jusqu'alors, le public ne connaissait que peu d'éléments sur sa vie, sinon les détails contradictoires qu'il en donnait pour brouiller les pistes. Il a désormais une biographie, celle de l'exil, et une ascendance, le personnage de « Nina » dont la passion pour son fils est une lettre de mission pour la vie. « Avec l'amour maternel, écrit-il dans *La Promesse de l'aube*, la vie vous fait à l'aube une promesse qu'elle ne tient jamais. On est obligé ensuite de manger froid jusqu'à la fin de ses jours. Après cela, chaque fois qu'une femme vous prend dans ses bras et vous serre sur son cœur, ce ne sont plus que des condoléances. » Mais en ce printemps 1960, ces pages écrites dans la solitude de son bureau de Outpost Drive semblent contredites par les événements, alors que l'écrivain vit une histoire d'amour qu'il ne maîtrise pas et dont la force enivrante le renverse.

*

« La petite me rend fou », avoue-t-il à ses amis niçois, en désignant le portrait de Jean sur les colonnes Morris. Depuis la sortie en salles d'*À bout de souffle*, la mode est à la coupe garçonne. En l'espace d'à peine quelques semaines, Jean Seberg est devenue une idole. À elle seule, du haut de ses vingt et un ans, elle symbolise dorénavant bien plus que l'Américaine à Paris qui donne la réplique à Jean-Paul Belmondo. Elle est devenue l'icône de la Nouvelle Vague.

Dans le même temps, l'écrivain se jette dans l'arène médiatique. « J'ai écrit ce livre pour me débarrasser du fantôme de ma mère, déclare-t-il le 4 mai 1960, sur le plateau de *Lectures pour tous*, elle peut dormir en paix maintenant, c'est fait. » Romain Gary multiplie les interviews dans lesquelles il évoque le personnage de sa mère et raconte leur vie d'émigrés démunis, les projets qu'elle faisait pour son fils et au travers desquels elle vivait par procuration. Et, consciemment ou non, l'écrivain fait cet aveu en forme de page qui se tourne : « Je me suis décidé à parler de moi parce que je me suis séparé du personnage que j'étais, je l'ai laissé derrière moi », dit-il aux journalistes.

Mais dans cette fièvre parisienne, la pression d'une notoriété nouvelle, cet amour clandestin avec Gary, le poids soudain de sa carrière font que la jeune vedette de cinéma perd pied. Ses nerfs lâchent. Jean Seberg est conduite à l'hôpital américain de Neuilly puis confiée aux soins de médecins, dans une clinique privée. Parce qu'elle a interdiction de recevoir de la visite, Romain revêt une blouse blanche et, se faisant passer pour un médecin, se rend à son chevet. Pour reprendre en main une situation qui manque de lui échapper, Gary affrète, dans le plus grand secret, un avion privé pour la conduire dans l'Iowa.

À Marshalltown, Jean se repose, renouant avec l'ambiance paisible de cette petite ville américaine. Elle revoit ses amis d'enfance, se rend à la ferme de son oncle Bill. Elle s'interroge sur sa vie sous les projecteurs et songe au vieux dicton américain : « Une fille de la campagne sera toujours une fille de la campagne. » Et pourtant, en dépit de son attachement à sa vie passée et à Marshalltown, elle souhaite s'affranchir. Vivre par elle-même et d'elle-même cette vie dont elle cherche encore à saisir le sens. À ses parents, luthériens, elle explique alors l'inconcevable : elle va demander le divorce, un an et demi à peine après s'être mariée avec François Moreuil.

*

« C'est fini », écrit le romancier en ouverture de *La Promesse de l'aube*. À quarante-six ans, Gary semble vouloir clore une de ses vies et en aborder une nouvelle. L'heure est venue pour lui de manifester son amour de la liberté. L'écrivain s'apprête à se débarrasser du costume de diplomate. Un costume devenu trop étroit pour celui dont l'œuvre est couronnée de succès et dont la silhouette hante les rues de Paris et fait se retourner les passants.

Depuis les Éditions Gallimard, il n'a eu qu'à remonter le boulevard Saint-Germain pour arriver au Quai d'Orsay. Dans les longs couloirs de l'hôtel du ministre, Romain Gary marche à présent derrière une queue-de-pie au pas pressé. Retrouvant le parquet qui grince sous l'épaisse moquette, il songe à l'immédiat après-guerre, lorsqu'il était rédacteur à la direction d'Europe. Une tout autre époque, se dit-il, à laquelle il repense sans nostalgie. Et pourtant, les us et coutumes semblent tellement ancrés que l'atmosphère des lieux est demeurée immuable. Après trois coups secs, il est introduit dans le bureau du directeur général du personnel.

« Vous posez un délicat problème à la “maison”. » En bon diplomate, Jacques Vimont a usé d'un euphémisme pour annoncer à Gary que ses activités littéraires, brillantes et couronnées de succès, ne font pas de lui un « agent comme un autre ». En l'état, il lui sera compliqué sinon impossible d'avoir un nouveau poste. Cependant les choses peuvent changer, ajoute-t-il, sans trop y croire. On ne peut être ambassadeur de France et poète, répond l'intéressé, citant avec ironie les surréalistes. Il l'avait compris au cours des dernières semaines, après avoir longtemps espéré être nommé en Europe. Pour l'administration, le diplomate Romain Gary a toujours été un paradoxe. « Magnifiques titres de guerre », « candidat de grande classe », « candidature qui prime sur la plus grande partie des autres » : la commission du cadre complémentaire l'ayant admis au Quai d'Orsay après guerre n'avait pu que souligner ses mérites ; mais dans le même temps, des cent quinze noms égrenés par l'arrêté ministériel du 4 novembre 1945, seul celui de Romain Gary renvoyait à un point d'interrogation. Après quinze années de bons et loyaux services, il n'a donc plus le choix. Il doit s'affranchir de la Carrière. Alors qu'il s'était résigné à rester encore une année à Los Angeles, afin d'organiser son départ et terminer ses projets, tout se précipite au cours de cet entretien : il doit quitter L.A. dès l'été 1960.

Dès le lendemain de son passage au Quai, Gary doit tout organiser. Il faut faire vite. Il écrit à sa secrétaire pour lui donner des instructions : celles de résilier la location du studio de Laurel Canyon et de récupérer les manuscrits qui s'y trouvent. « Faites-le avec soin, lui écrit-il, les manuscrits portent mon avenir littéraire ! » Rangeant les boîtes d'archives dans le coffre du consulat, Odette est stupéfaite : « Comment a-t-il pu écrire tout cela ? » s'interroge-t-elle avant de tourner la molette du coffre : « C'est un mystère. »

Hollywood, dernière séance

« Tu me dis que tu pars à Vichy faire une cure thermale et tu disparais pendant deux mois ? Et, à ton retour, tu envoies tout promener, la Carrière et moi avec. *Are you crazy ?* » Dès son retour à Outpost Drive, Lesley fulmine contre son mari dont elle a appris les frasques pendant qu'à Los Angeles elle tentait de cacher son absence. « Lorsque Simone Signoret a eu l'Oscar, c'est moi, l'épouse britannique, qui suis allée présenter les félicitations de la France ; et lorsque le président du Sénat est arrivé à L.A., crois-tu que c'est le consul général qui l'a accueilli à l'aéroport ? Non, c'est encore moi. Ton de Gaulle, lorsqu'il est venu à San Francisco, tu n'étais même pas là. As-tu pensé aux conséquences sur ta carrière ?

— Qu'a-t-il dit ? lui demande Gary, d'un air penaud, en levant un sourcil.

— *Nothing*. Que veux-tu qu'il dise ? »

Cherchant à se justifier, il lui explique qu'il a eu un entretien au ministère, qu'on lui refuse tout nouveau poste. Que, dans la diplomatie, la notoriété littéraire ne suffit pas. Il faut une fortune personnelle, faire la cour, avoir de l'entregent. En somme, tout ce qu'il déteste. Il s'emporte

« contre tous ces cons » qui ne connaissent pas sa valeur. Alors, oui, il l'a décidé, il va quitter Los Angeles et la diplomatie en demandant un congé sans solde.

« Tout cela n'est qu'un immense gâchis », lui dit Lesley, ne parvenant pas à calmer sa fureur. Mais lorsqu'elle entend les mots qu'il vient de prononcer, elle se fige tout en raideur. C'est la rupture, a-t-il dit. Il ne cherche pas à la ménager, lui l'écrivain qui prête tant d'attention au choix des mots, ni à la réconforter. Non, il lui annonce froidement ce qu'il pose comme un fait inéluctable. Gary le lui a annoncé avec son flegme habituel et désormais il regarde la scène comme s'il était non pas le sujet de l'action mais un spectateur de sa propre vie. D'une vie qu'il vient de renverser d'un geste comme on renverse un objet en le jetant à terre.

Lesley était prête à toutes les concessions pour préserver leur mariage. À fermer les yeux sur toutes ses aventures, alors qu'il n'y avait plus entre eux d'amour charnel depuis longtemps. À équilibrer sa fougue comme sa mélancolie, en contrepoids, par la constance de son caractère. À présent, elle fait face à un homme froid, dépossédé de toute émotion. En l'espace de quelques mois, il est devenu un inconnu. « Tout cela n'est qu'un immense gâchis », répète-t-elle, en larmes. Car elle voulait autant garder son mari auprès d'elle que préserver l'idée même de leur couple, coûte que coûte : Lesley Blanch et Romain Gary, cette union d'écrivains qu'ils ont patiemment construite ensemble pour l'éternité, qui n'appartenait plus ni à l'un ni à l'autre, et que l'intrusion d'une jeune actrice vient de détruire à jamais.

Face à ce château de cartes qui s'écroule, Lesley, meurtrie, se raccroche à la littérature et s'envole pour Londres, où elle va finaliser la sortie de son livre.

*

Seul à Outpost Drive, Gary dépose son armure. L'armure dont il a appris à se doter face aux obstacles qui se dressent sur son passage et qui donne cette allure tragique aux événements de sa vie. Celle qui lui donne cet air froid et totalement détaché face aux contingences administratives comme, désormais, face à Lesley. En réalité, cette armure n'est que sa façon d'être face aux drames, sa manière de les surmonter, car il a conscience que quelque chose de plus grand l'attend : bien souvent, la littérature et, à présent, une autre vie.

Animé par cette force qui le traverse, pris dans ce mouvement qui le transporte sans avoir l'idée de vers quoi il va, Gary considère à cet instant précis que la situation est plus forte que lui, qu'elle le dépossède de sa propre existence.

Après avoir fait du rangement dans son bureau, il a décidé de tout brûler. Les brouillons, les premiers jets, les tapuscrits corrigés... Dans le salon aux fourrures, il déchire et jette aux flammes les échafaudages et les ficelles de ses romans. Lorsqu'il retrouve une lettre de Camus, il s'interrompt un instant et la relit. « J'espère que tout va bien pour vous », lui écrivait-il le 3 juin 1959, avant d'ajouter : « On me dit merveilles de votre prochain livre que j'attends, avec impatience et amitié. Affectueusement vôtre, Albert Camus. » C'était la dernière lettre de son ami Camus.

« Mais enfin, qu'est-ce que vous faites ? lui demande Odette, affolée par l'odeur des braises en plein printemps californien.

— L'affaire Dreyfus est partie d'un brouillon d'un officier allemand, récupéré par une femme de ménage, répond Gary, alors je mets de l'ordre dans mes papiers. »

*

Lorsque à la fin du mois de juin Lesley est de retour à L.A., Romain lui annonce que leur départ est prévu pour dans trois semaines. « Il est insensé de quitter la Carrière pour une starlette à la veille d'être nommé ambassadeur », répète-t-elle la gorge nouée, avant de lui lancer, les yeux emplis de larmes : « Alors, c'est décidé, tu m'abandonnes ? » Après avoir longtemps souffert en secret, elle ne cache plus ses sentiments. Lors de son séjour en Europe, elle s'est rendue à Paris pour trouver un point de chute. Il compte subvenir à ses besoins après leur séparation, en lui achetant un appartement, lui a-t-il dit. Avec l'aide des Agid, elle en a visité plusieurs, dont un à Montmartre avec un jardin, mais aucun ne lui convient. Alors elle a décidé de rester à Los Angeles, au moins jusqu'à l'automne, lui explique-t-elle, le temps que son livre paraisse ici, en Amérique, et qu'il revienne à la raison, espère-t-elle encore.

L'Histoire a cependant pris un tournant irréversible depuis que Jean Seberg a annoncé à la presse qu'elle ne reprendrait pas sa vie maritale avec François Moreuil. Lorsqu'elle a appelé Romain à Outpost Drive pour le lui dire, il a senti une émotion chaude dans sa voix et a eu envie de l'étreindre.

*

Le diplomate s'est entretenu, au téléphone, avec son successeur, René Millet. De quatre ans son aîné, Millet est un ancien de la France libre qui a intégré le Quai d'Orsay par la voie du cadre complémentaire. Passionnément gaulliste, comme Gary, et ancien collaborateur d'Henri Hoppenot, comme lui, il s'apprête à quitter la Tunisie, après cinq années passées à Bizerte, pour prendre son premier poste en Amérique. « La secrétaire du consul général ? Une perle », lui annonce Gary, après avoir passé en revue les collaborateurs du consulat. Le plus important, lui dit-il, c'est d'avoir un diminutif. « Tout le monde ici en a un. Les Américains m'appellent Gary, à cause de Gary Cooper, toi ce sera Bob, ne me demande pas pourquoi. »

Il a fait ses bagages et mis de l'ordre dans sa vie. Après avoir évoqué devant les caméras de télévision ses « merveilleuses années passées en Californie », le consul général fait ses adieux à la ville de Los Angeles. Le mercredi 29 juin 1960 à 12 a.m., Romain Gary donne une dernière conférence à l'invitation du World Affairs Council. Devant un millier d'invités qui se pressent dans les salons de l'hôtel Ambassador, le diplomate s'exprime sur « la crise dans les relations Est-Ouest ». À la fin du déjeuner, toutes les personnalités présentes acclament le consul général. « Vous allez vers de très grandes choses », lui annonce son hôte, tandis que l'avocat du consulat, maître Thomasset, le rattrape sur le parking de l'hôtel : « Au cours de mes trente-deux années ici, lui dit-il, aucun membre du corps diplomatique n'a été acclamé comme vous venez de l'être. » Avant d'ajouter, lui serrant la main : « Vous allez nous manquer. »

Au volant de la Oldsmobile, Romain Gary parcourt Los Angeles dans une course sans but. Sunset, Wilshire, Hollywood, tous ces noms de boulevards sonnent en lui comme des ritournelles, la ritournelle de ses années en Californie. Lorsqu'il emprunte l'échangeur de San Diego Freeway, il est fasciné par la façon dont l'automobile accompagne mécaniquement la courbe de la route avant de rejoindre la file de voitures qui roulent face au soleil. Sur l'asphalte, l'automobiliste distingue l'ombre de la rampe supérieure qui se découpe dans le ciel. C'est ça, la véritable architecture de L.A., se dit-il en appuyant sur la pédale de l'accélérateur. Filant sur le *freeway*, Gary a toujours éprouvé un profond sentiment de liberté, dont il repousse les limites en roulant jusqu'au soir. Après avoir remonté Outpost Drive, à la nuit tombée, et s'être garé sur le *driveway* du consulat, il coupe le moteur en se disant qu'il vient de vivre les cinq meilleures années de sa vie, et les plus faciles aussi.

À 9:02 p.m., le téléphone sonne au poste de police de Hollywood Boulevard. « Le consul général vient de se faire agresser, venez vite, 1919 Outpost Drive », dit une voix féminine avec un fort accent russe. Alors qu'un appel radio vient d'être émis, une patrouille franchit à toute allure les collines sinueuses de Hollywood. Quand les agents pénètrent dans le consulat, ils trouvent Romain Gary, en fureur, assis dans le salon. Lorsque Katoucha l'a entendu se battre, elle s'est précipitée à l'arrière de la maison pour lui ouvrir la porte. Deux hommes, précise-t-il. Il ne saurait les identifier, mais leur signature ne fait aucun doute, ajoute-t-il en tendant la dernière lettre de menaces reçue quelques jours plus tôt.

À Paris, le climat est à la guerre civile. Après avoir fait une tournée en Californie du Sud au cours de laquelle Romain Gary l'avait accompagné, le député d'Alger Robert Abdesselam vient d'être criblé de balles par des agents du F.L.N. Au cours des derniers mois, le diplomate n'avait pas pris ces menaces au sérieux. Lorsqu'un paquet arrivait à son nom, il demandait à Odette de l'ouvrir à l'autre bout des locaux. « Vous comprenez, lui avait-il dit en plaisantant, on peut se permettre de perdre une secrétaire, pas un consul général. » Elle lui avait répondu du tac au tac : « Écoutez, je veux bien, mais tout ce qui arrive et qui m'intéresse, je le garde. » Quelques jours plus tard, un paquet était arrivé. Après l'avoir ouvert dans le local des archives, Odette avait toqué à la porte de son bureau :

« Voilà ce que vous avez reçu, c'est de la part de Joseph Sigal.

— Qu'est-ce que c'est ? avait-il demandé.

— C'est une radio Zenith, modèle *Royal 500*, je la garde ! »

Tout cela n'avait pas troublé le consul général. Pas même la dernière lettre, qu'il tend à présent aux policiers, et qui fait clairement état de menaces de mort.

Le F.L.N. a Romain Gary en ligne de mire depuis que le programme du World Affairs Council l'a présenté comme « un proche ami du général de Gaulle ». Depuis cette agression, il porte un revolver et le consulat est discrètement gardé le soir. À l'approche de son retour en France, le diplomate a écrit à Vimont pour prendre les devants : « Je suis absolument de taille à m'occuper de ma sécurité moi-même, et *je ne veux absolument pas* avoir affaire à des "protections" à Paris. Mais il serait vraiment bon de m'obtenir un permis de port d'armes en règle. »

Le jour même, une lettre parvient à Outpost Drive. Après que Romain Gary a envoyé au Général un exemplaire dédicacé de *La Promesse de l'aube*, ce dernier vient de lui écrire, sur papier à en-tête de l'Élysée, pour le remercier de ce « livre excellent ». « Je l'ai lu avec plaisir et non sans émotion. Le talent y est éclatant. À cet égard, vous voici en plein midi. Et moi, pour toutes les raisons qui furent et qui sont "nôtres", je me félicite de voir se développer votre grande carrière littéraire. » En lisant cette lettre, qu'il trouve tellement gentille et émouvante, Gary se dit que la vraie grandeur de De Gaulle tient avant tout à sa simplicité et à sa fidélité envers ses Compagnons. Et à sa clémence, pense-t-il avec soulagement.

Dès lors, tout se bouscule. Devant les quatre cents invités qui se pressent dans les jardins du consulat, Yvonne Pétrement lit le message que le consul général a rédigé à leur intention à l'occasion du 14 Juillet : « Je regrette que mon départ m'ait privé du plaisir de me mêler fraternellement à vous et de vous dire moi-même combien j'ai été heureux en votre compagnie au cours des quatre ans et demi de mon séjour à Los Angeles. » Romain Gary n'a pas souhaité apparaître lors de cette dernière réception de la colonie française. Le diplomate s'est contenté de rédiger un discours en forme d'ode gaulliste : « Nous avons aujourd'hui à la tête de notre pays un homme reconnu universellement comme l'égal des plus grands de l'Histoire. Il a rendu à la France sa voix et son destin. La grandeur de notre peuple s'est incarnée en Charles de Gaulle et cette fête républicaine, cette fête populaire du 14 Juillet célèbre en même temps une liberté, un peuple et un homme fidèle aux plus hautes traditions de notre histoire. » Alors que Pétrement explique que le consul général a dû partir plus tôt que prévu, il s'est en réalité barricadé à l'intérieur du consulat. « Je me souviendrai toujours avec émotion et nostalgie de nos 14 Juillet à Los Angeles », sont les derniers mots qu'il souhaite adresser à la colonie, alors qu'il pleure, seul dans son bureau, triste de quitter Outpost Drive.

De l'autre côté de la ville, le Biltmore Hotel accueille la convention démocrate qui vient d'investir John Fitzgerald Kennedy en vue de l'élection présidentielle qui doit se tenir à l'automne 1960. Tandis qu'un vent de liberté souffle sur l'Amérique, qui s'apprête avec la fin de la présidence Eisenhower à tourner la page du conservatisme, Romain Gary engage une ultime course contre la montre.

Dès le lendemain, le diplomate a à peine le temps de dicter une brève dépêche, entre les lettres de remerciements destinées aux principaux membres de la colonie française et aux autorités locales. Il doit quitter la ville dans les quarante-huit heures car, s'excuse-t-il, le président de la République lui a assigné une nouvelle mission à Paris.

Dans ses bagages – deux valises, en tout et pour tout, comme à son arrivée – figurent plusieurs manuscrits. Celui des *Mangeurs d'étoiles* inspiré par son court séjour en Bolivie ainsi qu'une pièce de théâtre, *Johnnie Cœur*, qu'il compte faire jouer à son retour. « J'ai beaucoup de manuscrits d'avance, avait-il dit à l'attribution du prix Goncourt. Ils sont très violents. Je ne les publierai pas avant plusieurs années. Je n'ai pas encore assez de poids littéraire pour les faire avaler. » En les rangeant un à un dans sa valise, l'écrivain doit bien l'admettre : au cours de son séjour en Californie, il s'est cristallisé sur le plan humain mais aussi sur le plan littéraire.

Romain Gary s'assied une dernière fois dans son fauteuil de consul général. Il s'apprête à tirer le rideau sur ce décor hollywoodien, sur son bureau dont la laque noire du plan de travail contraste avec le tapis gris disposé au sol, et derrière lequel il aura écrit tant de romans et dicté tant de dépêches. Face à lui, les deux fauteuils en cuir rouge pour les visiteurs sont vides, comme pour indiquer que la séance est finie. Tout y est à sa place comme le jour de son arrivée. Seul le portrait du président de la République a changé : de Gaulle a remplacé Coty, à la mi-temps de son séjour à L.A. Pendant les quatre années et demie qu'il aura passées à Outpost Drive, Romain Gary n'aura disposé dans cette pièce ni photo ni souvenir personnel, considérant qu'il n'était que de passage dans cet univers administratif.

Avant de prendre la route de l'aéroport, il a embrassé Odette. « Vous irez à Laguna Beach en pensant à moi », a-t-il ajouté, après lui avoir donné les clés de la Oldsmobile. Tandis qu'il vient de déposer Romain Gary devant le hall des départs, Jean Dimanchin regrette déjà ce consul général très gentil, très simple et sans arrogance, dont la personnalité l'impressionnait et qui était toujours disponible lorsqu'on avait besoin de lui. Alors qu'il a déjà disparu sans se retourner, le vice-consul se rend soudainement compte qu'il a oublié de prendre son testament avec lui. Dans la précipitation du départ, il est resté dans le coffre du consulat.

En ce samedi 16 juillet 1960, une place lui avait été réservée en première classe sur le vol direct d'Air France pour Paris, mais à la dernière minute, Romain Gary a souhaité se rendre à Washington pour faire ses adieux à ses collègues de l'ambassade. Lorsqu'il remet un exemplaire dédicacé de *La Promesse de l'aube* à Hervé Alphand, il lui précise que c'est l'histoire d'une mère passionnée qui fait d'un petit juif de Wilno un écrivain célèbre... « Et un futur ambassadeur de France », ajoute Alphand, en lui donnant l'accolade.

Dans l'avion qui survole l'Atlantique, Romain Gary repense aux paroles d'Alphand, à Washington, et se dit qu'étant désormais ministrable, il y a peut-être une fuite face à la prophétie maternelle, alors qu'il s'apprêtait à réaliser son rêve. Tandis que ces idées inquiètent déjà celui qui s'est toujours méfié de la psychanalyse, il se l'est avoué à lui-même, il était las d'être ce personnage. À quarante-six ans, il aspire à changer de peau et à recommencer, encore une fois. Alors que son visage s'éclaire en pensant à Jean et que ses troubles s'apaisent, il doit bien l'admettre, elle le rend plus léger et plus joyeux. À présent, il s'impatiente d'arriver à Paris, de la retrouver, de commencer cette nouvelle vie, libre et avec elle, loin des dogmes et du jeu social. De vivre et d'aimer la vie, avant d'en saisir le sens.

NOTE DE L'AUTEUR

C'est aujourd'hui à Romain Gary que l'on pense le plus souvent à l'évocation de la figure de l'écrivain-diplomate alors que, paradoxalement, sa contribution aux Affaires étrangères est ce qui demeure le plus mystérieux. La réalité demeure enfouie sous une chape de plomb : celle du silence des archives.

Après avoir consulté le dossier personnel de Romain Gary conservé aux Archives diplomatiques à La Courneuve, j'avais une opinion assez nette et précise de sa carrière : grades, échelons, affectations, correspondances avec la direction générale du personnel au sujet de frais de mission ou de déplacements jugés extraprofessionnels, comme lors de sa venue à Paris, en décembre 1956, pour y recevoir le prix Goncourt. Mais rien sur sa contribution politique.

Il m'a fallu aller au Centre des archives diplomatiques de Nantes où, m'a-t-on alors expliqué, sont conservées les archives rapatriées des postes à l'étranger. Pour Los Angeles, une petite dizaine de cartons, mais « rien d'intéressant », m'a-t-on aussitôt averti : coupures de presse, remises de décorations, registres du courrier au départ et à l'arrivée, correspondances protocolaires. En somme, aucune dépêche faisant état de ses idées.

Pendant de nombreux mois, je me suis attaché à faire parler ce « rien d'intéressant » : à la lecture des coupures de presse, j'ai recomposé les apparitions publiques du consul général ; en m'appuyant sur les remises de décorations, j'ai retracé ses sphères d'influence ; avec les courriers, j'ai déduit les noms de ses interlocuteurs en Californie et ailleurs. J'ai interrogé toutes ces informations pour me retrouver au milieu d'une toile d'araignée. La toile du Los Angeles des années 1950. Grâce aux annuaires, j'ai appelé toutes les personnes dont j'avais croisé le nom mais qui pouvaient bien être des homonymes. Et c'est ainsi qu'un beau matin, à Beverly Hills, Odette de Benedictis a décroché son téléphone. « Bien sûr qu'il travaillait, il était tous les jours au bureau », m'a dit d'emblée celle qui était la secrétaire du consul général.

Fort de ces quelques intuitions je me suis rendu à L.A. où je me suis retrouvé en plein *road movie.* Avec l'aide d'Odette, je suis allé inspecter ce qu'était devenu Outpost Drive, je me suis promené sur la plage de Laguna Beach, j'ai déjeuné chez le lointain successeur du restaurant belge Frascati, j'ai croqué dans les cornichons de chez Greenblatt's, j'ai constaté l'évolution du style vestimentaire chez Caroll & Co. Et soudain, Romain Gary est revenu à la vie.

Mais à mon retour en France manquait encore sa contribution aux Affaires étrangères. En Californie, j'avais bien eu accès à des inédits : des enregistrements sonores de ses conférences, les câbles échangés avec la production de la 20th Century Fox, des correspondances avec des personnalités américaines. Mais toujours rien de politique.

Décidé à mener à son terme ce travail de reconstitution historique, je suis alors retourné aux Archives diplomatiques éplucher les fonds de la direction d'Amérique. Des centaines de cartons classés par ordre thématique. Si des copies de ses dépêches devaient être quelque part, c'était bien là. Et elles y étaient : la lucidité du diplomate face à la guerre d'Algérie, son ardente impatience lors du retour du général de Gaulle, le grand cirque américain au moment de la visite de Khrouchtchev. Du grand art de la dépêche au miroir duquel Romain Gary renvoie l'image d'un diplomate dévoué à la cause de la France, à son rayonnement, à sa grandeur.

En me penchant attentivement sur ces documents, j'ai retrouvé les annotations de ses lecteurs qui figeaient à jamais l'opinion de ses collègues du Quai d'Orsay : exclamations ajoutées au crayon à papier, commentaires écrits dans la marge, visas de toute la hiérarchie… Romain Gary était donc un diplomate observé et envié. Odette avait raison.

En assemblant les pièces de ce puzzle, l'indicible est devenu dicible grâce à l'immixtion de la fiction dans le récit pour retranscrire la façon dont Romain Gary écrivait, respirait, vivait. Mais au travers du quotidien du diplomate, c'est plus encore la réunion de l'homme avec son œuvre qu'il faut lire.

Pour l'homme, ces années sont marquées par la présence de Camus et de Malraux, dont une partie des correspondances inédites sont révélées pour la première fois dans ces pages. Mais ces années sont surtout celles de l'émancipation, avec la figure de Lesley Blanch qui ne cesse de s'éloigner jusqu'à sa rencontre avec Jean Seberg. Pour l'écrivain, ce sont des années bordées par l'écriture des *Racines du ciel* et de *La Promesse de l'aube*, deux textes qui, pour des raisons différentes, ont contribué à cristalliser son œuvre.

C'est ainsi qu'est né *Monsieur Romain Gary* : du récit de ses années à L.A. (1956-1960), un récit hollywoodien qui se nourrit de la petite musique de l'Amérique, afin de restituer ce personnage dans l'intensité de son époque et parmi ses contemporains. Car pour toutes ces raisons, c'est cette période californienne qui éclaire le mieux la construction de la légende Romain Gary.

KERWIN SPIRE

*

Au-delà des biographies consacrées à Romain Gary et Lesley Blanch (Myriam Anissimov, *Romain Gary, le caméléon*, Denoël, et *Romain Gary, l'enchanteur*, Textuel; Dominique Bona, *Romain Gary*, Mercure de France; et Anne Boston, *Lesley Blanch : Inner Landscapes, Wilder Shores*, John Murray), ces pages ont trouvé leurs sources et leur inspiration dans de nombreux documents inédits et dans une sélection d'ouvrages :

Pour retranscrire les expressions employées par Romain Gary, sa manière de parler et sa gestuelle : *La nuit sera calme*, Gallimard; *Romain Gary, le nomade multiple*, Ina/Radio France; archives Ina.

Pour exhumer le travail du diplomate : les notes, dépêches et correspondances conservées dans les fonds des archives diplomatiques (Archives du ministère des Affaires étrangères).

Pour restituer Romain Gary parmi ses contemporains : ses correspondances avec Albert Camus (© Succession Albert Camus, fonds Camus, Cité du Livre d'Aix-en-Provence), le général de Gaulle (*Lettres, notes et carnets*, Plon; *Ode à l'homme qui fut la France*, Gallimard), Henri Hoppenot (fonds Hoppenot, Bibliothèque littéraire Jacques-Doucet) et André Malraux (fonds Malraux, Bibliothèque littéraire Jacques-Doucet); et les écrits et propos de Lesley Blanch (*Romain, un regard particulier*, Actes Sud), Hélène Hoppenot (manuscrit de son journal, fonds Hoppenot, Bibliothèque littéraire Jacques-Doucet), François Moreuil (*Flash back*, France-Empire), Anaïs Nin (*Journal 1955-1966*, Stock) et Jean Seberg (Anne Andreu, *Éternelle Jean Seberg*, Cinétévé/Arte : archives Ina).

Pour lever le voile sur l'influence de ses éditeurs et de la famille Gallimard (Romain Gary, *Romans et récits*, Bibliothèque de la Pléiade; *Lectures de Romain Gary*, musée des Lettres et des Manuscrits-Gallimard) et sur les coulisses du prix Goncourt 1956 (archives de l'Académie Goncourt, Archives municipales de Nancy).

Pour recomposer le travail d'adaptation de *The Roots of Heaven* par Hollywood : la correspondance entre Darryl F. Zanuck et John Huston (John Huston papers, Margaret Herrick Library, Academy of Motion Picture Arts and Sciences) et les mémoires de Juliette Gréco (*Jujube*, Stock, et *Je suis faite comme ça*, Flammarion).

Pour ancrer le récit dans la ville de Los Angeles : Mike Davis, *City of Quartz*, La Découverte ; Reyner Banham, *Los Angeles*, Parenthèses.

Pour interpréter la petite musique de l'Amérique : articles du *Los Angeles Times*, *Herald-Express*, *Examiner*, *New York Times*, *Le Courrier français des États-Unis*, *Union nouvelle*.

Pour revivre le voyage de Khrouchtchev à Hollywood : Tim Toidze, *Khrouchtchev à la conquête de l'Amérique*, Robert Stone Productions, Point du Jour/Arte ; archives Ina ; articles de la presse américaine, cf. *supra*.

Pour inscrire ce récit dans son siècle : articles du *Monde*, du *Figaro* et de *L'Express* ; Jacques Julliard, *La IVe République*, Calmann-Lévy ; Michel Winock, *Le Siècle des intellectuels*, Le Seuil.

DEUXIÈME PARTIE

TROISIÈME PARTIE

Composition : PCA
Achevé d'imprimer
par CPI Firmin-Didot
à Mesnil-sur-l'Estrée, en mars 2021
Dépôt légal : mars 2021
Numéro d'imprimeur : 163009

ISBN : 978-2-07-293006-5/Imprimé en France

376334